Adrian Plass

DER SCHATTENDOKTOR
Der letzte Brief

Adrian Plass

DER SCHATTENDOKTOR
Der letzte Brief

Roman

Aus dem Englischen von Christian Rendel

Dieses Buch, wahrscheinlich das schwierigste, das ich je geschrieben habe, ist meinen Freunden Liz, Ren und Chase gewidmet. Sie haben mich unterstützt und inspiriert.

Inhalt

Prolog	9
1. Flamme	13
2. Alice	15
3. Der Brief	23
4. Kontakt	49
5. Lernen, wie man fliegt	57
6. Das schwarze Pflaster	75
7. Das Frühstück	79
8. Paul	85
9. Tunbridge Wells	103
10. Fragen und Antworten	105
11. Die Frau, die dachte, sie würde explodieren	113
12. »The Wayfarer«	125
13. Lose Enden	143
14. Der Tausendfüßler	155
15. Das Rätsel der Zwiebel	163
16. Ein enttäuschter Sieger	169
17. Ein winziges Fleckchen Blau	187
18. Zurück in die Zukunft	191
19. Wenn man vom Teufel träumt	211
20. Die Geisel	217

Prolog

Um zwei Uhr morgens trat der Mann aus seinem Haus und schloss sorgfältig die Tür hinter sich ab. Nachdem er sich ein paar Schritte weit entfernt hatte, blieb er stehen, steckte seine behandschuhten Hände in die Taschen und neigte seinen Oberkörper nach hinten, um zum klaren Nachthimmel emporzuschauen. Lauter Haufen winziger, explodierender Nadelspitzen bedeckten das Firmament. Die endlosen Reihen der Bäume, die das kleine Haus sorgsam bewachten, standen aufmerksam und dunkel da. Das Licht der Sterne schien sie nicht zu beeindrucken.

Mit einem leichten Frösteln setzte sich der Mann in Bewegung und ging rasch den Schräghang seines kleinen Gartens hinunter, über die holprige Rasenfläche, an dem nicht mehr bewohnten Hühnergehege und dem Gemüsebeet vorbei auf eine Lücke zwischen den Bäumen zu, wo ein schmaler Weg den Zugang zum verborgenen Herzen des Waldes gewährte. Kein Zögern. Er kannte jeden Grashalm auf diesem Weg. Er hatte keine Angst, sich zu verlaufen.

Das war es nicht, wovor er sich fürchtete.

Fünfzehn Minuten später machte er an einer Stelle halt, wo der Weg notgedrungen einen weiten Bogen um einen riesigen Kalksteinfelsen machen musste, dessen Form an eine Kröte erinnerte. Nach einem Schlag mit der flachen Hand auf die Oberfläche des Steins bog er an der Außenseite des Bogens ab und bahnte sich geduckt seinen zielsicheren Weg durch das Dickicht mehr oder weniger waagerechter Zweige, bis er einen anderen

Weg erreichte, oder eher so etwas wie einen Trampelpfad. Er tastete sich behutsam ein Stück weiter und betrat schließlich eine nahezu kreisförmige Lichtung. Der Mann stellte sich in die Mitte dieser kleinen freien Fläche, schlang die Arme um seinen Oberkörper und hob seinen Blick hinauf zu dem natürlichen Planetarium über seinem Kopf.

Eine Minute verstrich. In ihm rührte sich etwas und baute sich auf. Er begann am ganzen Leib zu zittern. Als der qualvolle Schrei endlich aus ihm herausbrach, prallte er gegen die seelenlos unerbittlichen Stämme der Bäume ringsum und zurück zu der einsamen Gestalt.

»Ich habe Angst! Es ist zu viel – ich schaffe das einfach nicht mehr!«

Es gab keine Antwort auf seinen verzweifelten Schrei. Geräusche gab es genug, aber keine, die an ihn gerichtet waren. Der Mann kannte die Stimmen des Waldes gut. Die flüsternde, ächzende Sprache der Bäume. Kleine Kreaturen, die in ihren eigenen kleinen Welten ihre Qual oder ihre Verzückung hinausschrien. Er bemerkte den gedämpften Flügelschlag einer Eule, die mit ihren gezackten Flügelkanten beinahe lautlos dahinglitt auf ihrer Jagd nach Kleintieren und Vögeln auf dem Waldboden. Er erkannte das laute, bauchrednerhafte Tschilpen des Ziegenmelkers, für ihn der mysteriöseste und faszinierendste Bewohner dieser Welt im Zwielicht. All diese Stimmen waren ihm vertraut. Er hatte keine Furcht vor ihnen, ebenso wenig wie vor der Dunkelheit.

Das war es nicht, wovor er sich fürchtete.

Sein Gespür für die gewöhnlichen Geräusche der Nacht war so fein, dass das Knacken eines Zweiges am Rand der Lichtung ihn überrascht herumfahren ließ. Kein Rätselraten. Er brauchte nicht zu überlegen, was für ein Gewicht nötig war, um genau so ein Geräusch hervorzubringen. Aber es war eine Störung. Es war ein Schock.

Es gab nur eine Person, die ihm in den Wald gefolgt sein konnte.

1. Flamme

Nach einer langen Fahrt aus dem Süden und einem geplatzten Termin war Jack Merton eines regnerischen Morgens in Ripon gestrandet, einem Taschenformatstädtchen in Yorkshire. Am Ende einer uneben gepflasterten Gasse, die sich von dem winzigen Stadtzentrum wegschlängelte, ragte plötzlich die Kathedrale St. Peter vor ihm auf. Er überquerte die Minster Road und drückte sich durch den Westeingang, um dem lästigen Dauernieselregen zu entrinnen. Friede legte sich auf ihn, als er das Kirchenschiff betrat. Es war eine Art heilsamer Schock. Viel mehr als nur der Unterschied, ob man im Regen oder im Trockenen war. Die Naht zwischen dem einen und dem anderen Zustand war unmöglich auszumachen. Es hatte etwas Magisches.

»Zauberhaft«, flüsterte er genießerisch vor sich hin.

Die Liebe zu englischen Kathedralen hatte Jack schon als kleiner Junge von seinem Vater beigebracht bekommen. Sie offenbarten Unzulänglichkeit durch Übermaß, hatte dieser immer gesagt. In dieser hier kam er sich vor, als stünde er im Innern einer riesigen Glocke, erfüllt von einem sanften, freundlichen Licht und einer Heerschar von Schatten in allen Grautönen, mühelos gemischt von hauchzart bis tiefdunkel. Nun nicht mehr gestrandet, sondern einfach anwesend, ließ sich Jack wie in einem Traum durch das Gebäude treiben, bis er auf ein kleines Alpenmassiv aus gusseisernen Kerzengestellen am Fuß einer Säule gegenüber der Südwand stieß.

Der bloße Anblick der Kerzen beunruhigte ihn ein wenig. Seit er mit sechzehn Jahren gläubig geworden war, hatte Jack sich bemüht, seinen Gebeten nicht durch derlei grobstoffliche Symbole eine greifbare Dimension zu geben, so verführerisch hypnotisch der Anblick und der Gedanke einer schmelzenden Flamme auch erscheinen mochten. In seinen Kreisen herrschte allgemeine Übereinstimmung, dass Spiritualität nur dann wirklich echt sein konnte, wenn sie sich abseits der Welt der »Dinge« abspielte. In letzter Zeit freilich war ihm die Widersprüchlichkeit dieses Denkens undeutlich bewusst geworden. In der Gemeinde, die er seit einigen Jahren besuchte, war zum Beispiel der Wein bei der Kommunion durch Kirschsaft ersetzt worden, aber soweit Jack sehen konnte, haftete den geweihten Elementen nach wie vor eine gesunde Gegenständlichkeit und Sichtbarkeit an.

In einem Anfall von Unabhängigkeit warf er nun eine Pfundmünze in den Schlitz unter den Gestellen, entnahm eines der ungebrauchten Teelichter aus einem danebenstehenden Karton und entzündete es vorsichtig an einer brennenden Kerze. Als der Docht aufflammte, entfuhr ihm ein jammervolles Schluchzen, das er sogleich als kleinen Hustenanfall tarnte.

Auf unerklärliche Weise fühlte sich das Schluchzen wie ein Gebet an. Unverschämterweise galt es ihm selbst. So bruchstückhaft und dennoch so aus tiefstem Herzen hatte er Gott noch nie angefleht. Einige Sekunden lang beobachtete er die brennende Kerze und genoss sie wie einen persönlichen Erfolg. Vielleicht würde sich ja, überlegte er, die kaum merkliche, aber unbestreitbar zufällige Bewegung der winzigen Flamme als Symbol der Befreiung erweisen – als Chance auf etwas Neues, wenn er nur den Mut hatte, danach zu greifen. Aber was konnte das bedeuten? Er hatte, jetzt und hier, nicht die leiseste Ahnung.

Vierzehn Tage später würde er den Brief seiner Großmutter öffnen und lesen. Er sollte sein Leben verändern.

2. Alice

Jacks Großmutter war drei Monate zuvor gestorben, wenige Tage vor ihrem neunzigsten Geburtstag. Die Pflegerin von Golden Hands, Barbara, die Alice werktags jeden Morgen beim Aufstehen half, hatte die alte Dame gefunden, das Gesicht auf den Händen ruhend, die Wangen so rosig und die Miene so friedlich wie eh und je. Barbara hatte ein paar Tränen vergossen. Die witzige, schlagfertige Alice war ihr sehr ans Herz gewachsen. Schwer zu akzeptieren, dass sie in dieser Welt nie wieder erwachen würde.

Jack hatte seine Oma immer geliebt und geschätzt. Sie vergötterte ihn und erzählte mit Vorliebe herum, ihr Enkel sei ein gutaussehender junger Mann mit einem Schuljungenschädel und bezaubernden Lächeln, den man ohne Weiteres mit dem Schauspieler Matt Damon verwechseln könnte. Sie war ein helles, nie verlöschendes Licht in den dunkleren Korridoren in Jacks Leben, besonders seit er nach dem Tod seines Vaters allein auf der Welt zurückgeblieben war. Wann immer sie ihn sah, war sie außer sich vor Freude, immer war sie freundlich, immer großzügig. Gut unterhalten konnte man sich mit ihr auch. Eigentlich mehr als gut. Der Witz und der Scharfsinn, die Alice Merton im Gespräch an den Tag legte, machten ihrem innerlich unsicheren Enkel Mut, sich behutsam mit der einen oder anderen Wahrheit über sich selbst auseinanderzusetzen, die keinesfalls für die Öffentlichkeit bestimmt war.

An seinen Großvater William erinnerte Jack sich kaum. Auf dem Sekretär im Wohnzimmer der Parterrewohnung, in die Oma gezogen war, als sie die Treppen nicht mehr bewältigen konnte, standen Fotos von ihm. Sie zeigten einen großen, rustikalen, hellwachen Mann mit zerzausten Haaren, einem zuversichtlichen Lächeln, der auf fast jedem der Bilder seinen Arm schützend um die Schultern seiner Frau legte. Jack war immer amüsiert darüber gewesen, dass Omas weitgeöffnete Augen und das Strahlen auf dem ovalen Porträt ihres Gesichts atemlos zu schwärmen schienen: »Ich kann mein Glück kaum fassen!« Eines Tages hatte er ihr bei Tee und selbstgebackenem Battenbergkuchen, der seltsamerweise mit einem alarmierenden Schuss Rum getränkt war, von seinem Eindruck erzählt.

Tränen schimmerten in den Augen der alten Dame. Sie beugte sich hinüber, um nach einer der in Silber gerahmten Fotografien zu greifen, und betrachtete sie ein paar Momente lang mit schiefgelegtem Kopf. Dann legte sie sie mit der Vorderseite nach unten auf ihren Schoß und tupfte sich mit einem Taschentuch, das sie aus ihrem Ärmel zupfte, die Tränen ab.

»Tut mir leid, Oma«, sagte Jack mit leicht stockender Stimme. »Ich wollte dich nicht traurig machen.«

»Ach du liebe Zeit, nein, du hast mich nicht traurig gemacht, Schätzchen«, erwiderte sie und beugte sich vor, um ihrem Enkel sanft das Knie zu tätscheln. »Daran ist er schuld, der liebe alte Egoist. Einfach so zu sterben und sich aus dem Staub zu machen.«

»Vermisst du ihn denn noch?«

Alice nippte an ihrem Tee. Ein Funkeln machte sich in ihren Augen bemerkbar. Was für alberne Fragen die jungen Leute manchmal stellten.

»Er war sehr gut im Bett.«

Jack starrte hilflos auf seinen Kuchen. Noch nie hatte er einen Battenbergkuchen so interessant gefunden, ob mit Schuss oder ohne. Diese Farben. Diese faszinierende Geometrie.

Sie erbarmte sich.

»Entschuldige, Jack. Ich meine nicht bloß Sex. Obwohl, den vermisse ich natürlich auch, weißt du? Diese vertraute Nähe. Nein, ich meine, er war buchstäblich gut – ein guter Mensch, sogar im Bett.«

Ihre Stimme wurde weich.

»Sie waren die ... die Buchstützen meines Lebens.«

»Was?«

»Küsse. Kleine Küsse. Er küsste mich jeden Morgen gleich nach dem Aufwachen, und er küsste mich jeden Abend kurz vor dem Einschlafen. Wie Buchstützen, die dafür sorgen, dass alles sicher an seinem Platz bleibt. Jeden Morgen. Jeden Abend.« Sie lehnte sich in ihrem Sessel zurück. »Darf ich dir etwas über meinen Mann erzählen, Jack?«

Der junge Mann rutschte unbehaglich hin und her. Alice schmunzelte und klopfte mit den Fingern auf das Foto auf ihrem Schoß, als könnte es den Witz verstehen.

»Nein, keine Sorge. Nichts Schlüpfriges, das verspreche ich dir. Es geht um etwas, was dein Großvater einmal gesagt hat. Das war ungefähr drei Monate vor seinem Tod, als er schon sehr krank war. Wir hatten einen sehr netten Nachbarn namens Steve, als wir damals in Nutley wohnten, gleich hinter dem Hügel, ein paar Häuser nach dem indischen Restaurant. Du erinnerst dich wahrscheinlich nicht, aber ich glaube, du bist ihm sogar das eine oder andere Mal begegnet. Wir schreiben uns immer noch zu Weihnachten. Er war einer von diesen großartigen Notsanitätern, wie man sie im Fernsehen sieht. Er war so nett. Wenn es mit seinen Schichten passte, kam er manchmal nach dem Tee vorbei, um mit William zu plaudern. Eines Abends erzählte er uns, ein Kassierer im Supermarkt sei an diesem Tag sehr grob zu seiner Frau gewesen.

›Ich war ziemlich sauer, aber ich wusste nicht, was ich unternehmen sollte‹, sagte er. ›Dann dachte ich: William fällt bestimmt etwas ein. Also, stell dir vor, jemand macht deiner Alice das Leben schwer. Wie würdest du damit umgehen?‹

Mein armer lieber Mann war inzwischen schon bettlägerig und konnte sich kaum noch rühren, aber – ja, was soll ich sagen? Es war wie eine kleine Auferstehung. Er packte mit beiden Händen die Seitengeländer seines Bettes. Die Haare standen in alle Richtungen wie bei einem Windrotor. ›Was ich tun würde?‹, bellte er. ›Ich würde herausfinden, wo der Kerl wohnt, und dann würde ich hingehen, ihn heraus auf die Straße rufen und ihm einen Kinnhaken verpassen!‹

Und ich schwöre dir, Jack, um ein Haar hätte er sich aus dem Bett gestemmt und genau das getan. Er war ein altmodischer Mann. Ein getreuer Ritter. William war alles für mich. Ob ich ihn noch vermisse?« Ihr Blick verlor sich für einen Moment in der Ferne, während sie das Foto unter gekreuzten Armen an ihre Brust drückte. »Mir ist das Glück ausgegangen, Jack – mir ist das Glück ausgegangen.«

Die einzigen Misstöne zwischen Jack und Alice hatten sich ergeben, wenn sie auf seine Glaubensüberzeugungen zu sprechen kamen – oder nicht zu sprechen kamen, besser gesagt. Für Jack war das ein heikles und verstörendes Thema. Eigentlich hatte er nie recht gewusst, wie Oma über solche Dinge dachte, aber sie war eine tragende Wand seines Lebens. Mit ihrer Anerkennung und Ermutigung hatte sie ihm stets Kraft gegeben. Dazu kam die Furcht, ihr könnte eine Ewigkeit voller Freude entgehen, wenn sie nicht die Wahrheiten begriff, die ihm so sehr in Fleisch und Blut übergegangen waren. Es war wie ein juckendes evangelistisches Ekzem, an dem er herumkratzte, bis er wund war.

Dabei erhob sie nicht einmal Einwände gegen das, was er ihr

sagte. Keineswegs. Sie lachte ihn auch nicht aus wegen seiner Gedanken und seiner Begeisterung. Nein, sie reagierte gar nicht, und gerade das fand er so frustrierend und verwirrend. Sie saß einfach nur da und sah ihn mit gerunzelter Stirn an. Ratlose Besorgnis. Das war es, was bei diesen Gelegenheiten aus ihrer Miene sprach. Eines Tages bat er sie, ihm ehrlich zu sagen, warum sie kaum eine Regung zeigte, wenn er ihr von dem erzählte, was ihm wichtig war. Alice schüttelte nur den Kopf und blinzelte entschuldigend. Sie erinnerte Jack an Daphne aus der Quizsendung *Eggheads*, wenn ihr eine Antwort nicht einfällt. Eine Art Antwort gab sie ihm aber doch.

»Du musst mir verzeihen, Jack, wirklich. Es ist nur so, dass – also, wenn du über diese Dinge sprichst, dann höre ich ganz genau auf die Worte, ehrlich, aber sosehr ich mich auch bemühe, es kommt mir immer so vor, als ob ich dich gar nichts sagen hörte ...«

Jack verstummte. Ihm blieb innerlich die Luft weg vor Schmerz und Verblüffung. Das war eine beängstigende Abweichung von der Norm, die zwischen Jack und Oma herrschte. Von diesem Moment an kamen alle Gespräche über das Thema zum Erliegen. Dieser einmalige Stolperstein in ihrer Beziehung hing von diesem Tag an immer in der Luft, wenn sie sich sahen, und manifestierte sich von Zeit zu Zeit in einem unbehaglichen Herumrutschen oder ausweichenden Blicken beiderseits. An ihrer gegenseitigen Zuneigung änderte er kaum etwas, aber er war unbestreitbar da. Alice und Jack verloren nie wieder ein Wort über den Glauben. Nach dem Tod seiner Großmutter war diese unerledigte Sache vom ersten Moment seiner quälenden Trauer an ein Stein im Schuh von Jacks Genesung.

Alice hinterließ ihrem einzigen Enkel eine ganze Menge Geld. Das würde hilfreich sein, vielleicht eine Art Kissen, auf dem er sein Haupt betten konnte, wenn alles andere scheiterte. Er stellte einen Scheck über eine fünfstellige Summe – ein Zehntel des Gesamtbetrages – für seine Gemeinde aus und steckte den Umschlag in den Briefkasten um die Ecke. Als er ihn mit einem flatternden Geräusch ins dunkle Innere fallen hörte, klopfte er sich die Hände ab. »Das wäre erledigt«, murmelte er, machte kehrt und stapfte davon.

Außerdem hinterließ Alice ihrem Enkel einen Brief.

Jack nahm sich eine Woche von seiner Arbeit im Gemeindezentrum in Bromley frei, um die Auflösung der Wohnung seiner Großmutter zu organisieren. Es war das zweite Mal, dass er die Erfahrung machte, die Habseligkeiten eines Menschen sortieren zu müssen, den er sehr geliebt hatte, und es war genauso qualvoll und unangenehm wie beim ersten Mal. Es kam ihm vor, als wäre jegliche Daseinsberechtigung von Omas Sachen gewichen, genau wie die Seele aus ihrem Körper entwichen war. Dekorationen, Bilder und Möbel hingen oder standen herum und sahen sinnlos und verlassen und grauenhaft ordentlich aus. Wie Bewohner einer unerreichbaren anderen Welt schauten Alice und ihr geliebter William von den Fotos auf dem Sekretär zu ihm herüber. Sie waren jetzt wieder vereint, da drüben auf der anderen Seite der Glasscheibe.

Am Ende einer düsteren und verschwitzten Woche war Jacks Arbeit nahezu getan. Emotional ausgezehrt schloss er zum letzten Mal Alices Wohnungstür ab und schleppte sich langsam durch die anbrechende Dunkelheit die Uferstraße entlang und den Hügel hinauf zu seinem Hotel. Weit unten zu seiner Linken schwappten die Meereswellen ans Ufer und zurück und wieder ans Ufer, wie sie es schon immer getan hatten. Zwei Zeilen aus einem Gedicht, das er einmal gehört hatte, kreisten in seinem Kopf herum und löschten nach einer Woche solch trübseliger Plackerei ohne Mühe jeden Anflug von geistlichem Optimismus aus.

Die See gibt allen Dingen ihren Unterricht.
Sie wogt und wogt und wogt, doch zu mir spricht sie nicht.

Erleichtert sah er, nachdem er aus der High Cliff in die Mount Road abgebogen war, die einladende Front des Hotels Hydro vor sich, Jacks absoluter Lieblingsunterkunft weit und breit. Das Hydro war ein ganz im edwardianischen Stil gehaltenes Haus, mit glanzvollen, prächtig möblierten Foyers und hohen Decken. Sein von Grund auf englischer Charakter wurde erfolgreich gepflegt und erhalten, wenn auch heutzutage hauptsächlich von Osteuropäern, was ihm aber, soweit Jack es sehen konnte, keinerlei Abbruch tat. In Omas Wohnung zu kampieren war nicht infrage gekommen. Die beredsame Stille in jenen hallenden Zimmern konnte einen das Gruseln lehren.

Nach dem Abendessen begab sich Jack an einen Tisch in dem großen Wintergarten, der an den Krocketplatz und den unsichtbaren Ozean dahinter angrenzte, bestellte sich eine Kanne vom stärksten verfügbaren Kaffee und nahm den Umschlag mit Alices Brief aus seiner Umhängetasche. Diesen Moment hatte er sich sozusagen aufgehoben, bis klar Schiff gemacht war. Eine Chance, die Stimme seiner Großmutter ein letztes Mal zu ihm sprechen zu hören.

Vorne auf dem Umschlag standen in Alices säuberlicher Handschrift die Worte: »Für meinen lieben Jack«. Er öffnete ihn mit einem leise gehauchten Seufzen, zog die gefalteten Blätter heraus, strich sie auf dem Tisch vor sich glatt und begann zu lesen.

Irgendwo draußen in der Dunkelheit, hinter dem Krocketplatz und der Straße, die daran vorbeiführte, und der unteren Hauptstraße und der Promenade und dem Kiesstrand, wogte unbeirrt die See.

3. Der Brief

Mein lieber Jack,
ich grüße Dich, mein wunderbarer Enkel. Falls Du es wissen willst – ich beginne diesen Brief auf dem Klappsekretär vor meinem herrlichen großen Fenster zum Meer. Die Sonne scheint (diese Stadt soll ja angeblich so ziemlich der sonnigste Ort in Großbritannien sein, weißt Du!), der Himmel ist blauer als ein Heckenbraunellenei, und die See liegt einfach da und dümpelt vor sich hin in selbstgefälliger Schönheit, geschmückt mit ihren schönsten Edelsteinen.

Ich erinnere mich gerade daran, wie Du hier mit mir meinen sechsundachtzigsten Geburtstag gefeiert hast. Das war eine unserer schönsten Zeiten, nicht wahr? Am Morgen ließ ich mich großzügigerweise von Dir die ganze Promenade bis nach Holywell schieben, und wir fanden wieder einmal heraus, dass das immer weiter weg ist, als wir denken. Dort haben wir einen anständigen Kaffee getrunken und uns über die Trägheit in der Politik unterhalten, und viel wichtiger, über die seltsame Wirkung, die die Laute der Möwen auf die Seele haben. Weißt Du noch? Dann, nachdem ich am Nachmittag zu Hause ein Nickerchen gehalten hatte, hast Du mich zu einem frühen Abendessen in mein Lieblings-Thai-Restaurant am neuen Jachthafen ausgeführt. Ich weiß nicht mehr genau, was wir bestellt haben, nur noch, dass ich auf jeden Fall diese köstlichen Schmetterlings-Garnelen hatte, die dort immer so lecker sind. Mir läuft schon beim Schreiben das Wasser im Mund zusammen.

Was haben wir außer essen in dem Restaurant gemacht? Ach ja. Wir sind einem unserer Lieblingshobbys nachgegangen. Wir haben versucht, die Serienmörder unter den anderen Gästen zu erkennen, stimmt's? Es gab da einen oder zwei vielversprechende Kandidaten, meine ich mich zu erinnern, besonders diesen Mann, der ganz allein am übernächsten Tisch saß. Er hockte zusammengesunken auf seinem Stuhl, den Unterkiefer nach vorn geschoben, und schwenkte mit finsterer, räuberischer Miene seinen großen Kopf hin und her wie eine Rübe auf einem Stecken. Er kundschaftete wohl potenzielle Opfer aus, vermuteten wir. Doch dann kamen seine hübsche Frau und seine beiden fröhlichen Kinder herein und verdarben uns alles, indem sie ihn wie durch Zauberei in einen sympathischen, heiteren, freundlichen Menschen verwandelten, der schlechte Witze erzählte und offensichtlich von seiner Familie sehr geliebt wurde. Was für eine Enttäuschung! Dass die uns auch so den Spaß verderben mussten. Manche Leute nehmen einfach keine Rücksicht auf andere, nicht wahr? Wenn man schon wie ein Serienmörder aussieht, dann sollte man gefälligst auch einer sein. Oder aber sich mehr Mühe geben, eine positive Ausstrahlung zu haben. Das ist meine Meinung.

Wir hatten einen herrlichen Abend, Jack. Du wolltest unbedingt die Rechnung übernehmen, und ich bin natürlich eine sehr angenehme Gesellschaft. So waren wir beide zufrieden.

Es gab nur einen Moment, der ein bisschen querlief. Weißt Du noch, wie wir mit thailändischem Bier auf Deine Mutter und Deinen Vater angestoßen haben? Das war kein Problem, aber dann sagte ich etwas Unbedachtes:

»Hoffen wir, dass sie glücklich sind, wo immer sie jetzt sein mögen.«

Oder so etwas Ähnliches. Darauf trat ein klammes, furchtbares Schweigen ein, und es wurde sehr unbehaglich. Natürlich wusste ich, warum. Weder Du noch ich werden wohl je diesen abgrundtief scheußlichen Moment vergessen, als Du mich fragtest, warum ich mich offenbar nie sonderlich für das interessiere, woran Du glaubst – für Deine Hingabe ans Christentum.

Ich möchte mich dafür entschuldigen, dass mir an jenem Tag der Mut fehlte, Jack. Meine Antwort auf Deine Frage war jämmerlich und nur zur Hälfte wahr. Ich glaube, ich sagte etwas in dem Sinn, ich fände keine Substanz in dem, was Du darüber sagtest oder wie Du darüber redetest, oder so etwas Ähnliches. Seither haben wir, wie Du weißt, den Kopf eingezogen, wann immer das Gespräch auch nur annähernd auf dieses Thema kam. Vielleicht war es nur ein ganz kleiner Elefant, aber er versteckte sich immer irgendwo im Zimmer. Und wahrscheinlich hast Du auch gemerkt, dass solche Viecher paradoxerweise immer größer werden, je weniger man sie füttert. Ich glaube, in dem Thai-Restaurant damals haben wir beide das Stampfen schwerer Füße gehört. Mich hat das sehr traurig gemacht.

Ich fürchte, das hier wird ein ziemlich langer Brief, aber ich muss ihn Dir aus zwei Gründen schreiben. Erstens will ich versuchen, es wiedergutzumachen, dass ich so wenig hilfreich und so feige war. Ich will Dir endlich erklären, was ich mit meiner völlig unzulänglichen Antwort damals gemeint habe. Und den zweiten Grund wirst Du vielleicht sehr seltsam und verschroben finden. Er hat mit etwas zu tun, was mir passiert ist, mit einem Erlebnis, das ich nie erwartet hätte. Ich kann mit Etiketten nicht viel anfangen und finde wirklich keine Worte, um zu erklären, wovon ich gerade spreche, also lasse ich es lieber. Sagen wir einfach, es hatte mit der Geburt (ein besseres Wort fällt mir nicht ein) von etwas Neuem zu tun. Vielleicht würdest Du es Glauben nennen. Nahegebracht hat es mir der Mann, von dem ich Dir in diesem Brief erzählen will. Im Zusammenhang mit ihm möchte ich Dir etwas vorschlagen, was Du vielleicht tun solltest.

Also, zuerst: Was habe ich Dir über die Art und Weise, wie Du zu mir von Deinem Glauben gesprochen hast, sagen wollen? Ach je, das ist nicht einfach. Ich muss es wohl einfach denken, fühlen und dann zu Papier bringen. Geh nicht weg.

Okay, ich bin wieder da. Ich habe nachgedacht und nachgefühlt, und jetzt bleibt nur noch eins zu tun. Also los. Ich hatte, wenn Du in mei-

ne Richtung über den Glauben gesprochen hast, immer das deutliche Gefühl, dass ich an dem Gespräch eigentlich gar nicht beteiligt war. Mir kam es so vor, als ob Du nur mit Dir selbst redetest statt mit mir. Mich wolltest Du nur an Bord haben, damit ich Dir irgendwie bei der Hauptaufgabe helfe, nämlich Dich selbst davon zu überzeugen, dass Du an das glaubst, was Du da sagst. Das hat mich nicht nur verwirrt. Es hat mich auch traurig gemacht. Wie warst Du nur in diese enge Gefängniszelle aus Furcht und Verwirrung geraten, in der Du immerzu hin und her tigern und laut von der tollen Freiheit erzählen musstest, die Du gefunden hattest und die alle anderen auch brauchten? Das ergab alles keinen Sinn, aber mit angstgetriebener Leidenschaft lässt sich nicht streiten. Also kniff ich. Ich hätte mich ja auch dahinterklemmen und richtig darüber nachdenken und es versuchen können. Aber das habe ich nicht, und das tut mir leid. Ich wollte es einfach nicht aufs Spiel setzen, das mit uns. Ich wollte, dass wir beide so weitermachen wie immer. Ich hoffe, lieber Jack, Du hast wie ich das Gefühl, dass uns das im Großen und Ganzen gelungen ist. Aber ich weiß natürlich genau, dass der Schatten immer da war. Bis jetzt, hoffe ich. Es tut mir wirklich leid, Jack. Bitte vergib mir.

Und mit dem Stichwort Schatten komme ich zu dem zweiten Grund, warum ich diesen Brief schreibe. Ich möchte Dir von etwas erzählen, was mir letztes Jahr passiert ist. Ein paar Dinge in dieser Geschichte sind merkwürdig und für mich einigermaßen peinlich. Du bist erst der zweite Mensch, der von meinem schrecklichen Geheimnis erfährt. Ich fürchte, Du wirst auch ein bisschen bestürzt darüber sein. Oh ja. Ich glaube, ich höre jetzt lieber auf und setze mich morgen früh wieder dran.

Da bin ich wieder. Das Frühstück ist abgeräumt, die Sonne strahlt immer noch, und ich habe keine Ausrede, es vor mir herzuschieben. Also los.

Es war Januar. Du weißt ja, wie es einem im Januar manchmal gehen kann, Jack. Das ist wie so ein Langstreckenflug. Ich habe das nur einmal gemacht, als ich mit William seinen älteren Bruder in Australien besucht habe. Ich weiß noch, wie wir am Flughafen Gatwick in die Qantas-Maschine stiegen und die Kante des Vordersitzes ganz leicht mein Knie berührte. Überhaupt nicht unangenehm, weißt Du. Nur ein ganz leichter Druck. Aber als wir auf dem Flughafen Changi in Singapur zu unserer vierstündigen »Pause« zwischenlandeten, hatte sich diese harmlose Sitzkante in einen rotglühenden Metallspieß verwandelt, der sich in mein Bein bohrte, als wollte er nach Öl suchen. Ich weiß nichts mehr von Changi, außer, wie riesig der Flughafen war und was für ein herrliches Gefühl es war, von dieser gewaltsamen Attacke auf meinen eingepferchten Körper befreit zu sein. Für William war es natürlich noch schlimmer. Er war ja viel größer und dicker als ich. Aber er beklagte sich kaum. So ein Flegel, mir das ganze Jammern allein zu überlassen. Der alte Egoist.

Jedenfalls empfinde ich den Monat Januar genauso, und ganz besonders diesen Januar im letzten Jahr. Du weißt ja, wie sehr ich Deinen Großvater geliebt habe und wie schwer es mir fiel, mich einer Zukunft ohne ihn zu stellen oder sie mir auch nur vorzustellen. Trauer ist etwas Furchtbares, Jack. Du hast es ja selbst erlebt und weißt, wovon ich rede. Ich glaube, wir haben unsere Trauer über den Tod Deines Vaters jeder auf seine Weise durchlebt, aber wir kamen gut miteinander aus, mit unserem Schweigen wie auch mit dem, was wir sagten. Es war für uns beide die richtige Art und Weise, und es funktionierte. Irgendwie haben wir es überlebt, oder?

Aber weißt Du, Trauer geht nie ganz weg. Wir lernen wohl, unser Leben ein bisschen besser zu steuern, einfach über die Runden zu kommen, einfach in den Laden an der Ecke zu gehen und eine Dose Bohnen und einen Laib Brot zu kaufen. Aber das riesige Ungeheuer mit den scharfen Zähnen lauert immerzu irgendwo hinter einem Baum *oder hinter der nächsten Ecke, um uns anzuspringen und zu packen und uns daran zu erinnern, dass tief im Innern der Schmerz in Wirklichkeit nie weniger geworden ist.*

Trotzdem war ich Ende Dezember sehr zufrieden mit mir. Statt über Weihnachten zu Hause zu sitzen und niedergeschlagen zu sein, hatte ich alle möglichen konstruktiven Pläne für Besuche bei und von Leuten gemacht, die ich mag (unter anderem von Dir, Jack), und Sachen zu unternehmen, für die ich mich schick machen und ein Taxi nehmen und mich richtig ins Zeug legen musste. Es schien sehr gut zu funktionieren. Ich machte nur einen Fehler.

Ich ging nämlich an Silvester, dem schlimmsten Abend des Jahres für viele Leute wie mich, auf eine Seniorenparty in eine anglikanische Kirche in der Stadtmitte von Eastbourne. Ich hätte mir ausrechnen können, wie abgrundtief furchtbar das sein würde. Schüchternes Geplauder bei einem halben Glas warmem Weißwein, eingehende Erörterungen des Zustands unserer Beine, eine Runde Silvester-Bingo, bei der ich einen gehäkelten Eierwärmer gewann, der noch nicht ganz fertig war, und allgemeine gespielte Aufregung um zehn Uhr, als das Programm vorsah, dass wir uns nun gegenseitig auf die Wangen küssen und so tun sollten, als wäre es Mitternacht. Ich weiß nicht, ob Du schon einmal miterlebt hast, wie alte Leute sich unter solchen Umständen gegenseitig küssen, Jack. Senior/in A hält mit beiden zitternden Händen vorsichtig Senior/in Bs Kopf fest, damit dieser nicht durch den Druck des Speckschwartenkusses herunterkugelt und zu Boden stürzt wie eine dieser Steinkugeln, die manchmal die Gartentorpfosten vornehmer Häuser schmücken.

Ich weiß, das hört sich gemein an. Es waren ja nette Leute, und es war natürlich auch alles furchtbar gut gemeint. Aber für mich war diese Ablenkung nun einmal ein Fehler, und es ging völlig nach hinten los. Sie fiel um wie ein bleierner Dominostein, der beim Fallen all die kleinen Säulen der Zufriedenheit mit sich riss, die ich mühsam um die gan-

ze Weihnachtszeit herum aufgebaut hatte. Na ja, sehr stabil können sie wohl von Anfang an nicht gewesen ein. Als ich später am Abend auf dem Rücksitz eines teuren Taxis unterwegs zurück nach Hause war, bohrte sich der Schmerz eines Lebens ohne William so erbarmungslos in mich hinein, dass ich mich krümmte und kaum atmen konnte. Der lange Marsch meines einsamen Lebens fühlte sich an, als würde er ewig andauern, und nichts deutete darauf hin, dass ich je an einem besseren Ort ankommen oder dass der Schmerz je weniger werden würde.

Wurde er auch nicht. Es wurde im Verlauf dieses öden Monats immer schlimmer. Ich geriet in einen dieser Teufelskreise, aus denen man einfach nicht herauskommt. Je niedergeschlagener ich wurde, desto weniger Lust hatte ich, Leute zu sehen, die mir wichtig sind, und je weniger Kontakt ich zu Leuten hatte, die ich liebe, desto tiefer baumelte ich über dem Abgrund wie dieser arme Kerl in der Geschichte von Edgar Allan Poe. Sei nicht böse, Jack. Du bist ein Schatz, was immer Du auch glaubst. Ich weiß genau, dass Du alles hättest stehen und liegen lassen und zu mir gekommen wärst, wenn Du etwas davon gewusst hättest, aber weißt Du, ich hatte einfach überhaupt keine Zuversicht mehr. Ich kauerte elend in einer kleinen, finsteren Welt ohne William. Mehr gab es nicht. Mehr war ich nicht.

Jack, verzeih mir, wenn Dich das schockiert und verletzt, aber ich kam zu dem Schluss, dass ich nicht mehr leben wollte. Ich wusste zwar nicht, wie ich meinem Leben ein Ende setzen sollte, aber ich war entschlossen, dass ich es bald erledigen würde. Wenn auch nur die geringste Chance bestand, wieder mit meinem geliebten Mann vereint zu sein, dann war dafür kein Preis zu hoch. Und wenn jenseits des Grabes doch überhaupt nichts war, dann war es auch egal. Der Schmerz würde endlich vorbei sein, und die Leere würde mich verschlucken.

Dann passierte es.

Es war ein Donnerstag, und das Wetter an jenem Tag war das genaue Gegenteil von dem, was ich durchs Fenster vor mir sehe, während *ich diesen Brief schreibe. Regen und Wind hatten seit dem frühen Morgen auf die Küste eingepeitscht. Als ich um sechs Uhr abends den Vorhang meines Wohnzimmers zur Seite zog, war der Himmel draußen so schwarz wie die Lücke in meinem Leben. Der Sturm schleuderte den Regen in mächtigen Fontänen auf das Pflaster auf der anderen Straßenseite. Abgesehen von den verwaschenen Scheinwerferstrahlen einiger vereinzelter Autos sah ich nur die Lichter der hübschen pastellfarbenen Lampen, die im vorigen Jahr entlang der Promenade aufgestellt worden waren, und selbst ihre massiven Mäste schienen von dem Sturm ordentlich durchgeschüttelt zu werden.*

Ich beschloss, vor dem Abendessen noch einen Spaziergang zu machen. Wieso nur? Was hat die verrückte Alice nur geritten? Frag nicht. Einfach durchgeknallt, nehme ich an. Im Radio habe ich irgendwann mal von einem Stamm in Afrika gehört, dessen junge Männer einen langen, harten Initiationsritus durchlaufen müssen, bevor sie als Erwachsene gelten. Einer der Stammesältesten wurde gefragt, warum ihnen all diese schmerzhaften Strapazen auferlegt würden. Seine Antwort war absolut verblüffend.

»Wenn sie das nicht machen würden«, sagte er, »würden sie wahrscheinlich ihre Dörfer niederbrennen, nur, um die Hitze zu spüren.«

So ähnlich war es wohl ein bisschen, als ich da hinaus in den Sturm ging, Jack. Ein mächtiger, brüllender Stimulus, um ein klaffendes Vakuum zu füllen. Und überhaupt, wieso denn nicht? Da gab es nichts zu fürchten. Wenn ich hinunter zum Strand ging und eine Sturmbö der Stärke zehn mich packte und hinaus in den Ärmelkanal schleuderte, würde ich nur Dankbarkeit empfinden. Überfahren zu werden hätte mir genauso gut gepasst, solange das Auto nur groß genug war und ordentlich Tempo draufhatte. Allerdings zog ich mich passend für das Wetter an. Was hätte meine Mutter dazu gesagt, wenn ich nicht meinen Regenmantel angezogen hätte. Lach nicht. Solche praktischen, banalen Gewohnheiten sind schwer totzukriegen. Und außer-

dem ging es mir schon immer gegen den Strich, meine liebe Mutter zu verärgern.

»Schön und gut, wenn du dich umbringen willst, Alice«, hätte sie vielleicht gesagt, »aber deshalb musst du ja nicht gleich in so ein scheußliches Wetter hinausgehen, ohne dich ordentlich einzupacken.«

Ich schaffte es, die Straße zu überqueren, ohne irgendwelche Verkehrsstörungen auszulösen, und kämpfte mich dann, sehr mühsam wegen meiner blöden Beine, die Promenade entlang bis zu dem alten viktorianischen Musikpavillon, der schon immer eines meiner Lieblingsplätzchen war, wenn es stürmte. Neben dem Pavillon, auf der seezugewandten Seite, stand ein solider Holzunterstand, von dem man hinaus aufs Meer blickte. Ich war ziemlich sicher, dass die Bank im Innern weit genug hinten stand, um den Insassen Schutz vor dem schlimmsten Wetter zu bieten. Durchgepustet und durchnässt, wie ich war, schleppte ich mich keuchend in den Unterstand, immer noch mit der Hand die Regenkapuze vor dem Gesicht zusammenkneifend, und ließ mich, so schwer, wie es einem Federgewicht wie mir möglich ist, triefend und zerzaust auf die Bank niederfallen. Ich schob mir die Kapuze zurück in den Nacken, blinzelte gegen die Feuchtigkeit in meinen Augen an und schüttelte meine Haare aus. Dabei fiel mein Blick nach links, und plötzlich bemerkte ich einen dunklen Schatten drüben auf der anderen Seite des Unterstandes. Ich war nicht allein. Was für ein Schreck! Ich glaube, ich habe sehr hörbar aufgeschrien.

Am anderen Ende der Bank saß ein Mann.

Menschen sind schon komische Geschöpfe, nicht wahr, Jack? Ich jedenfalls. Der Gedanke, aufs Meer hinausgetrieben oder von einem Bus überfahren zu werden oder mich mit Tabletten vollzustopfen, bis Bewusstlosigkeit und Tod mich überkommen – das alles schienen mir akzeptable Mittel zu sein, um den Schmerzschalter auf »Aus« zu stellen. Aber mich hier plötzlich allein einem fremden Mann gegenüberzusehen, an einem Ort, wo nicht damit zu rechnen war, dass irgendein anderer Mensch auftauchte, das ließ mir die Angst in alle Glieder fahren. Wenn schon, dann wollte ich meinem Leben selbst ein Ende machen, meine Güte. Von jemand anderem gemeuchelt zu werden, davon war bei der Brainstorming-Sitzung nie die Rede gewesen, nicht einmal als winzige Fußnote ganz unten in der Ecke der Flipchart.

Mein erster Gedanke war, mich schleunigst aus dem Staub zu machen. Das tat ich aber nicht, und zwar aus drei Gründen. Erstens konnte ich das gar nicht. Ich bin schon seit Jahren nicht mehr in der Lage, mich schleunigst irgendwohin zu bewegen. Zweitens, wer weiß, was ich damit auslöste, wenn ich mich jetzt bewegte? Womöglich würde er aufspringen und mich packen. Mein dritter Gedanke war, dieser Mann, wer immer er auch war (mehr als den schattenhaften Umriss einer männlichen Gestalt konnte ich nicht erkennen), konnte keinesfalls damit gerechnet haben, mitten im Januar während eines fürchterlichen Wolkenbruchs in einem Unterstand am Strand von Eastbourne Gesellschaft zu bekommen. Ich war diejenige, die hier plötzlich aufgetaucht war. Ich war der Eindringling. Trotzdem saß mir die Angst im Nacken, so sehr, dass mir nichts anderes einfiel, als mich wie eine Bilderbuch-Engländerin zu benehmen.

»Guten Abend«, sagte ich höflich. Ich sprach laut gegen die brausende Kakophonie des Windes an und gab mir alle Mühe, das Zittern in meiner Stimme zu unterdrücken. »Ich hoffe, ich störe Sie nicht.«

Als ich das sagte, wandte er den Kopf langsam in meine Richtung. Obwohl ich keine Einzelheiten in seinem Gesicht erkennen konnte, begann meine Furcht von diesem Moment an zu verfliegen. Keine Ahnung, warum. Ich weiß nur, dass der Haarkranz um seinen Kopf ... eine gute Form hatte. Ich weiß, jetzt lachst du mich bestimmt aus, Jack. Lach nur, aber es war so. Er hatte eine ausgesprochen gute Form.

»Überhaupt nicht«, sagte er. »Es ist ein Vergnügen, etwas Gesellschaft zu haben. Es tut immer gut, einen anständigen Sturm mit anderen zu teilen.«

Seine Stimme, Jack. Voll, warm, beruhigend. Die Stimme eines gereiften Mannes, schätzte ich. Vielleicht Mitte sechzig. Ich hatte es ja schon immer mit Stimmen. William hatte eine wunderschöne Stimme, es sei denn, er war sauer und brüllte. Die Stimme dieses Mannes lud mich ein, dazuzugehören. Sie deutete an, dass ich bereits dazugehörte. Wir waren eine Gemeinschaft. Hört sich das lachhaft an? Ist es auch. Aber es war so. Wie schafft man das mit ein paar Worten? Ich seufze, während ich dies schreibe.

»Sind Sie von hier?«, fragte ich.

»Eigentlich nicht«, erwiderte er. »Ich habe das Glück, ein kleines Landhäuschen zu besitzen, ein paar Meilen von Wadhurst entfernt, ungefähr zwischen Hastings und Tunbridge Wells. Und Sie?

»Also, ich – ach, wissen Sie, würde es Ihnen etwas ausmachen, wenn ich etwas näher rücke, damit ich nicht so brüllen muss?«

»Warten Sie, ich rücke hinüber.«

Das hätte ein bisschen beunruhigend sein können, nicht wahr, Jack? War es aber nicht. Er rutschte ein paar Handbreit näher, lehnte sich auf der Bank zurück und streckte seine Beine vor sich aus.

»Besser?«

»Viel besser, danke. Ich habe eine Wohnung drüben auf der anderen Straßenseite, nur ein kleines Stück von hier. Eine sogenannte Gartenwohnung. Ein winziger Garten. Keine Treppen. Ich kann ein paar Schritte gehen. Es war ziemlich anstrengend für mich, jetzt hier herunterzuhumpeln. Aber Treppensteigen ist nichts mehr für mich.«

Er nickte langsam, sagte aber nichts mehr. Also beschloss ich weiterzureden:

»Dann sind Sie geschäftlich in Eastbourne? Oder besuchen Sie jemanden?«

»Weder noch. Ich mache hier Urlaub.« Er deutete mit einer Hand über seine Schulter nach hinten. »Eine Woche im Sheldon am Burlington Place. Sehr schönes Frühstück. Die bereiten es dort so zu, als wollten sie es selbst essen. Und das Wichtigste, der Kaffee ist gut.«

Ich überlegte.

»Sie machen im Januar in Eastbourne Urlaub? Haben Sie Familie oder Freunde hier?«

Er schmunzelte.

»Nein, auch das nicht – außer Ihnen, hoffe ich. Sie scheinen sehr nett zu sein. Ich war noch nie in Eastbourne. Und was den Urlaub im Januar angeht – nun ja. Ich habe wohl eine Schwäche für trübes Wetter. Hat wahrscheinlich damit zu tun, wie ich aufgewachsen bin. Wir alle vermissen hin und wieder auch das Trostlose. Ist das Nostalgie? Nein, nicht nur. Eine Rückkehr zu den Wurzeln vielleicht? Was auch immer, im Winter am Meer zu sein ist in einem solchen Fall genau das Richtige, finden Sie nicht? Wobei ich zugegebenermaßen ein erbärmlicher Schummler bin. Ich stehe nur zeitweise auf trübes Wetter. Im Sheldon ist es gemütlich warm, und die Handtücher sind dick und flauschig. Jede Menge brühheißes Wasser. Da lohnt sich ein Spaziergang im Sturm allein für das Vergnügen, wieder zurückzukommen.«

»Dann fiel Ihre Wahl rein zufällig auf Eastbourne?«

»Zufällig? Nein, überhaupt nicht. Ein Freund hat es mir empfohlen. Mein Freund George. Er kommt öfter hierher.«

Einen Moment lang kam es mir so vor, als ob er in der Dunkelheit mein Gesicht musterte.

»Erzählen Sie mir etwas von sich. Sie haben völlig recht. Es ist ein bisschen seltsam, im Winter Urlaub am Meer zu machen. Aber nicht so seltsam wie das, was Sie gerade getan haben. Was war so wichtig, dass Sie sich durch dieses scheußliche Wetter bis hierher durchgekämpft haben? Auf diesen mörderischen Stufen da oben hätten Sie leicht Schiffbruch erleiden können. Und niemand hätte es gemerkt. Ich bin froh, dass Sie gekommen sind. Es ist ein Vergnügen, Sie kennenzulernen. Aber für diese Expedition muss es doch bestimmt einen sehr guten Grund gegeben haben.«

Da habe ich ein bisschen die Nerven verloren, Jack. Ich war völlig baff, oder wie auch immer man das heutzutage ausdrückt. Ich hatte keine Ahnung, was ich darauf antworten sollte. Also flunkerte ich. Ich sagte das, wovon ich mir wünschte, dass es die Wahrheit wäre.

»Das weiß ich selbst nicht so genau. Ich habe den ganzen Tag über drinnen gehockt. Da wollte ich mich vor dem Abendessen noch ein bisschen durchpusten lassen und habe es meinem Mann überlassen, das Essen fertig zu machen, und bin einfach – herausgekommen. Er sagte zwar, ich solle lieber nicht gehen, aber ich fürchte, ich bin ein ziemlicher Sturkopf. Mir war gar nicht bewusst gewesen, wie scheußlich es hier draußen ist. Als ich dann beim Musikpavillon ankam, beschloss ich, mich hier erst einmal ein paar Minuten lang unterzustellen, bevor ich mich auf den Rückweg durch Regen und Wind mache. Und wo wir gerade davon sprechen ...« Ich hob mein linkes Handgelenk und starrte lächerlicherweise in die Richtung meiner nicht vorhandenen Armbanduhr. »Ich muss dann mal los. William wundert sich bestimmt schon, wo ich bleibe.«

»William.«

»William ist mein Mann.«

»Ich glaube, der Wind hat sich ein bisschen gelegt. Darf ich Ihnen meinen Arm anbieten und ein bisschen helfen, wieder hinauf auf die Straße zu kommen?«

»Oh! Oh. Ja. Vielen Dank. Ja. Ich bedanke mich herzlich ...«

»Verraten Sie mir Ihren Namen?«

»Ich heiße Alice. Und Sie?«

»Doc. Sie können mich Doc nennen.«

Jack legte das A4-Blatt neben seine Kaffeetasse auf den Tisch und rieb sich mit beiden Händen das Gesicht. Er brauchte ein paar Augenblicke, um seine Empfindungen über das, was er erfahren hatte, zu sortieren. Alices Versuch, ihre Haltung zu seinem Glauben zu erklären, hatte ihn erschüttert. Wie hatte sie noch geschrieben?

»Du bist ein Schatz, was immer Du auch glaubst ...«
Was sollte das heißen? Was für einen Reim sollte er sich darauf machen? Doch vor allem die Nachricht, dass seine Großmutter ihrem Leben ein Ende hatte machen wollen und aus irgendeinem Grund bei ihm keine Hilfe gesucht hatte, traf ihn tief und erschreckte ihn auf einer sehr elementaren Ebene. Jack hatte sich nie mit der wortlosen, unausweichlichen Botschaft dieses Aktes auseinandersetzen müssen. Nun jedoch konnte er sie spüren.

»Ihr Leute, denen etwas an uns liegt. Ihr Angehörigen und Freunde und Liebhaber, die ihr uns ins Herz geschlossen habt. Ihr seid nicht genug. Wärt ihr genug, so würden wir bleiben. Wir gehen, und ihr werdet nur durch Zufall herausfinden, dass wir gegangen sind.«

Es war eine harte Logik.

»Ach, Oma!«, flüsterte Jack in seine Hände hinein. »Ich glaube, dir ist nie klar gewesen, wie sehr ich es brauchte, dass du mich brauchtest. Ich hätte es dir sagen sollen. Und du hättest es mir sagen sollen. Du hättest es mir wirklich sagen sollen ...«

Er schaute wieder auf das Blatt, das vor ihm lag. Offensichtlich war die ganze Sache mit dem Suizid vorbeigegangen. Oma war eines natürlichen Todes gestorben. Das wusste er. Aber was hatte es mit diesem Vielleicht-würdest-du-es-Glauben-nennen-Erlebnis auf sich und mit diesem fremden Mann, dem sie mitten in einem Unwetter begegnet war? Und was, so fragte er sich, als er wieder zu Alices Brief griff, wollte sie ihm vorschlagen, das er vielleicht tun sollte?

Er kam kaum hinterher. Die Gedanken seiner Großmutter liefen meistens nicht in besonders geraden Bahnen, um es milde auszudrücken.

Jack steckte seinen Schlüssel in die Tasche, raffte den Umschlag und die Briefbögen zusammen, zahlte an der Theke seine Rechnung und ging auf sein Zimmer im zweiten Stock. Dort, in der geordneten Zurückgezogenheit, die nur in einem doppelt verriegelten Hotelzimmer zu finden ist, nahm er sich einen Whisky aus der Minibar und machte es sich an dem Fenster bequem, das laut Broschüre einen »Seitenblick aufs Meer« bot. Dieses Extra verteuerte den Zimmerpreis pro Nacht um zehn Pfund, aber Jack fand, dass sich jeder Penny dafür lohnte. In diesem behaglichen Erker fühlte er sich paradoxerweise viel näher an der dunklen, wogenden See und dem verlassenen Strand, den anderen verirrten Seelen und dem hoch aufragenden Beachy Head weit drüben im Westen.

Er nahm den Brief seiner Großmutter zur Hand und las weiter:

Und so marschierten wir los, Jack, ich wieder total vermummt und er mit hochgeschlagenem Mantelkragen, und ich muss sagen, es tat gut, mich auf einen starken Arm stützen zu können. William wäre das nur recht gewesen. Nicht, dass ich allein hinunter ans Ufer gegangen wäre. Darüber hätte er mit mir geschimpft. Aber Hilfe von einem freundlichen Herrn anzunehmen – das hätte er als vernünftiges, besonnenes Verhalten angesehen.

Ohne etwas zu sagen, stiegen wir die Stufen hinauf und überquerten die King's Parade hinüber zur anderen Straßenseite. Es hätte auch keinen Sinn gehabt. Der Regen war nicht mehr so schlimm wie zuvor, aber der Sturm drosch auf alles ein, was sich ihm in den Weg stellte, wie ein Wahnsinniger, der spürte, dass man ihm eine Zwangsjacke anlegen wollte. Erst im Schutz des kleinen weißen Vordaches vor meiner Wohnung konnten wir uns wieder sprechen hören. Im Licht der Außenlampe über meiner Tür konnte ich ihn jetzt deutlicher sehen. Sein Alter hatte ich etwa richtig eingeschätzt, glaube ich. Er hatte ein gutgeschnittenes Gesicht. Glattrasiert. Gutaussehend, aber nicht so wie ein Filmstar. Eher wie ein Bühnenschauspieler. Ein zerfurchtes Gesicht mit vielen Falten, die es aber nur interessanter aussehen ließen. Die Augen traurig, aber freundlich. In ihnen schlummerte vielleicht so etwas wie eine schwererrungene Freude, wenn Du Dir darunter etwas vorstellen kannst. Braunes, gewelltes Haar, ein bisschen lang für sein Alter, durchzogen von grauen Strähnen und von Wind und Regen zu Locken zerzaust. Er sah so beruhigend aus, wie er dort stand, die Hände tief in den Taschen seines Barbour-Mantels vergraben. Er wartete wohl, nahm ich an, dass ich in meiner Wohnung verschwinden und die Tür sicher hinter mir schließen würde. Ich hatte schon angefangen, irgendetwas ziemlich Vorhersehbares zu sagen, um ihm für seine Hilfe zu danken, als er mich unterbrach.

»Alice«, sagte er, »ich würde sehr gerne William kennenlernen, wenn das möglich ist.«

Mein Sicherheitsschlüssel steckte schon im Schloss, als er das sagte. Ich erstarrte. William war nicht da. William war tot. Ich hatte diesen Mann, der sich Doc nannte, angelogen.

Egal. Irgendeine knappe Ausrede. Das Essen steht bestimmt schon auf dem Tisch. Ein anderes Mal vielleicht. Sehr nett von Ihnen, dass Sie mich nach Hause begleitet haben. Irgend so etwas.

»Ja, das wäre nett. Kommen Sie herein, und ich stelle Sie William vor. Es ist reichlich zu essen da, genug für zwei.«

Nachdem wir ein paar Minuten später unsere nassen Sachen in der Diele deponiert hatten, führte ich ihn ins Wohnzimmer und bot ihm den größeren Sessel an, den unter dem Kunstdruck, den Du so magst. Du weißt schon, den mit dem Titel »Freunde«, mit zwei Männern, die nebeneinandersitzen und ein bisschen nervös dreinschauen, aber immerhin bereit sind, sich malen zu lassen. Du hast ihn natürlich inzwischen geerbt, nicht wahr, Jack? Was für ein schöner Gedanke, dass ein Bild, das William sehr liebte, jetzt an einer Wand in Deinem Haus hängt.

Ich plappere so, weil es mir peinlich ist, was ich Dir jetzt zu erzählen habe. Ich will beschreiben, was mein Gast gesehen haben muss, als er auf diesem Sessel Platz nahm und sich umschaute. Am hinteren Ende des Zimmers war mein Tisch mit den ausklappbaren Beinen, an dem Du und ich manchmal gesessen haben, fürs Abendessen gedeckt. Es waren zwei Gedecke da. Zwei Tischsets, zwei Weingläser, zwei Wassergläser, zwei kleine Teller und zwei bestickte Servietten, die in den schönen alten silbernen Serviettenringen von meiner Mutter steckten. Auf dem Tischset gegenüber der Küchenluke stand, dem anderen Platz zugewandt, ein Foto. Es war ein Porträt von William, das ein paar Jahre vor seinem Tod aufgenommen worden war. Kurz bevor er sich auf den Weg in die Stadt machte, um dieses Foto machen zu lassen, lachten wir noch darüber, dass ich ihn gebeten hatte, so zu tun, als lächelte er mich an, wenn der Fotograf auf den Auslöser drückte. Ich glaube wirklich, das hat er getan. Alles, was mein Mann mir bedeutet hat, steckte in diesem Bild.

Während dieses ganzen elenden Januars hatte ich mir angewöhnt, jeden Abend den Tisch für William und mich zu decken. Während ich das Essen vorbereitete, plauderte ich mit ihm durch die Luke, und dann unterhielt ich mich mit ihm, während ich aß, und genoss es, dass er mir dort gegenübersaß und mir lächelnd zuhörte. Jämmerlich, nicht wahr, Jack? Eine dumme alte Glucke, die sich selbst Theater vorspielt, um eine Lücke in ihrem Leben auszufüllen.

Ich glaube, mein Gast wusste sofort, was los war. Ich hatte sogar das Gefühl, er wusste es schon, bevor er durch meine Tür trat. Ein paar Minuten lang saß er einfach nur da auf dem Sessel, das Kinn auf seine verschränkten Finger gestützt, und wartete darauf, dass ich etwas sagte. Ich kam mir vor wie ein kleines Mädchen, als ich da neben dem Tisch stand und nervös mit den Fingern meiner einen Hand auf die andere Handfläche trommelte.

»William ist schon lange gestorben«, brachte ich schließlich stotternd heraus. »Ich wohne allein hier.«

Er nickte lächelnd und sagte ganz freundlich: »*Das dachte ich mir irgendwie schon, Alice.*«

»*Wie habe ich mich verraten?*«

Er lächelte traurig. »*Keine großartige Detektivleistung, fürchte ich. Sie sagten, es sei genug zu essen für zwei da. Also ...*«

»*Ach du meine Güte, ja, wie dumm.*«

»*Was ich rätselhafter finde, Alice, ist, wieso Sie mich überhaupt hereingebeten haben.*«

Jack, weißt Du, was ich meine, wenn ich sage, dass man sich manchmal einen Moment Zeit nehmen muss, um ganz tief im eigenen Innern herumzuwühlen und die nackte Wahrheit zum Vorschein zu bringen? Selbst wenn sich dann herausstellt, dass es etwas ist, was man eigentlich gar nicht laut aussprechen will? So ging es mir, als er mir diese Frage stellte.

»*Nun ja – schauen Sie, ich möchte wirklich nicht, dass Sie falsch verstehen, was ich jetzt sage – äh, ich soll Sie Doc nennen, sagten Sie?*«

»*Ja, Doc ist gut.*«

»*Okay. Also, es ist so – Doc. Obwohl ich Sie erst seit einer halben Stunde kenne, möchte ich ... möchte ich, dass Sie mich für eine Person halten, die Ihnen die Wahrheit sagt. Ich weiß, bisher spricht die Bilanz eher gegen mich. Ich habe da unten am Strand einen ganz schlechten Anfang gemacht, aber wissen Sie, das wollte ich wiedergutmachen. Oje, hört sich das sehr dumm an? Schließlich gibt es ja eigentlich gar keinen Grund, warum Sie ...*«

»*Was gibt es zum Abendessen, Alice?*«

Mein Gehirn schaltete mit Doppelkuppeln in einen anderen Gang. (Das sagt Dir jetzt wahrscheinlich nichts, aber ich habe keine Lust, es Dir zu erklären.)

»*Was? Ach ja, natürlich. Mögen Sie überbackenen Käsetoast mit Speck?*«

»*Hört sich großartig an.*«

»*Gut, dann, äh, räume ich nur schnell William ab, ja?*«
Wir mussten beide lächeln, als ich das sagte. Es war, als platzte eine kleine Blase. Durch die Luke und dann am Tisch beim Essen plapperte ich unentwegt über mein Leben, meine Ehe, über Dich, meine chronische Einsamkeit, und dann, als wir es uns auf den Sesseln bequem gemacht hatten, an Schokosticks knabberten und einen ziemlich anregenden äthiopischen Kaffee tranken, erzählte ich ihm von meinem Entschluss, mich umzubringen.

»*Ihr Besuch hier war eine wunderbare, unerwartete Freude für mich*«, *sagte ich,* »*aber der morgige Tag kommt, und dann der Tag danach, und der nächste und immer so weiter, vielleicht noch jahrelang. Hunderte von morgigen Tagen. Die Leute leben heute ja so lange. Ich will so viele Tage nicht mehr. Ich will nicht jeden Morgen aufwachen und den Schmerz in mir spüren, noch bevor der Radiosprecher sich warmgeredet hat.*«

Ich schaute entschuldigend zu Williams Bild hinüber. »*Letzten Endes kommt von so einem Foto nicht viel zurück. Wenn ich es recht betrachte, gibt es nur zwei Möglichkeiten. Entweder bleibe ich da und leide, oder ich entscheide mich freiwillig, den Schritt in die Dunkelheit zu tun, wohin dieser Schritt mich auch immer bringen mag. Das hat nichts mit Neurosen zu tun. Ich leide nicht unter Depressionen und glaube, dass ich durchaus noch alle Hühner auf dem Balkon habe. Und ich habe meine pragmatische Entscheidung getroffen. Meinen Sie, es ist die richtige, Doc?*«

Er nippte nachdenklich an seinem Kaffee, etwa so, als solle er sich zwischen Crunchy Nut Cornflakes und Kellogs entscheiden. Er sah so nett aus, wie er dort saß, Jack. Gute Kleidung, teuer, aber robust und haltbar. Eine dunkelbraune Hose aus einem Kordmaterial, ein dicker, dunkelbrauner Strickpullover, der vermutlich aus demselben Laden stammte wie sein grüner Mantel mit dem karierten Futter, der jetzt in meiner kleinen Diele am Haken hing. Die Schuhe, die er ausgezogen und auf der Fußmatte zurückgelassen hatte, als wir hereinkamen, waren mir schon vorher aufgefallen: Sie waren aus kräftigem braunem Leder, mit dicken Schnürsenkeln, mehr für den Gebrauch bestimmt als zur Zierde. Ich mochte seinen Stil.

Wie würde er jetzt auf meine Frage antworten? Eigentlich war es unfair. Was konnte der arme Mann schon sagen? Sollte er mir gute Ratschläge geben, ich möge meinen Blickwinkel weiten und mehr unter die Leute gehen? Therapie? Lebensberatung? Medikamente? Mich auf den Frühling und besseres Wetter freuen? Mich fragen, wie die Menschen, die mich liebten, mit der schrecklichen Nachricht von meinem Tod fertigwerden sollten? Das eine oder andere davon würde es sein, vermutete ich.

Doc steckte sich den Rest seines Schokosticks in den Mund und stellte seine Tasse und Untertasse vorsichtig auf dem kleinen Beistelltisch neben seinem Sessel ab.

»Alice«, sagte er ernst, »ich glaube, Sie haben sich richtig entschieden.«

Warum legen wir eigentlich immer, wenn wir überrascht und verwirrt sind, unsere Köpfe schief und recken sie nach vorn? Peinlich, wenn man sich dabei ertappt. Ich muss ausgesehen haben wie eine aufgeschreckte Schildkröte.

»Entschuldigung, wollen Sie damit sagen, Sie sind der Meinung, dass ich mich umbringen sollte?«

Er drückte seine Ellbogen gegen die Rippen und hob und senkte seine Hände abwechselnd, als wöge er die Argumente ab.

»Von den beiden Möglichkeiten, die Sie erwähnt haben, würde ich jedenfalls auch diese wählen. Den Rest Ihres Lebens im Elend fristen oder einen einfachen Schritt tun, um allem ein Ende zu machen – nun, das ist nicht gerade ein Kopf-an-Kopf-Rennen, nicht wahr? Das ist meine Meinung.«

Daraufhin saßen wir ein Weilchen nur da, ohne etwas zu sagen. Ich hatte das Gefühl, das war kein gutes Ende. Kalt. Hatte er denn nicht eine einzige tröstliche Plattitüde für mich?

Doc brach das Schweigen.

»Allerdings, Alice, gibt es noch eine andere Alternative, an die Sie vielleicht noch gar nicht gedacht haben.«

Also doch. Erleichtert sog ich Luft durch die Nase ein und bereitete mich darauf vor, seinen Vorschlägen freundlich, aber ablehnend zu begegnen.

»Und die wäre?«

Pause.

»Scrabble.«

Es kam mir vor wie die Pointe eines unglaublich komischen Witzes. Ich brach in unbändiges Gelächter aus und konnte gar nicht wieder aufhören zu lachen, wie ich es nicht mehr getan hatte, seit William gestorben war. Eine nervöse Reaktion wohl zum Teil, aber es war noch mehr als das. In den Tränen der Heiterkeit, die mir an diesem Abend aus den Augen flossen, muss irgendein reinigender Wirkstoff gewesen sein. So fühlte es sich an. Manchmal sagen Leute, sie seien vor Lachen umgefallen, nicht wahr? Ich hing am Ende schief über der Armlehne meines Sessels und stopfte mir ein Taschentuch in den Mund, um mich irgendwie wieder unter Gewalt zu bekommen. Äußerst blamabel.

Als ich mich ein wenig beruhigt hatte, entschuldigte ich mich, doch Doc lächelte nur und fragte: »Nun – was halten Sie von der Scrabble-Variante?«

»Tut mir leid, aber ich weiß nicht genau, wie Sie das meinen. Wollen Sie mir sagen, ich solle mich einem Scrabble-Verein anschließen oder so etwas?«

Das Lächeln verschwand aus seinem Gesicht, und seine Augenbrauen schossen vor Schreck in die Höhe.

»Grundgütiger, nein, Sie haben doch sowieso schon den Lebenswillen verloren. Warum alles noch schlimmer machen? Nein, ich will nur andeuten, dass Sie außer einem trostlosen Leben und der schmerzlosen

Auslöschung auch noch die Wahlmöglichkeit haben, heute Abend mit mir eine Partie Scrabble zu spielen. Was halten Sie davon?«

»Ich blickte nicht mehr durch, war aber seltsam fröhlich dabei. »Doc, was Sie da sagen, ergibt nicht den geringsten Sinn.«

»Na ja, einen Sinn vielleicht nicht, aber können wir trotzdem eine Runde Scrabble spielen? Ich liebe dieses Spiel. Allerdings muss ich Sie warnen. Ich bin unverschämt gut darin.«

»Ich auch. Na schön, dann spielen wir, aber wieso sind Sie so sicher, dass ich überhaupt ein Scrabble-Spiel dahabe? Oder dass ich Lust zum Spielen habe?«

»Kleinigkeit für einen genialen Detektiv wie mich. Ich sehe es ja dort in Ihrem Sekretär liegen. Andere Spiele liegen dort nicht; also vermute ich, dass Sie sich verkleinern mussten, als Sie hier eingezogen sind, und deshalb alle anderen Brettspiele, die Sie hatten, ausgemistet haben. Das Scrabble aber haben Sie behalten, weil Sie es so sehr mögen und hofften, es irgendwann wieder einmal spielen zu können.«

»Na gut, Sherlock, Sie holen das Spiel heraus, und ich räume den Tisch ab. Dann koche ich uns noch einen Kaffee. Aber warten Sie nur. Sie werden Ihr blaues Wunder erleben!«

Ach, lieber Jack, wie habe ich diese Partie Scrabble genossen! Mit einem warmherzigen, netten Mann mit etwas rauen Kanten zusammenzusitzen und ein Spiel zu spielen, das ich schon immer geliebt habe. Ein Leuchten ging von alldem aus. Und was mich begeisterte, oder eher erleichterte, war die Entdeckung, dass irgendwo in meinem Bauch immer noch die nötige Mechanik vorhanden war, um mich vor Lachen zu kugeln. Ich hatte gedacht, die wäre längst weg. Es war ein positiver Schock, dass ich sie immer noch hatte. Nicht etwa, dass ich es in diesem Moment ein Aufkeimen von Hoffnung genannt hätte, aber jetzt denke ich doch, dass es das vielleicht war.

Ich hätte das Scrabble-Spiel übrigens beinahe gewonnen. Darf ich Dich mit den Einzelheiten langweilen? Manchmal liege ich nachts wach und lasse mir den Weg, der mich zu meinem letzten Wort führte, noch einmal auf der Zunge zergehen. Ganz am Ende brauchte ich hunderteinundzwanzig Punkte, um zu gewinnen, und es sah hoffnungslos aus. Die sieben Buchstaben auf meinem Bänkchen waren f, k, a, l, r, t und noch ein a. Docs letztes Wort war »Gabe« gewesen und endete auf dem Feld gleich neben dem roten dreifachen Wortwert in der Mitte des rechen Brettrandes. Ich wusste, mit einem Wort, das ans Ende von »Gabe« passte, könnte ich ordentlich Punkte einheimsen. Große Chancen darauf rechnete ich mir bei meinem Sammelsurium von Buchstaben nicht aus, bis mir plötzlich auffiel, dass sich daraus das Wort »Fraktal« bilden ließ. Großartig!

Aber die Frage war: Konnte irgendeiner dieser Buchstaben zusammen mit »Gabe« ein neues Wort ergeben? Beinahe hätte ich es übersehen, dabei lag es so nahe. Das Wort war »Gabel«. Das war mein Verbindungswort! Ich bekam also siebenundzwanzig Punkte für »Gabel«, zweiundvierzig für »Fraktal«, und das Tollste, noch einmal fünfzig, weil ich alle meine Buchstaben verwenden konnte! Hundertneunzehn Punkte für einen Zug. Es reichte nicht ganz zum Sieg, aber was für ein Hochgefühl! Und für mich eine Rekordpunktzahl.

Bald nach dem Ende unseres Spiels machte sich Doc auf den Weg. Als er sich wieder eingepackt hatte und in der Tür stand, um erneut der Witterung zu trotzen, drehte er sich um und sagte zu mir: »Alice, ich habe unseren gemeinsamen Abend sehr genossen, und besonders das Scrabble-Spiel. Es kann gut sein, dass ich in der nächsten Zeit hin und wieder mal in Eastbourne bin. Dürfte ich mich dann melden, damit wir wieder einmal spielen können? Wenn ich natürlich durch Ihren Anrufbeantworter erfahre, dass Sie sich inzwischen umgebracht haben, wird wohl nichts daraus, aber – nun ja, ich fände es schön.«

Ich schrieb ihm meine Nummer auf ein Blatt aus dem kleinen Notizbuch auf dem Tischchen in der Diele, und er steckte sie in seine Seitentasche.

»Danke, Alice. Auf Wiedersehen.«

Das war's. Er war weg. Und ebenso weg war, ob Du es glaubst oder nicht, die scharfe Kante meiner Absicht, mir das Leben zu nehmen. Frag mich nicht, warum. Es war einfach so. Seltsam. Irgendetwas in mir hatte zu schweben begonnen. Klarer kann ich es nicht ausdrücken. Nicht zuletzt zeigte sich das darin, dass ich mich nicht mehr so störrisch dagegen gewehrt habe, mir von anderen helfen zu lassen. Wie Du weißt, kommen die wunderbaren Leute von Golden Hands jetzt jeden Tag hierher. Zwei davon, besonders ein Mädchen namens Barbara, sind mir echte Freundinnen geworden. Und Doc hat mich auch wieder besucht. Zwei oder drei Mal seit jenem ersten Abend. Jedes Mal rief er mich vorher an, um zu sagen, dass er in Eastbourne sei, und um sich zu erkundigen, ob ich noch am Leben sein würde, wenn er vorbeikäme. Wirklich witzig. Schöne Begegnungen. Schöne Gespräche. Jede Menge vergrabener Schätze. Und beim Sichten dieser Schätze habe ich manches gelernt, was ich bisher nie gewusst hatte. Du würdest staunen. Ich werde Dich jetzt nicht damit behelligen. Das erzähle ich Dir ein anderes Mal.

Eine Sache noch. Das letzte Mal, als Doc mich besuchte, gab er mir eine Karte, bevor er ging.

»Mir kommt da ein Gedanke, Alice«, sagte er. »Hier steht eine Nummer drauf. Es ist nicht meine direkte Nummer, aber die Person am anderen Ende weiß, wie ich zu erreichen bin. Wir haben ja viel über Ihren Enkel geredet. Wenn Sie meinen, es wäre vielleicht gut, wenn wir mal miteinander reden – nun, er darf sich gerne jederzeit melden.«

Also habe ich das gemacht. Die Karte, die er mir gegeben hat, steckt mit diesem Brief zusammen im Umschlag. Warum ich bis jetzt damit gewartet habe? Ich weiß es nicht. Warum es vielleicht gut für Dich wäre? Keine Ahnung. Ich lasse mich einfach mit der Strömung treiben. Es ist Deine Entscheidung.

Wahrscheinlich liegen Dir noch zwei letzte Fragen auf der Seele.

Warum habe ich Dir nie von Doc erzählt? Ich vermute, weil die Begegnung mit ihm ein ganz besonderes kleines Goldkörnchen nur für mich war. Ich hatte nie damit gerechnet, dass in meinem Leben noch einmal etwas Besonderes passiert. Und da wollte ich, dass es meine Privatsache bleibt. Meine ganz allein. Aber ich habe es sehr genossen, Dir davon zu schreiben. Ich hoffe, Du bist mir nicht allzu böse.

Die andere Frage habe ich mir selbst schon oft gestellt. Sie betrifft seinen Namen. Was für ein Doktor ist er eigentlich? Ist er überhaupt ein Doktor? Ich bin immer noch nicht dazu gekommen, ihn danach zu fragen. Bis Du diesen Brief bekommst, schaffe ich es vielleicht noch, aber dann werde ich es Dir nicht mehr sagen können. Schau Dir seine Karte an. Du wirst nicht schlau daraus werden. Ging mir jedenfalls so.

Und das war es dann, Jack. Ich höre jetzt mit meinem Geschwafel auf. Wahrscheinlich bekommst Du diesen Brief erst, wenn ich gegangen bin. Vergiss nicht, dass ich Dich immer lieben werde.

Deine Oma xxxx

P.S.: Ich habe gesagt, ich würde Dir ein anderes Mal erzählen, was mit mir passiert ist, aber dazu kommt es vielleicht nicht mehr. Falls Du Doc triffst, frag ihn nach der großen Veränderung, die in meinem Leben plötzlich vorgegangen ist. Er wird wissen, wovon Du sprichst.

Jack legte das letzte Blatt von Alices Brief nieder und schaute auf seine Uhr. Es war schon spät, und sein Kopf fühlte sich von innen ziemlich übel zerschunden an. Kein guter Zeitpunkt, um sich an die Aufgabe zu machen, die Fäden der Verwirrung und der kindlichen Entfremdung zu entwirren, die sich in seinen Emotionen verknotet hatten. Er beschloss, sich alles für eine Weile vom Leib zu halten und auf dem Laptop eine Episode *Miranda* zu schauen. Besser als ein Aspirin. Ob er danach schlafen konnte, würde sich schon zeigen.

Doch vorher noch eine Sache. Er nahm den Umschlag, der Omas Brief enthalten hatte, in die Hand, drückte unten die Seitenkanten zusammen und schüttelte ihn über dem Bett aus. Eine olivgrüne Karte flatterte hinunter auf die Decke. Er nahm sie und betrachtete sie blinzelnd im Licht der Nachttischlampe am Fenster. Zwei Zeilen waren auf der Karte aufgedruckt. Die eine war eine Telefonnummer. Die andere bestand nur aus zwei Worten: DER SCHATTENDOKTOR.

4. Kontakt

Es war eine Art Albtraum für Jack, bis er sich endlich dazu durchgerungen hatte, mit der Person, die sich der Schattendoktor nannte, in Kontakt zu treten. Wie sollte er sein Gespräch mit diesem Mann anfangen, der angeregt hatte, seine Telefonnummer an jemanden weiterzugeben, den er überhaupt nicht kannte? Den Enkel einer Freundin. Merkwürdig, oder? Was konnte das bedeuten? Die grauenhafteste Vorstellung war ihm, dass sich die ganze Sache als gigantischer Trick herausstellen könnte. Doch diesen Gedanken verwarf er sofort wieder. Oma mochte in ihrer Einsamkeit durchaus ein wenig angreifbar gewesen sein, aber sie hätte sich nie für dumm verkaufen lassen. Wenn Alice Merton dem Mann glaubte, den sie als Doc kannte, dann musste er in Ordnung sein, zumindest vertrauenswürdig. Und wenn dies, wie Jack mutmaßte und hoffte, wenn dies ein weiterer Schritt auf seinem spirituellen Weg sein würde, warum sollte er ihn dann nicht mutig gehen?

Leicht gefragt. Manchmal, wenn er im Bett lag und nervös verschiedene Wortfolgen einstudierte, die er bei diesem heiklen Anruf an den Mann bringen könnte, riss er sich bewusst aus seinen Gedanken, indem er sich auf ein inneres Bild der Kerzenflamme konzentrierte, die an jenem fernen Regentag in der Kathedrale von Ripon so zitternd geflackert hatte. Etwas musste geschehen. Es wurde immer schlimmer. Er wurde mehr und mehr zu einer Hülse seiner selbst. Alles, was er hörte und sah, erschien ihm wie durch einen Schwarzweißfilter gezwängt. Farben und Formen verloren ihre Unverwechselbarkeit. Eintönigkeit regierte. Eine falsche Identität war immer noch besser als gar keine, aber es fiel ihm zunehmend schwerer, sie aufrechtzuerhalten. Tief in seinem Herzen wusste Jack, dass seine Zukunft als Mensch davon abhing, ob er seinem drängenden Verlangen nach Echtheit gerecht werden konnte. Er wusste auch, dass es nicht leicht sein würde. Er hatte seine eingeprägten Haltungen zu nahezu jedem Aspekt des Lebens und Denkens als Christ. Vielleicht mussten manche dieser Stimmen zum Schweigen gebracht oder zumindest gedämpft werden. Konnte er das? Wie sollte er das anstellen? Und überhaupt, vielleicht gab es ja Gott überhaupt nicht. Dann spielte das alles sowieso keine Rolle. Diesen Gedanken verscheuchte Jack jedes Mal geflissentlich, wann immer er ihm in den Sinn kam. Wie konnte Gott ihm helfen, wenn er nicht existierte?

Am Ende verwandelte sich der Albtraum. Nach einem schwierigen Anfang wurde eine ganz andere Art von Traum daraus. Mit trockenem Mund und voller Anspannung brachte Jack sich schließlich dazu, die Nummer auf der olivgrünen Karte zu wählen, die er in den Wochen seit seiner Rückkehr aus dem Hotel Hydro an dem Tag, nachdem er den Brief seiner Großmutter gelesen hatte, sicher in seiner Schreibtischschublade verwahrt hatte. Beinahe augenblicklich meldete sich eine Frauenstimme, warm, melodiös und freundlich.

»Hallo, hier ist Martha. Danke für Ihren Anruf. Was kann ich für Sie tun?«

Die Frauenstimme verschlug ihm erst einmal die Sprache.

»Hallo – ja, also, ich weiß nicht, ob ich bei Ihnen richtig bin, aber man sagte mir, ich könnte bei Ihnen einen gewissen ...« Jack tat so, als läse er den Namen von der Karte ab. »Einen gewissen ... Schattendoktor erreichen. Ist das richtig?«

»Ja! Genau richtig.« Sie hörte sich hocherfreut an.

»Ich glaube, er – der Schattendoktor, meine ich – kannte meine Großmutter, Alice Merton.«

»Ja, du liebe Zeit! Jack! Sie müssen Jack Merton sein! Doc wird sich unbändig freuen, dass Sie sich melden.«

»Oh. Gut. Äh, ob ich ihn wohl sprechen könnte?«

»Aber natürlich! Allerdings wohnt er nicht hier, Jack. Aber kein Problem. Ich rufe ihn sofort an, und er wird sich so schnell wie möglich bei Ihnen melden. Ich weiß, wie sehr er sich darauf freut.«

»Okay. Danke, Martha. Herzlichen Dank.«

»Ich danke *Ihnen*, Jack. Hat mich sehr gefreut. Tschüss!«

Jack starrte das Telefon in seiner Hand an. Er fühlte sich leicht benommen. Sein kurzes Gespräch mit der liebenswürdigen Martha war ihm vorgekommen wie ein plötzliches Eintauchen in ein warmes Schaumbad. Vielleicht fühlte es sich so ähnlich an, wenn man berühmt war. Eine derartige Beweihräucherung von Leuten, denen man noch nie begegnet war. Wer war Martha? In welcher Verbindung stand sie zu dem Schattendoktor? Alles sehr verwirrend.

Er machte sich eine Kanne Kaffee und setzte sich mit seinem Lieblingsbecher aus hellblauem Porzellan an den Küchentisch, um auf das Klingeln des Telefons zu warten. Eigentlich albern. Es konnte Stunden dauern, vielleicht sogar einen oder zwei Tage, bis der geheimnisvolle Unbekannte anrief.

Es dauerte fünf Minuten. Das halberwartete Geräusch brachte Jack so aus der Fassung, dass er das Handy ungeschickt zu fassen bekam, als er danach griff, und wild jonglieren musste, damit es ihm nicht auf den gekachelten Fußboden fiel. Das fing ja gut an. Gott sei Dank für die Unsichtbarkeit. Er achtete sehr darauf, seine Stimme unter Kontrolle zu halten, als er sich meldete.

»Hallo, hier Jack Merton. Was kann ich für Sie tun?«

»Jack. Hier ist Doc. Der Freund von Ihrer Großmutter. Sie haben angerufen. Ich freue mich sehr.«
Die Stimme hörte sich volltönend und ansprechend an, angefüllt mit Erfahrung und Möglichkeiten.
»Hi. Doc ist wohl die Kurzform von Schattendoktor, was?«
»Genau.«
»Danke, dass Sie zurückrufen, Doc. Oma – Alice – hat mir einen langen Brief über alles Mögliche hinterlassen. Unter anderem darüber, wie sie Sie kennengelernt hat. Sie hat mir auch Ihre Nummer weitergegeben und mir den Vorschlag gemacht, mich bei Ihnen zu melden. Ich weiß nicht genau, warum, aber mir ist klar, dass Sie beide gute Freunde geworden sind, und deshalb dachte ich mir, es wäre gut, mich mal zu melden und ... na ja, mich eben zu melden.«
Damit war Jack am Ende seines Repertoires an Belanglosigkeiten. Ganz plötzlich hatte die Hoffnung die Wirklichkeit eingeholt. Vielleicht ging es wirklich nur darum, sich mal zu melden. Er war kurz davor, in einer Verzweiflung zu versinken, deren Tiefe ihn überraschte. Es war kurz still, ehe der Schattendoktor wieder sprach:
»Alice hat Sie mehr geliebt als alles andere auf der Welt, Jack. Sie müssen sie schrecklich vermissen.«
Die Worte waren heraus, bevor Jack sie einfangen konnte.
»Es gibt sonst niemanden, mit dem ich reden kann.«
Wie es schien, gab es doch jemanden. Der Damm war vielleicht noch nicht gebrochen, aber Risse hatte er schon. Später, als er selbst nicht mehr wusste, was er Doc im Laufe dieses Telefonats über sein Leben, seinen Glauben und seine Ängste alles erzählt hatte, dachte Jack an Alices Bemerkung darüber, wie es ebendiesem Mann bei ihrer ersten Begegnung gelungen war, innerhalb von Minuten oder gar Sekunden eine Gemeinschaft

entstehen zu lassen. Nachdem er fast dreißig Minuten lang seine Seele bloßgelegt hatte, fing er an zu verstehen. Aber wie hatte dieser außergewöhnliche Mann das nur einfach so am Telefon geschafft?

Schließlich verstummte Jack, erschöpft und ein bisschen verlegen über seine eigenen Ergüsse.

Der Schattendoktor brach das Schweigen. »Jack, ich danke Ihnen sehr, dass Sie mit mir reden. Sie haben mich gerade gefragt, warum ich gehofft hatte, dass Sie sich bei mir melden. Es gibt etwas, wonach ich Sie wirklich gern fragen möchte. Wäre es wohl möglich, dass Sie mich besuchen? Ich habe gehört, dass Sie an den Wochenenden oft zu tun haben. Wie wäre es an einem Abend unter der Woche? Sie sind in Bromley, nicht wahr? Ich wohne in einem Häuschen am Rand eines Waldes unten in Sussex, etwa eine Meile außerhalb von Wadhurst. Wie weit dürfte das sein – ungefähr fünfunddreißig Meilen? Ich wohne ein bisschen abgelegen. Bleiben Sie über Nacht. Wir machen uns einen schönen Abend. Ich glaube, es wäre wichtig – für uns beide. Wenn Sie Lust haben, gebe ich Ihnen meine Handynummer, und Sie können mir Bescheid sagen, wann es Ihnen passt.«

Gemeinschaft hin oder her, im Herzen des jungen Mannes loderte plötzlich Furcht auf. Furcht vor dem Unbekannten. Furcht davor, die Kontrolle zu verlieren. Furcht vor einem finsteren Ort in einer finsteren Nacht. Furcht vor einem wildfremden Mann. Furcht vor seiner eigenen Zerbrechlichkeit. Aber Kneifen kam nicht infrage. Die winzige Flamme, die er vor sich sah, brannte zwar nicht so intensiv, aber dafür beherrschbarer als seine Furcht. So viele Fragen. Eine ganz wichtige kam ihm zuerst in den Sinn. Was würde Oma sagen? Darauf immerhin kannte er die Antwort. Tu es einfach.

»Okay, Doc. Es ist mir ein bisschen unheimlich, aber ich würde gern kommen. Wenn es die Nummer ist, von der Sie gerade anrufen, speichere ich sie einfach und rufe Sie bald an. Und ... danke, dass Sie mich so lange haben reden lassen.«

»War mir ein Vergnügen, Jack. Ich freue mich darauf, von Ihnen zu hören.«

Und das war es schon, so verwirrend es war. Zwei Tage später einigten sie sich auf einen Termin. Arrangements wurden getroffen. Jack bekam eine Adresse mit Wegbeschreibung. Jetzt blieb nur noch eins: Er musste sich auf den Weg machen. An einem Mittwoch zwei Wochen später machte Jack frühzeitig Feierabend, holte sich bei Greggs ein Sandwich mit Speckstreifen und einen Kaffee und reihte sich in die tägliche Prozession der Autos ein, die Zoll für Zoll auf die Hauptstraße zu krochen. Die Strecke kannte er gut von seinen Besuchen bei Oma. Auf die A21, dann ein enervierendes Stück M25, dann wieder auf die A21, Richtung Hastings, dann bei Lamberhurst abbiegen und das letzte Stück bis zu dem Dörfchen Wadhurst. Eine Meile danach, so die Wegbeschreibung, würde er links die Northfields Road angezeigt sehen. Nach einer Dreiviertelmeile auf diesem schmalen Sträßchen würde er, angenagelt an einer alten Eiche, ein Holzschild mit der Aufschrift »Marlpit Cottage« finden. Von dort führte ein ungepflasterter Weg zwischen zwei bestellten Feldern hindurch.

Jacks Routenplaner hatte die Fahrzeit auf etwas über eine Stunde geschätzt, doch der Verkehr Richtung Süden war ihm an jedem Zubringer und jeder Einmündung so zermürbend träge wie noch nie vorgekommen. Es war schon dunkel und hatte angefangen zu regnen, als er Wadhurst hinter sich gelassen und das Schild zur Northfields Road gerade noch rechtzeitig entdeckt hatte, um nicht daran vorbeizufahren. Von dort an machte die schmale Landstraße so viele Windungen und Kurven, dass er mindestens zweimal alle Hände voll zu tun hatte, nicht in der

Hecke zu landen, geschweige denn abschätzen konnte, ob er schon eine Meile weit gefahren war oder nicht. Eine langsam anschwellende Panik ebbte wieder ab, als er ein Licht sah – offenbar eine Taschenlampe, die auf der linken Straßenseite in Kopfhöhe gehalten wurde. Der Regen glitzerte in ihrem Strahl wie lauter Nadeln aus Licht. Hinter diesem Vollmondeffekt ragte ein riesiges, dunkles Gebilde vor der blasseren Dunkelheit des Himmels auf. Das konnte nur irgendein Baum sein, sagte er sich.

»Eine Eiche«, flüsterte Jack angespannt vor sich hin, als er auf die Lampe zufuhr, die ein wenig geschwenkt wurde. »Bitte, lass es eine Eiche sein.«

Sekunden später senkte sich der Lichtstrahl nach unten, und am Beifahrerfenster erschien die Silhouette eines Mannes, der mit seiner erhobenen Hand eine Kurbelbewegung machte. Jack fuhr die Scheibe herunter und beugte sich hinüber.

»Ich hoffe sehr, Sie sind der Schattendoktor«, rief er flehend. »Die Strecke wird hier ein bisschen dunkel und schwierig.«

»Ja, ich bin Doc«, sagte der Mann. »Hier draußen ist es auch nicht gerade gemütlich. Gut gemacht, Jack, Sie sind fast zu Hause. Passen Sie auf, ich trabe voran zum Haus und führe Sie mit der Lampe. Das hier ist ein ausgesprochen unbeleuchteter Winkel der Welt. Wenn Sie am Ende angekommen sind, zeige ich Ihnen eine Stelle zur Rechten. Da steht meine alte Karre. Sie können Ihren Wagen links daneben parken. Da ist er über Nacht gut aufgehoben. Ich werde allmählich nass. Wir sehen uns dort.«

Danach passierte etwas Seltsames. Als Jack vorsichtig auf den holprigen Weg einbog, der zum Marlpit Cottage führte, legte sich ein köstlicher, völlig unerwarteter Friede auf ihn. Zuerst nahm er an, es sei einfach die Erleichterung darüber, sein Ziel erreicht zu haben, aber es steckte noch viel mehr dahinter. Es war, als ob in ihm zum ersten Mal seit Jahren eine tiefverschüttete Erinnerung daran aufstieg, wie es war, wirklich lebendig zu sein. Er sei fast zu Hause, hatte Doc gesagt. Genau so fühlte es sich an. Erinnerungen an Besuche bei seiner Großmutter als kleiner Junge füllten seine Gedanken. Unkomplizierte Freuden. Eine Gewissheit, willkommen zu sein. Bedingungslose Liebe. So etwas Ähnliches war es. Eine Art Freiheit.

Geleitet durch das Licht der Lampe, die Doc schwenkte, stellte Jack sein Auto sicher auf dem zugewiesenen Parkplatz ab, nahm seine Tasche vom Beifahrersitz und stieg aus. Es war zu dunkel, um viel zu sehen, aber das Geräusch seiner zufallenden Fahrertür schien ihm ungebührlich laut durch die Umgebung zu hallen. Als er in die tiefe Schwärze hinter dem kleinen Haus mit dem Giebeldach starrte, hätte er fast glauben können, dass die Bäume des Waldes seine Ankunft bemerkten.

»Folgen Sie mir, Jack.«

Jack schlang sich den Riemen seiner Tasche über die Schulter, folgte dem Schattendoktor über eine gepflasterte Fläche und wartete, während sein Gastgeber die Haustür aufschloss und durch den Türrahmen griff. Licht flutete über den Hof.

»Herein – herzlich willkommen.«

Jack trat über die Schwelle.

5. Lernen, wie man fliegt

Das Feuer hatte sich inzwischen beruhigt. Kein Brausen. Nur wenige Flammenzungen. Eine glühende, pulsierende Hitze, die das schwachbeleuchtete Wohnzimmer in so etwas wie eine Höhle verwandelte. Eine Zuflucht in der Waldwildnis. Draußen hielten endlose Kohorten von Bäumen Wacht über die eigentümliche, lieblich verführerische, beängstigende Dunkelheit der alten englischen Waldlandschaften.

»In Sicherheit«, flüsterte Jack vor sich hin. Er war überrascht, ja fast schockiert von dieser unerwarteten Erinnerung daran, wie es sich anfühlt, sich zu ergeben. Beinahe kamen ihm die Tränen. All das Ringen. All die Zeit. All diese hektischen Boxkämpfe in seinem Kopf. Keine Sieger und keine Verlierer, nur ein immerwährendes Ausweichen und Zuschlagen und Geschlagenwerden und Ringen darum, auf den Beinen zu bleiben. Und jetzt das. Eine Erfahrung echten Friedens, des größten Siegespreises, den er sich vorstellen konnte.

Es war das erste Mal in seinem Leben, dass ihm ohne Einladung oder irgendeinen Kommentar eine Whiskykaraffe und ein Glas auf den Beistelltisch neben seinem Sessel gestellt worden waren. Kühn schenkte er sich einen Fingerbreit der goldenen Flüssigkeit ein, wobei er den Glaspfropfen der Karaffe mit akribischer Sorgfalt entfernte und wieder hineinsteckte. Jedes Geklimper oder Geklapper würde sein Gastgeber womöglich als Zeichen für vulgäre Hast interpretieren. Er verfluchte sich selbst, als ihm dieser Gedanke in den Sinn kam. Seine zerbrechliche Ergebung würde wohl eher durch Schuldgefühle als durch Lärm zerschlagen werden. Idiot! Du verdienst gar keinen Frieden. Trink deinen Whisky.

Jack wusste, dass schlechter Whisky kein echtes Selbstvertrauen hat. Er verschleudert seine schrillen Effekte, sobald er in den Mund gelangt. Alles Show, keine Substanz. Aber bei diesem war es nicht so. Dieser dreckige, durchs Moor gesickerte, torfige Scotch glitt mit trügerisch milder Leichtigkeit seine Zunge entlang, um dann mit wohltuendem Triumph in seiner Kehle aufzublühen. Unwürdig, seufzte Jack und wandte sich an seinen Gastgeber, der ins Zimmer zurückgekehrt war. Er saß behaglich auf der anderen Seite des Kaminfeuers und balancierte einen dunklen Kelch mit Rotwein zwischen Zeigefinger und Daumen seiner rechten Hand.

»Wenn ich das fragen darf – woher wussten Sie, dass ich Whisky mag?«

Der Schattendoktor musterte einen Moment lang ernst die tiefe, rubinrote Glut seines Weines und wandte sich dann Jack zu. Sein Lederbeutel von einem Gesicht faltete sich zu einem schrulligen Prophetenlächeln, das an Paul Scofield in der Rolle des Thomas Morus erinnerte.

»Natürlich dürfen Sie danach fragen, Jack. Aber um ehrlich zu sein, wusste ich es nicht genau. Instinkt, nehme ich an. Bei den wirklich wichtigen Dingen des Lebens kann man sich meist auf den Instinkt verlassen. Ich hätte jedenfalls keinen Tropfen dieses himmlischen Elixiers an jemanden verschwendet, der es vermutlich nicht zu schätzen gewusst hätte.« Er deutete mit der Hand in Jacks Richtung und fuhr ehrfürchtig fort: »Das, mein Freund, ist ein sechzehn Jahre alter Lagavulin, hergestellt – passenderweise, wie Sie mir sicher zustimmen werden – an der Lagavulin Bay. Manche sagen, seine Wirkung gleiche der einer Wasserbombe. Wie ist Ihre Meinung?«

»Wasserbombe, das passt«, stimmte Jack nickend zu und spähte in sein Glas, während er sich im Stillen auszurechnen versuchte, wie viel dieser Fingerbreit köstlichen Whiskys kosten mochte. Er glaubte sich zu erinnern, dass gereifter Lagavulin für sechzig oder siebzig Pfund pro Flasche im Handel war. Bisher hatte er ihn nur aus der Cyber-Ferne mit traurigen, nüchternen Blicken betrachtet.

»Gibt es wirklich einen Ort namens Lagavulin Bay?«

»Vielleicht muss man erst sterben, bevor man ihn sehen darf, Jack, aber ich weiß, dass es ihn gibt. Ich habe ein paar Flaschen von einem Freund geschenkt bekommen, der dort in der Brennerei arbeitet. Guter Mann. Sehr großzügig. Zwei Kartons. Und sie kamen just bei Einbruch der Dämmerung an einem Novemberabend an. Goldener Herbst hoch zehn ...«

»Zwei Kartons? Sie müssen ihm eine gewaltige Wohltat erwiesen haben.«

»Ich wünschte, es wäre so, Jack. Nein, ich habe ihm nur ein bisschen geholfen, als er letztes Jahr ein kleines Zimmer leerräumen musste. Er sagte mir, er verschenke haufenweise Sachen, um die Tatsache zu verschleiern, dass er ein Geizkragen sei. Sehr christliche Haltung, finden Sie nicht?«

Jack stieß ein prustendes Lachen aus.

Der Schattendoktor lächelte dankbar.

»Ich mag Sie, Jack. Sie dürfen jederzeit wieder herkommen und meinen Whisky trinken. Natürlich haben Sie vollkommen recht. Es ist manchmal nur ein hauchfeiner Unterschied zwischen fröhlichem Gehorsam und dem zermürbenden Ringen, so zu tun, als wären wir besser, als wir sind.«

Und mit jedem Moment wird er feiner, dachte Jack. Er starrte in die Flammen. Sein ganzer Körper spannte sich, um die Anstrengung aufzubringen, die Worte herauszulassen, die sich bereits auf seinen Lippen formten.

»Ich habe Ihnen ja schon neulich am Telefon gesagt, dass ich immer gerungen habe. Mein Leben lang.«

Der andere Mann nickte langsam, sagte aber nichts.

Ob es die ersten Wirkungen des Lagavulin waren oder der Heilige Geist, wusste Jack in diesem Moment nicht, und es kümmerte ihn auch herzlich wenig. Er wusste auch nichts über den vorhandenen oder nicht vorhandenen Glauben des Mannes, der ihm gegenübersaß. Auch das spielte keine Rolle. Das Einzige, was er genau wusste, war, dass der berauschende Cocktail aus Freiheit und Geborgenheit ihn dazu brachte, sich auf nie gekannte Weise zu öffnen.

»Ich habe mich so angestrengt. Wirklich. Ich wollte unbedingt, dass die Dinge wahr sind, an die ich glaube, dass sie richtig sind und all das einlösen, was immer gesagt wurde, aber ich komme mir allmählich vor wie jemand, der nach einem Flugzeugabsturz im Meer treibt. Das ist mir zwar noch nie passiert, aber ich habe oft versucht, mir vorzustellen, wie das sein muss. Man hat seine trübe Funzel angemacht und in sein Pfeifchen geblasen, immer und immer wieder, aber es bringt nichts. Niemand kommt. Es hört sich alles wunderbar an, wenn sie ihren kleinen Sicherheitsvortrag halten vor dem Start, wenn die Lichter an sind und die Flugbegleiter alle schick und selbstbewusst aussehen und sich so anhören, als bestünde eines der größten Probleme darin, die Frauen dazu zu bringen, ihre hochhackigen Schuhe auszuziehen, bevor sie elegant die Notrampe hinunterrutschen. Aber stellen Sie sich vor, wie ganz anders es sein muss, wenn man ganz allein in der kalten, dunklen Nacht treibt und die Wellen sich auftürmen, wenn das ganze Zeug, was sie einem gegeben haben, überhaupt nichts hilft, wenn man gar nicht mehr richtig atmen kann und merkt, dass man sich nicht mehr lange über Wasser halten wird. Grauenhaft. Einsam. Niemand kommt. So habe ich mich gefühlt.«

Jack stellte sein Glas neben der Karaffe ab und legte die Hände vor seinem Gesicht zu einem spitzen Winkel zusammen. Der Schattendoktor schien ihn zu verstehen.

»Ich weiß, Jack«, sagte er leise, »es gibt Momente, da scheinen die Wegweiser zur Wahrheit und zum Verrat genau in dieselbe Richtung zu zeigen. Aber ...« Er schaute sich im Zimmer um. »Ich denke – ich glaube –, hier sind Sie sicher. Sie dürfen etwas riskieren. Sie dürfen unvorsichtige Sachen sagen, wenn Sie wollen. Sagen Sie mir alles. Erzählen Sie mir, dass das Phantom von C. S. Lewis, rotgesichtig wie eh und je, jeden Donnerstagabend bei Ihnen auf ein Bierchen vorbeischaut. Erzählen Sie mir, dass Sie ein Vergewaltiger oder ein Bankräuber sind. Erzählen Sie mir, dass Sie ein vergewaltigender, Banken ausraubender Pädophiler sind. Erzählen Sie mir, dass Sie sich der mittelalterlichen Ketzerei des Modalismus verschrieben haben. Oder wenn Sie in ganz besonders fortgeschrittener Beichtform sind, erzählen Sie mir, dass Sie der UKIP angehören. Erzählen Sie mir, dass Sie ein Heiliger sind. Erzählen Sie mir, dass Sie ein Handlanger Satans sind. Erzählen Sie mir die Wahrheit – über sich.«

Jack ließ seine Hände sinken und lehnte sich in seinen Sessel zurück, die Augen weit geöffnet und plötzlich überfallen von jener typischen, auslaugenden Erschöpfung, die oft mit emotional schwerwiegenden Entscheidungen verbunden ist. Von einem Regal auf der anderen Seite des Zimmers starrte ihm mit empörter, zähnefletschender Verachtung eine große Hasenskulptur aus einem bronzeähnlichen Material entgegen.

»Ich habe nie darüber gesprochen, über dieses Gefühl, mich vollkommen verirrt zu haben. Ich habe Ihnen ja schon am Telefon gesagt, dass mein Vater und meine Großmutter die einzigen Menschen waren, denen ich mich je mitgeteilt habe. Was den

Glauben angeht, habe ich eigentlich mit niemandem je viel darüber gesprochen. Jedenfalls nichts Handfestes oder Wichtiges. Bis jetzt war ich nie der Typ, der darüber jammert, dass keiner kommt. Das habe ich nicht gewagt. Ich bin das genaue Gegenteil. Ich helfe. Ich finde Erklärungen. Ich habe eine Rolle gefunden. Ich bin jemand geworden, der Dinge in Ordnung bringt. Ich bin der Jonty Rhodes unserer christlichen Gemeinschaft.«

Er sah den Schattendoktor fragend an. Doc nickte. »Ein großartiger südafrikanischer Kricketspieler. Genialer Außenspieler.«

»Ich bin so einer wie er«, fuhr Jack fort. »Nur nicht so genial. Ich meine, ich mache alle möglichen halsbrecherischen Hechtsprünge, um die Zweifel und Ängste und Frustrationen anderer Leute aufzufangen, bevor sie echten Schaden anrichten können. Dabei löse ich eigentlich nie wirklich eines dieser Probleme. Ich bewege sie lediglich in meinen Händen hin und her. Ich forme sie um. Ich werfe ein anderes Licht auf sie.«

»Sie ... verwandeln sie in Tugenden?«

»Sozusagen. Können Sie sich das vorstellen? Genau das ist es, was ich tue. Lächerlich, oder? Was bin ich doch für ein Clown. Ja, ich verwandle sie in Tugenden. Die Leute stehen mit ihren Bettelschalen bei mir auf der Matte, und ich habe diesen neurotischen Trieb, sie ihnen mit kleinen Hoffnungskrümeln zu füllen.«

Doc hob eine Hand, spreizte die Finger wie einen Zaun und lächelte. »Ich ersticke an den Metaphern, Jack. Verraten Sie mir eines. Ist das den Leuten jemals wirklich eine Hilfe? Fühlen sie sich besser, wenn sie wieder gehen?«

»Es sieht so aus, als würde es helfen. Ich meine, diejenigen, die mit ihren Nöten und Problemen zu mir kommen, sagen meistens hinterher, sie seien mir sehr dankbar, aber ...«

»Aber mit einer Tankfüllung solcher Lösungen kommt man nicht besonders weit?«

Jack starrte ihn an. Wie so vielen intelligenten jungen Männern gelang es ihm nicht immer sofort, in dem, was andere sagten, eine einfache Bedeutung zu erkennen.

»Ach, verstehe. Ja. Ich meine ... nein, genau so ist es.« Trübsinnig fuhr er fort: »Dieselben Leute kommen häufig mit geringfügig anderen Versionen desselben Problems wieder, das ihnen beim letzten Mal zu schaffen gemacht hat. Es findet keine wirkliche Veränderung statt.«

Der Schattendoktor begann leise zu rezitieren:

»Ich singe meine Zweifel voller Zuversicht,
Musik in ihren Ohrn ist meine Melodie,
ein Lichtspiel voller Pracht am Rand der ewgen Nacht,
mein Schlaflied tröstet und beschwichtigt sie.
Erbarm dich, Herr, erbarm dich deines Knechtes,
Dunkelheit fällt, und ich bin müde bis ins Mark.
Find Ruhe mir, fleh ich, ein anderer stelle sich
statt meiner auf die Bühne und sei stark.«

Mindestens eine Minute lang waren nur noch zwei Geräusche zu hören – eine plötzlich heftig knisternde Geschäftigkeit der Flammen und ein gelegentliches Prasseln von Regentropfen auf Glas, als der Südwestwind gegen die Fenster auf der Westseite des Hauses brandete.

»Und warum machen Sie das, Jack?«

Jack warf einen Blick in sein Glas und sah, dass es leer war. Seine Hand bewegte sich auf die Karaffe zu. Dann zog er sie wieder zurück, hob den Kopf und wandte sich seinem Gegenüber zu.

»Meinen Sie, es wäre ein Problem, wenn ich mir noch einen Whisky nehmen würde?«

Der Schattendoktor seufzte und schüttelte den Kopf. Er erhob sich aus seinem Sessel, ließ sich auf ein Knie nieder und machte sich gemächlich daran, einen Birkenscheit von ganz unten aus dem Holzkorb neben dem Kamin hervorzuholen, den er dann mit einem geschickten Wurf nach hinten in die Feuerstelle beförderte. Nachdem er sich wieder gesetzt hatte, schloss er die Augen und wiederholte Jacks Frage.

»Wäre es ein Problem, wenn Sie noch einen Whisky trinken würden? Schauen wir mal. Ja. Ja. Ich höre es ganz laut und deutlich. Schlechte Neuigkeiten. Noch ein Scotch, und Ihnen blüht der weißglühende Dreizack, mein Junge. Widerstehen Sie der Versuchung, dann haben Sie vielleicht noch eine winzige Chance, an der Himmelspforte eingelassen zu werden.«

»Ich meinte ja nur ...«

»Um Gottes willen, Jack. Um seinet- und meinetwillen, fragen Sie mich bitte nicht nach meiner Erlaubnis, ein zweites Schlückchen Whisky zu trinken. Ich kann mir nichts Gruseligeres vorstellen als den Gedanken, dass es so einer teuflischen, künstlichen Moral gelingen könnte, die rauen Kanten des wirklichen Lebens abzuschmirgeln. Schenken Sie sich noch einen ein oder nicht, trinken Sie von mir aus die ganze verdammte Karaffe leer, und sagen Sie mir, warum Sie immer noch versuchen, den Leuten einzureden, Schwarz wäre Weiß und Weiß wäre in Wirklichkeit ein ziemlich langweiliger Grauton.«

Er hielt inne und fuhr dann in versöhnlicherem Ton fort: »Okay, vielleicht kann ich Ihnen Starthilfe geben. Es geht gar nicht um die anderen, nicht wahr? Es geht um Sie selbst. Sie tun das gar nicht für die anderen. Sie wollen ein netter Mensch sein, aber Sie tun es eigentlich für sich selbst, stimmt's? Also vergessen Sie doch mal diese lange Schlange gebeutelter Leute, und verraten Sie mir, warum Sie so unfähig sind, zuzulassen, dass andere Leute leiden.«

Jack war verwirrt. Es kam ihm vor, als würde er von jemandem gemobbt, der eigentlich auf seiner Seite sein müsste. Und er wusste, dass ihm die Tränen kommen würden, sobald er das nächste Mal den Mund aufmachte. Es war unvermeidlich. Es fühlte sich an, als stünde er am Rand einer Klippe und kämpfte mit der wahnsinnigen, furchtbaren Versuchung, einen Schritt nach vorn in die Vergessenheit zu tun. Sein Verstand, sein Geist, ja sogar sein Körper schienen ihre Form verloren zu haben. Unbeholfen schenkte er sich noch einmal einen Streifen Scotch für drei oder vier Pfund in sein Glas, doch statt davon zu trinken, stellte er es neben der Karaffe ab, während er versuchte, seine Emotionen im Zaum zu halten.

»Weil ich ...«

Er holte tief Luft.

»Weil ich ... wenn ich keinen Weg finde, ihre Probleme zu lösen, nicht die leiseste Chance bei meinen eigenen habe. Das wäre das totale Chaos. Das erschreckt mich. Ich weiß, wenn ich dieses ganze Zeug je richtig in mich hineinlasse, dann müsste ich ...«

»Sie müssten sich Ihrer Enttäuschung stellen.« Die Stimme des Schattendoktors klang jetzt leise und sehr freundlich, als er fortfuhr: »Das furchtbare E-Wort. Einer der traurigsten Laute der Welt, stimmt's? Meine Güte, Sie haben an Ihrem ach so seligen Glauben schon seit sehr langer Zeit keine Freude mehr, ist es nicht so, Jack?«

Jack schüttelte den Kopf. Er konnte nicht verhindern, dass sein Mund zu zittern begann und eine warme Träne ihm langsam über die Wange rollte. Sag jetzt nicht noch mehr. Bitte sag jetzt nicht noch mehr.

»Es geht um diesen Mann, nicht wahr? Jesus. Das wäre meine Vermutung. Darum, dass Sie sich ganz anders vorgestellt haben, wie es ist, ihn zu kennen, als es tatsächlich ist.«

Wenn er später auf diesen merkwürdigen Abend zurückblickte, an dem alle vertrauten Zäune und Grenzen im Zwielicht zu verschwinden und umzufallen schienen, erinnerte sich Jack besonders an die traumähnliche Empfindung, sein Bewusstsein mit dem tiefen, warmen Knurren der Stimme des Schattendoktors zu teilen, während diese Stimme unerbittlich seine Traurigkeit und seinen Schmerz sezierte.

»Lassen Sie mich raten. Sie haben sich gewünscht, er würde der beste Freund sein, den Sie je hatten. Einer, der nicht lacht, wenn Sie etwas Dummes sagen. Einer, der Sie nie schikaniert. Einer, der weiß, dass Sie Ihre Begrenzungen haben, und das so lange akzeptiert, wie es dauert, bis eine Veränderung eintritt. Sie haben erwartet, dass er jemand wäre, der gern wartet und so tut, als wäre er mit etwas anderem beschäftigt, während Sie sich zusammenreißen. Einer, der Sie genauso braucht wie Sie ihn, der Sie bis aufs Blut verteidigt hat und das auch weiterhin tun wird, bis Sie sterben. Sie wussten, dass er ständig im Stich gelassen wurde, und deshalb haben Sie sich gewünscht, dass er einer ist, der Verständnis hat, der mit einem Arm um Ihre Schultern mit Ihnen weggeht, wenn die anderen nichts wissen wollen. Einer, der seine Freunde liebt und sie niemals im Stich lässt.«

Jack musste sich vorbeugen, um die Worte zu verstehen, als Doc fortfuhr. Es war fast so, als redete der Mann mit sich selbst.

»Einer, der sich Wunder so deutlich vorstellen kann, dass sie Wirklichkeit werden. Einer, der ein kleines Mädchen als lebendig und gesund und hungrig aufs Frühstück sieht, wenn alle sagen, es sei tot. Einer, der so ein Wunder auch durch dich für andere geschehen lassen würde, weil du sein Bruder und sein Freund bist und weil er ausdrücklich gesagt hat, dass seine Nachfolger noch größere Dinge vollbringen würden als er selbst. Einer, der sich zumindest ein bisschen Mühe gibt, sich von Zeit zu Zeit blicken zu lassen.«

Plötzlich sah er Jack wieder an. »So etwas in der Art, oder?«
Jack nippte an seinem Glas. Diesmal schien die aufblühende Glut sich nach oben auszubreiten statt nach unten. Eine himmlische Blume in seinem Gehirn.

»Ich weiß, es hört sich erbärmlich an, aber tief im Innern fühle ich mich schon bei der Vorstellung schuldig, Ihnen zuzustimmen. Ich habe so viel Zeit damit verbracht, nach guten Gründen zu suchen, warum es nicht so läuft, wie es eigentlich laufen sollte. Jeder, ich eingeschlossen, scheint einen reichen Vorrat an solchen Gründen zu haben – oder an Ausreden. Ich erinnere mich an einen Mann in einer dieser christlichen Fernsehsendungen, die die ganze Nacht durch laufen ... haben Sie sich so was schon mal angeschaut?«

Ohne eine Miene zu verziehen, sagte der Schattendoktor: »Ich versuche, Pornografie zu meiden.«

Jack starrte ihn einen Moment lang an.

»Oh. Also, jedenfalls begann dieser Mann seine Predigt oder seine Ansprache, oder was auch immer es war, damit, dass er sagte, es gebe zehn Gründe, die dazu führen, dass Kranke nicht geheilt werden, obwohl sie beten. Zehn! Genauso geht es mir. Irgendetwas, das ich getan habe. Etwas, das ich nicht getan habe. Ein Gebet, das ich hätte sprechen müssen, aber versäumt habe. Irgendetwas am Christsein, was ich nie richtig verstanden habe. Eine chronische Sünde, die mich davon disqualifiziert, die richtigen Gefühle zu haben. Es macht mich wahnsinnig, ehrlich. Und das Einzige, was mir Erleichterung von alledem verschafft, ist, wenn ich es schaffe, einem anderen Menschen irgendwo einen Schritt weiterzuhelfen. Wissen Sie, dann lege ich ja *Zeugnis* ab. Dann *diene* ich. Dann tue ich das Werk des Herrn. All diese Ausdrücke. Dieses ganze Zeug. Es ist wie eine üble Droge. Wenn ich das alles nicht mache, kommt es mir so vor, als existierte ich gar nicht.«

Er nahm noch einen Schluck.
»Aber Sie haben recht. Sie haben recht. Ich fühle mich vernachlässigt und im Stich gelassen. Und müde. Ich bin es leid.«
Der Schattendoktor ließ in Zeitlupe seine Handfläche auf die Armlehne seines Sessels sinken. »Darum brauchen Sie sich ja jetzt keine Gedanken mehr zu machen. Endlich Freiheit.«
»Wie meinen Sie das?«
Er winkte lässig ab. »Nun, jetzt können Sie ja diesen ganzen Unsinn mit dem Glauben aufgeben und sich dem Leben zuwenden.«
Schweigen. Plötzlich wurde es trotz Kamin und Whisky deutlich ungemütlicher in diesem Zimmer. Jack stellte sein Glas ab und starrte mit weit aufgerissenen Augen in die Flammen. Er fühlte sich klein und verängstigt und verirrt.
»Wahrheit«, sagte der Schattendoktor nachdenklich, »kann womöglich noch stärker wie eine Wasserbombe wirken als Lagavulin. Und manchmal kostet sie auch viel mehr als eine Flasche guter Scotch.«
Er begann wieder zu rezitieren:

»Tief im Winter hallt im Schlaf von weit entfernt
der Klageschrei der möwengleich kreisenden Seelen
von Fraun und Männern, die man lehrte, immer einen
Schritt voraus zu sein,
  die dann den Rand erreichten,
  doch fallend wurde ihnen klar,
sie hatten Fliegen nie gelernt.«

»Die Wahrheit soll uns frei machen, so sagt einer, der, wie erwähnt, weithin als einzigartig qualifiziert dafür gilt, sich dazu zu äußern. Tatsache ist aber, dass viele von denen, die sich Christen nennen, überhaupt nicht mit der Wirklichkeit zurechtkommen. Warum sollten sie das auch wollen? Wenn man sich der Wahrheit stellt, ist das ein bisschen so, wie wenn man von einer Klippe springt. Es kann einem wie eine wirklich saublöde Idee vorkommen. Was könnte einen zu so etwas bringen, wenn zwangsläufig irgendeine gruselige Form von äußerem oder innerem Tod die Folge wäre? Warum sollte man nicht lieber auf dem Klippenrand stehenbleiben oder zurückgehen und die Sache mit dem Fliegen ganz aufgeben?

Sie scheinen ein gutes Beispiel für das alles zu sein, Jack. Nehmen Sie diese wackelige Überzeugung oder diesen Glauben, oder wie immer Sie es nennen wollen, der Ihnen schon seit so langer Zeit so wenig genützt hat. Meinen Sie etwa, dieser Glaube hätte auch nur den Hauch einer Überlebenschance gegenüber einer Wahrheit, die all die Mauern und Verteidigungsringe und Barrieren und Schranken plattwalzte, die aufgerichtet wurden, damit das, was wir die Glaubenswelt nennen, sich von ›schnatternden Männern, vertieft in unwesentliche Debatten‹, wie es ein großer Dichter einmal beschrieb, steuern und messen und verstehen lässt? Wenn ich mich richtig erinnere, sagte derselbe Mann übrigens auch, es sei ›alles ziemlich blass und kopfhängerisch, der große Fürst sitzt im Gefängnis ...‹«

Er wandte sich zu Jack, als sei ihm gerade ein neuer Gedanke gekommen. »Jack, haben Sie es gern ein bisschen abenteuerlich – ein bisschen riskant? Wie hört sich das für Sie an??«

Jack machte ein bestürztes Gesicht. Seine Hände, die flach auf seinen Knien lagen, zitterten leicht. Er war das Urbild eines jungen Mannes, der keinerlei Wunsch verspürte, sich auf ein Abenteuer einzulassen.

»Ich weiß nicht genau, wie Sie das meinen, jedenfalls ... haben Sie das gerade ernst gemeint, als Sie sagten, ich sollte, nun ja, das Christsein aufgeben?«

»Nun, ich habe nur gemeint, dass das auch nicht schlimmer wäre als so«, erwiderte der ältere Mann gleichmütig. »Es ist ja offensichtlich, dass es Ihnen nicht guttut. Die ganze Schinderei, ohne dass etwas Positives dabei herauskommt. Es hat ja keinen Sinn, nur um des Leidens willen zu leiden. Ich persönlich wüsste jedenfalls kein abscheulicheres, ranzigeres Gericht als kaltes Martyrium. Außerdem funktioniert das Christentum ja überhaupt nicht. Ich habe es vor Jahren ausprobiert, und es hätte mich fast umgebracht.«

Jack starrte ihn an. »Dann sind Sie gar kein ... tut mir leid, aber nach dem, was meine Großmutter mir geschrieben hatte, und nachdem ich Ihnen am Telefon die Ohren vollgeheult hatte und Sie sagten, Sie würden sich gern mit mir treffen, da ... also, da bin ich wohl davon ausgegangen, dass Sie ein ... ein Nachfolger Jesu sind.«

»Ah.« Der Schattendoktor griff nach der Flasche, die neben seinem Sessel auf dem Boden stand, schenkte sich etwas Wein ein und streckte behaglich die Beine aus, während er das Glas hochhielt, um sich am Widerschein der frisch angefachten Flammen in dem tiefen Rot zu erfreuen. »Jetzt reden Sie von etwas anderem – etwas ganz anderem. Wenn Sie es tatsächlich so meinen jedenfalls.« Sein Blick hatte etwas Warnendes. »Vielleicht ist es etwas noch Beängstigenderes. Aber jedenfalls etwas ganz anderes. Jack, ich habe ja schon gesagt, dass es da etwas gibt, wonach ich Sie fragen möchte.«

Zum ersten Mal bemerkte Jack einen Anflug von Verwundbarkeit im Tonfall des Schattendoktors. Ein leises Unbehagen trübte das weiße Blatt seines neugefundenen Friedens. Er wollte, dass Doc ein Mysterium mit einem starken Herzen sei. Jede Schwäche würde im Moment wahrscheinlich ansteckend auf ihn wirken. Andererseits, wenn es die Möglichkeit zur Veränderung gab, dann wünschte er sie sich, wie er sich noch nie in seinem Leben etwas gewünscht hatte.

»Was möchten Sie denn gern wissen?«

In Jacks Gedanken formte sich ein Bild von ihm selbst, wie er am nächsten Morgen aufstand, seine Sachen zusammenkramte und in seine Tasche stopfte, sie in seinen Wagen warf, voller Enttäuschung den holprigen Feldweg zurück zur Northfields Road fuhr und sich auf den öde unvermeidlichen Weg in ein Leben machte, das für die absehbare Zukunft unverändert bleiben würde. Wonach wollte der Schattendoktor ihn fragen?

»Ich möchte Ihnen vorschlagen, hierherzukommen und mit mir zusammenzuarbeiten.«

Vor Schreck musste Jack beinahe lachen. Es kam ihm vor, als säße er beim Zahnarzt auf dem Stuhl und wartete darauf, dass die Schmerzen aufhören, und würde plötzlich eingeladen, die halbe Praxis zu übernehmen. Was bedeutete dieser Vorschlag überhaupt?

»Ich verstehe nicht. Bieten Sie mir einen Job an?«

Der Schattendoktor seufzte. »Nicht im eigentlichen Sinn, nein, aber so etwas Ähnliches. Oje, ich wusste, das wird schwierig. Wie Ihnen vielleicht aufgefallen ist, habe ich meist keine Schwierigkeiten, Dinge in Worte zu fassen, aber das hier fällt mir wirklich schwer. Jack, ich wollte Sie bitten, darüber nachzudenken, ob Sie bei mir mitmachen wollen ... bei dem, was ich tue, den Kontakten mit Menschen, die ich unterhalte.«

»Kontakte wie der zu meiner Oma, meinen Sie?«

Der ältere Mann bewegte seine Hände, als knetete er eine unsichtbare Substanz in eine neue Form. »Gewissermaßen ja, aber ... nein, es ist komplizierter und bei weitem nicht so kalt und abgeklärt. Alice war meine Freundin. Ich mochte sie sehr gern. Wissen Sie, ich glaube, ›Kontakte‹ war wohl das falsche Wort. Ich möchte einfach, dass Sie mir in dem Leben, das ich führe, Gesellschaft leisten. Ganz allein kann ich realistisch so nicht weitermachen. Ich brauche jemanden wie Sie, und ich habe den Verdacht, dass Sie vielleicht das finden, wonach Sie sich sehnen und was Sie bisher nie erreicht haben, wenn wir sozusagen mitten bei der Arbeit sind.«

»Bei der Arbeit?«

Der Schattendoktor stöhnte und hob die Hände, um sich geschlagen zu geben. »Wieder das falsche Wort. Tut mir leid. Was ich eigentlich meine ist ... handeln. Sich einmischen. Im Fluss sein.«

»Aber was ist der Fluss? Was tun Sie denn eigentlich? Was würden wir gemeinsam tun?«

Jacks Stimme hatte einen verzweifelten Unterton. Im Moment sah er nichts als Nebel. Doc lehnte für ein paar Augenblicke seinen Kopf auf dem Sessel zurück. Als er endlich antwortete, klang seine Stimme ruhig und viel sicherer:

»Ich bin gesegnet und belastet mit der Aufgabe, Menschen zu helfen, mit den Schatten fertigzuwerden, die ihnen das Leben vergällen. Wie das genau vor sich geht, kann ich im Moment einfach nicht analysieren und erklären. Aber ich kann Ihnen versichern, dass es geschieht – nicht immer, aber oft. Mein Vorschlag ist, Jack, dass Sie diese Aufgabe mit mir gemeinsam schultern. Sie und ich, wir wären Partner, Verbündete, Kollegen. Was kann ich Ihnen bieten? Alles Mögliche. Abenteuer. Harte Arbeit. Faszination. Große Befriedigung. Manchmal Enttäuschung. Undurchdringliche Geheimnisse. Hin und wieder Momente puren Staunens. Wie finden Sie das?«

»Heißt das, ich soll hierher umziehen, in dieses Haus?«

»Ja. Ich habe drei Schlafzimmer. Zwei davon sind ziemlich groß. Ich habe eines, das andere können Sie haben, das Zimmer an der Vorderseite. Dort übernachten Sie auch heute. Das Einzelzimmer benutze ich als eine Art Arbeitszimmer. Das können wir uns teilen. Im Erdgeschoss gibt es dieses Wohnzimmer und die Küche, durch die wir hereingekommen sind. Sie ist groß genug, dass man dort auch essen kann. Das Internet funktioniert gut. Werden Sie kommen?«

Eine naheliegende, erstaunte Frage war angebracht.

»Doc, verraten Sie mir eins. Warum in aller Welt würde jemand wie Sie wollen, dass jemand wie ich Ihnen bei den Dingen hilft, von denen Sie gesprochen haben? Ich habe Ihnen doch schon gesagt, dass meine Erfolgsbilanz im Blick darauf, anderen zu helfen, unter aller Kanone ist. Nichts als Pflaster und Flickschusterei. Und Sie sagten ja selbst, dass ich das eigentlich gar nicht für die anderen Leute mache. Ich versuche mich auf diese Weise nur davor zu schützen, in der Dunkelheit zu verschwinden. Und damit haben Sie völlig recht. Ich habe keine Ahnung von alledem. Im Grunde bin ich nur ein einsamer, verirrter Mensch, der es nicht einmal schafft, sich Freunde zu machen. Wozu sollten Sie mich brauchen?«

Der Schattendoktor beugte sich zu dem jungen Mann hinüber und legte ihm eine Hand auf den Arm, bevor er antwortete: »Jack, ich nehme kein Wort von dem zurück, was ich Ihnen gesagt habe, aber ich verschließe auch nicht die Augen vor meiner eigenen störrischen Weigerung, mich auf irgendjemanden einzulassen, der die Art und Weise, wie ich mein Leben regele, infrage stellen oder kommentieren könnte. Sie haben ein sehr gutes, empfindsames Herz. Das weiß ich von der Art und Weise her, wie Alice über Sie gesprochen hat, und auch, weil ich es selbst sehen kann. Lassen Sie mich folgende Frage stellen: Möchten Sie, dass Ihnen das, was Sie bisher in die Knie gezwungen hat, von nun an gelingt?«

In Jacks Herz sprudelte etwas hoch.
Sag ihm, wie du dich fühlst.
Er erstickte fast an den Worten.
»Mehr als alles andere auf der Welt.«
»Ich weiß. Aber Sie leben auf Ihrer eigenen völlig unterbesiedelten Insel. Genau wie ich. Wir regeln unser Innenleben, ohne irgendjemand anderen konstruktiv zu Rate zu ziehen. Wenn Sie sich dazu entschließen, hierherzuziehen und mit mir zu arbeiten, dann kann ich Ihnen versprechen, dass das nicht leicht sein wird. Ich weiß, dass ich mich gegen dieses Eindringen in meinen Raum sperren werde. Alte Gewohnheiten sind nicht leicht totzukriegen, besonders, wenn sie aus Schmerz entsprungen sind. Wir werden uns in den ersten Tagen vermutlich häufig in die Haare kriegen. Aber ich kann Ihnen auch noch etwas versprechen: Sie werden mittendrin stecken in dem, was ich vorhin den ›Fluss‹ genannt habe. Das will ich im Augenblick nicht durchbuchstabieren. Darum kümmere ich mich später. Ein Risiko ist es für uns beide. Möchten Sie es eingehen? Wenn es Ihnen eine Hilfe ist – wie wär's, wenn Sie erst einmal für zwei Wochen kommen? Danach können Sie sich immer noch endgültig entscheiden.«

Daraufhin saßen sie für eine Weile da, ohne etwas zu sagen. Jack nippte an seinem Whisky. Doc spielte mit dem Stiel seines Weinglases und starrte ins Feuer.

»Okay«, sagte Jack schließlich. »Ich komme für vierzehn Tage. Nächsten Monat. Wahrscheinlich fange ich an einem Mittwoch an, damit es sich mit meiner Arbeit vereinbaren lässt.«

»Okay«, sagte Doc.

6. Das schwarze Pflaster

Am Freitagabend drehte sich der Schattendoktor auf dem Weg hinauf ins Bett am Fuß der Treppe noch einmal um und sagte: »Ach übrigens, Jack, morgen früh um halb zehn kommt jemand zum Frühstück. Er wohnt in der Nähe von Tunbridge Wells, heißt Paul Kunningdee und wird gerade erpresst.«

Es war der zweite Tag von Jacks vierzehntägiger Probezeit, und im Marlpit Cottage herrschte eine nicht gerade heitere Atmosphäre. Der tiefe Friede, den er während seines ersten Besuchs hier empfunden hatte, lag immer noch in der Luft, aber die Kommunikation zwischen den beiden Männern gestaltete sich schwierig, um es milde auszudrücken. Ein obskures Unbehagen hinderte Jack nachhaltig daran, die erste Begegnung als Flitterwochen zu bezeichnen, aber die magische Essenz dieses ursprünglichen Erlebnisses war inzwischen erheblich verwässert.

Nicht, dass Doc ihn nicht mit offenen Armen empfangen hätte. Das Gästezimmer war sauber und gemütlich, das kleine Bad am Ende des Flurs aufgeräumt und bestens vorbereitet, um von einem zweiten Mann benutzt zu werden. Als eifriger, wenn auch bislang ziemlich einsamer Koch war Jack erfreut, zu sehen, dass der Kühl-Gefrierschrank und die Speisekammer in der Küche gut bestückt waren. Offensichtlich war in Erwartung seines Aufenthalts gründlich eingekauft worden, und ein paar Ausflüge mit Docs Nissan X-Trail in die umgebende Landschaft waren sehr angenehm gewesen, besonders, als sich herausstellte, dass der Schattendoktor selbst nicht so gerne fuhr, während Jack nie viel Spaß daran gehabt hatte, sich fahren zu lassen.

»Es liegt ganz bei Ihnen«, hatte Doc gesagt, als sie erstmals die schmalen, gewundenen Straßen erkundeten, die unweigerlich an einem überraschend großen Wasserreservoir unten im Tal endeten, »aber in den nächsten zwei Wochen können Sie gerne am Steuer sitzen, wenn wir zusammen unterwegs sind – und wenn Sie bleiben, für immer. Ich lasse Sie in den Versicherungsschein eintragen. Eigentlich interessiere ich mich nicht für Autos, aber dieses hier liebe ich. Ich halte mich gern darin auf. Ich fühle mich einfach wohl in kleinen Welten. Bloß wünschte ich, es würde mich in Ruhe nachdenken lassen, während es fährt. Mir scheint, man muss es im Zaum halten wie ein ungestümes Pferd. Man muss es eher reiten als fahren, wenn Sie verstehen, was ich meine.«

Die letzte Bemerkung verstand Jack sehr gut, auch wenn der Rest sich rätselhaft anhörte. Es machte ihm Freude, den großen silbernen Wagen elegant um die Kurven zu steuern und auf den geraden Strecken dem kraftvollen Motor ordentlich die Sporen zu geben. Nur mit Mühe hielt er sich davon zurück, beim Fahren *brrrm brrrm* zu machen.

Äußerlich war alles sehr freundschaftlich und entspannt zugegangen, und wenn die beiden einfach nur einen kleinen Urlaub zusammen gemacht hätten, wäre wohl alles in bester Ordnung gewesen.

Aber das war es nicht.

Doc schien keinerlei konkreten Plan zu haben, abgesehen von seiner Entscheidung oder vielleicht gar Entschlossenheit, keinen Plan zu haben. Der junge Mann wurde ständig von Fragen geplagt. Warum wich Doc jeder Erörterung aus, was es mit der Tätigkeit eines Schattendoktors eigentlich auf sich hatte? Wie sollten sie diese wichtige Zeit gestalten, die sie zusammen verbrachten? Was war der Grund dafür, dass alles, was Ähnlichkeit mit geistlichen Gesprächen oder Aktivitäten hatte, zwar nicht ausdrücklich, aber dennoch unmissverständlich verboten war? Und vor allem, wann würde endlich etwas passieren? Jeder seiner Versuche, diesen Problemen auf den Grund zu gehen, schien mit einem Ausweichen oder einer flapsigen Bemerkung abgetan zu werden. Jack machte eine abwehrende Schutzschicht aus, die über diesen Reaktionen lag, aber Doc ließ sich nicht aus der Reserve locken. Er sagte lediglich, ihnen beiden sei ein leeres Blatt vorgelegt worden, und es werde ihnen nichts einbringen, vorschnell darauf herumzukritzeln. Lernen und Entwicklung, sagte er, könnten sich nur aus der Aufgabe ergeben.

»Und wann«, erkundigte sich Jack, »wird das passieren? Wann gibt es eine Aufgabe, aus der sie sich ergeben können?«

»Bald«, sagte der Schattendoktor.

Mehr ließ er sich nicht entlocken.

Die Weigerung seines Gastgebers, ihrem Unternehmen eine Struktur zu geben, löste bei dem jungen Mann Frust und eine gewisse Verärgerung aus. Jetzt, wo es aussah, als würde tatsächlich etwas passieren, fasste er bewusst den kindischen Entschluss, keinerlei Begeisterung erkennen zu lassen. Ein Erpressungsopfer kam zum Frühstück. Na und?

Jack legte ein Lesezeichen in sein Michael-Connelly-Taschenbuch und klappte es zu. »Warum zum Frühstück?«

»Ich möchte keinesfalls, dass Sie denken, mein Leben drehe sich nur um Schnaps, Jack, aber ich habe da noch ein Glas ausgesprochen leckere Whiskymarmelade, die ich mir für einen besonderen Anlass aufgehoben habe. Sandwiches mit gebratenem Speck, berauschende Marmelade, eimerweise guter Kaffee und frischer Orangensaft, bei dem sie die Fruchtstückchen dringelassen haben – oder hinterher hineingetan, wer weiß? Selbst eine Erpressung wird ihm nicht mehr so schlimm vorkommen, wenn ihm so ein Frühstück vorgesetzt wird, was?«

»Weiß er denn, dass er zum Frühstück kommt?«
»Komischerweise ja. Ja, natürlich weiß er das. Wir werden ihn nicht meuchlings mit Haferbrei überfallen, wenn sich das auch sehr unterhaltsam anhört, jetzt, wo Sie es erwähnen. Ich habe es ihm heute Morgen am Telefon gesagt.«

Jack tippte sich mit seinem Buch auf die Kinnspitze und kaute genüsslich an einem Bissen inneren Widerstandes gegen Docs kauzigen, unüberlegten Umgang mit ernsthaften Problemen.

»Wenn er erpresst wird, muss er was ziemlich Schlimmes angestellt haben. Sind Sie sicher, dass Sie ihn zum Frühstück hierhaben wollen, bevor Sie überhaupt wissen, was er getan hat?«

Der Schattendoktor verzog seine Miene zu einer Art Faust, verlor dann die Beherrschung und brach in hemmungsloses Gelächter aus. »Verzeihen Sie, Jack«, sagte er schließlich. »Ich muss gestehen, dass ich mich mit der korrekten Etikette in solchen Dingen überhaupt nicht auskenne. Welche Mahlzeit finden Sie am passendsten für einen ... wie soll man das nennen? Einen Erpressten? Mittagessen vielleicht? Nachmittagstee? Sollen wir ihm mit Porridge drohen? Nein, es gibt zwei Dinge zu bedenken. Zum einen scheint mein Freund George der Meinung zu sein, dass es gut für Paul wäre, herzukommen, und zweitens ist Erpressung, wie jemand viel Klügeres als ich es einmal gesagt hat, ein schwarzes Pflaster auf einer schwarzen Wunde. Da gibt es kein moralisches Podest, auf das man sich stellen könnte. Weder für den einen noch für den anderen Beteiligten. Gute Nacht.«

Auf der zweiten Treppenstufe drehte er sich noch einmal um, lehnte den Oberkörper zurück ins Zimmer und fügte provozierend hinzu: »Jedenfalls ist es ein guter Vorwand, um die Marmelade anzubrechen. Ich habe sie nur gekauft, um sie mit schlechten Menschen zu teilen. Heilige wie wir mussten warten.«

7. Das Frühstück

Am nächsten Morgen wachte Jack früh auf. Ein paar Augenblicke lang blieb er reglos in seinem Bett liegen und spürte, wie einen schlechten Geschmack im Mund, eine negative Erinnerung aufsteigen, die ihm seit dem Vorabend nicht aus dem Kopf ging. An der Wand ihm gegenüber hing ein riesiges Schwarzweißporträt der jungen Vanessa Redgrave. Das war das Erste, worauf am Morgen sein Blick fiel. Zuerst hatte er daran gedacht, es durch etwas anderes zu ersetzen, falls er bliebe, aber inzwischen hatte er seine Meinung geändert. Sie sah ihn vielsagend mit einer erhobenen Augenbraue an, während er sich nun daran zu erinnern versuchte, was ihn um seine innere Ruhe brachte. Ja, natürlich. Er stöhnte innerlich auf, als er im Geist Docs letzten Kommentar vom Vorabend Revue passieren ließ. Das war es, was an ihm nagte.

Warum machte er so etwas? Warum hatte er schon nach so kurzer Zeit der Versuchung nachgegeben, sich auf einen Wettstreit mit dem älteren Mann einzulassen, zumal Doc zu einer so ärgerlich beweglichen Zielscheibe wurde, wenn Jack versuchte, ihn herauszufordern oder zu provozieren? Wie eine Art wohlwollender Matador schien der Schattendoktor die Kunst zu beherrschen, jeden Angriff mit einem eleganten Wedeln seines verbalen Umhangs ins Leere laufen zu lassen. Bei Jack löste das zugleich Verwirrung aus wie auch eine paradoxe Erleichterung darüber, dass niemand verletzt worden war.

Jack war sich nebelhaft bewusst, dass seine Frustration zu einem großen Teil aus seiner tiefen Furcht davor herrührte, ohne klare Abgrenzungen und Prozeduren zu operieren. Im Gegensatz zu den Christen, die Jack kennengelernt hatte, äußerte sich der Schattendoktor kaum jemals ausdrücklich über seine geistliche Sichtweise oder Haltung – falls er so etwas überhaupt hatte. Es war fast so, als weigerte er sich, persönlich am Schalthebel seiner eigenen Entscheidungen und Aktivitäten zu sitzen.

Aus irgendeinem Grund kam Jack die Erinnerung an ein kurzes Gespräch in den Sinn. Es war der einzige annähernd ernsthafte Austausch zwischen den beiden Männern seit seiner Ankunft gewesen. Es war am Nachmittag des Tages seines Einzugs gewesen, als er kalte Füße bekam und ihn das drohende Gefühl beschlich, die Entscheidung, sein Leben so radikal zu verändern, müsse sich als grauenhafter Fehler entpuppen.

»Was soll ich machen?«, hatte er in diesem verwundbaren Moment wie aus heiterem Himmel gefragt. Er kam sich wie ein kleines Kind vor, während die Worte aus seinem Mund drangen.

Der Schattendoktor schien seine Äußerung ernst zu nehmen und nickte nachdenklich, als hätte er vollstes Verständnis für die Bedeutsamkeit der Frage.

»Was steht auf Ihrem Herzen geschrieben, Jack?«, fragte er schließlich.

Die unerwartete Frage, gekleidet in Worte, die so gar nicht zu Docs üblichem Gesprächsstil zu passen schienen, erwischte Jack auf dem falschen Fuß. Das kleine Kind in ihm antwortete, bevor er es zum Schweigen bringen konnte.

»Ganz, ganz viele Dinge«, sagte er, schlicht und einfach, weil es so war.

»Dann machen Sie Platz«, erwiderte der Schattendoktor. »Wissen Sie was? Wir machen beide etwas. Sie machen Platz, und ich mache Toast.«

Seit diesem Moment war dieser Ehrgeiz da gewesen, auch wenn er mit dem Platzmachen alle Hände voll zu tun hatte. Geschriebenes auf seinem Herzen, Mobiliar in seinem Geist, wie immer man es ausdrücken wollte, es musste umgeräumt und ausgeräumt werden, aber es gab keinen Plan, keine Tabelle und kein Regelbuch. Beängstigend.

Jack setzte sich im Bett auf, drehte sich um und schaute aus dem Fenster. Draußen bahnte sich ein strahlender Frühlingstag an. Er musste lächeln, als ihm einfiel, was Alice an solchen Tagen zu sagen pflegte.

»Genug blauer Himmel, um die gesamte männliche Bevölkerung von Utrecht mit Werktagshosen und einem Extrapaar für sonntags zu versorgen.«

Aus dem übrigen Haus war noch nichts zu hören. Frühstück. Jack beschloss, aufzustehen und sich damit zu beschäftigen, das Frühstück für Paul, den Erpressten, vorzubereiten. Damit konnte er vielleicht seinen grantigen Ton vom Vorabend ein wenig wettmachen. Nachdem er sich rasch angezogen hatte, schlich er auf Zehenspitzen nach unten, um sich an die Arbeit zu machen.

Seine selbstauferlegte Aufgabe machte ihm mehr Spaß, als er erwartet hatte. Draußen war es warm genug, um im Freien zu frühstücken, und noch wärmer, bis ihr Gast um halb zehn eintreffen würde. Er zerrte den runden Gartentisch und die Stühle von der Grasfläche neben dem Hühnergehege heran und schaffte es, sie auf den Steinplatten vor dem Eingang des Hauses einigermaßen stabil zu positionieren, nachdem er zwei Tischbeine mit Holzstücken und gefalteter Pappe verkeilt hatte. Der Rest war ein Kinderspiel. Geradezu befriedigend.

Als der Schattendoktor sich schließlich in der Eingangstür blicken ließ, hatte Jack sich bereits bewusst auf einem der Stühle am Tisch positioniert, wo er Kaffee nippte und sich mit einem Bleistift gegen die Zähne klopfte, während er über dem unangetasteten Kreuzworträtsel aus der gestrigen *Times* brütete.

»Ich habe wirklich keine Ahnung, wie man diese Dinger lösen soll. ›Nicht nur notfalls gegriffen, auch schlicht als Fördergerät.‹ Neun Buchstaben.«

»Waagerecht oder senkrecht?«

»Senkrecht. Spielt das eine Rolle?«

Der Schattendoktor stemmte seine Unterarme senkrecht gegen den Türrahmen, senkte den Kopf und starrte einen Moment lang zu Boden. Dann blickte er zu Jack auf.

»Strohhalm?«

Jack musterte erneut die Rätselfrage. Dann riss er überrascht die Augen auf. »Wie haben Sie das so schnell gemacht?«

»Wie haben Sie *das hier* so schnell gemacht?«

Der junge Mann schaute sich um, als hätte er den reichgedeckten Tisch eben erst bemerkt. »Ach, das Frühstück, meinen Sie?« Er winkte leichthin ab. »Ach, ich bin eben früh wach geworden, und da dachte ich – könnte ja nichts schaden, schon mal ein paar Vorbereitungen zu treffen, wissen Sie? Äh, der Speck und so liegen schon bereit. Brot steckt im Toaster, muss nur noch heruntergedrückt werden. Milch steht im Krug im Kühlschrank.« Er langte über den Tisch und tippte mit dem Zeigefinger auf den Deckel eines kleinen Glases, dessen dekoratives Etikett mit einer viktorianischen Type beschriftet war. »Die Whiskymarmelade hat den Ehrenplatz. Probiert habe ich sie allerdings noch nicht. Ich warte gerne, bis der schlechte Mensch hier ist. Kaffee? Ich habe gerade erst das Dingens runtergedrückt, dreieinhalb Minuten nach dem Aufgießen.«

»Perfekt.«

Der Schattendoktor zog sich einen zweiten Stuhl heraus, setzte sich und griff nach dem Kaffeebereiter. Dabei schüttelte er verwundert den Kopf.

»Danke schön«, sagte er herzlich. »Sie haben mir einen ausgesprochen heiteren Tagesanfang beschert. Sie haben mir nicht nur die ganze Arbeit abgenommen, sondern mir auch noch eine Kreuzworträtselfrage gestellt, die ich lösen konnte, und obwohl Sie ein Nachfolger Jesu sind, haben Sie sich fast ausgesöhnt mit der Aussicht, mit einem Sünder zu frühstücken. Was könnte man sich mehr wünschen?«

Die Ironie entging Jack nicht. Doc wusste ganz genau, warum er so früh aufgestanden war, um das Frühstück zuzubereiten. Aber egal. Trotz allem wärmte ihn der Beifall des Schattendoktors ebenso sehr wie die Morgensonne.

8. Paul

Unser Gast bog nach Jacks Uhr exakt um neun Uhr neunundzwanzig um die Kurve des Feldweges. Die schlanke Gestalt des unglücklichen Erpressten wirkte schon aus der Ferne nervös, wie ein Mann, der innerlich zurückweicht, während er gleichzeitig mit den Füßen vorwärtsgeht. Jack hielt es für wahrscheinlich, dass er kurz vor der Biegung, noch außer Sicht, unbehaglich gewartet hatte, bis der genaue Zeitpunkt seiner Frühstücksverabredung da war. Kein Wunder, dass seine Nerven in Fetzen hingen. Schließlich würde er gleich etwas bekennen, was ernst genug war, um Anlass zu einer Erpressung zu geben. In Jack drängelten sich der Polizist und der Voyeur um die beste Aussichtsposition, während der Mann näher kam.

Der Gast schien überrascht zu sein, eine im Freien angerichtete Frühstückstafel vor sich zu sehen. Vielleicht hatte er mit einem Büro mit Schreibtisch und zwei Stühlen gerechnet oder auch mit einem Sprechzimmer, vorschriftsmäßig ausgestattet mit gerade so viel Komfort, dass die Konzentration nicht behindert wurde.

»Äh, guten Morgen«, fing er an, während er zögernd an den Rand der Steinplattenfläche trat, unruhig wie ein Schauspieler ohne Skript. »Mein Name ist Paul Kunningdee. Ich habe einen Termin mit ... mit ...«

»Nennen Sie mich Doc«, sagte der Schattendoktor, während er aufstand und ihm die Hand reichte. »Paul, seien Sie herzlich willkommen hier.« Er hielt die Hand des Mannes einen Moment lang fest. »Paul Kunningdee. Ein hochinteressanter Name, wenn ich das sagen darf. Und wie überaus pünktlich Sie sind! Bitte setzen Sie sich doch, und nehmen Sie sich einen Kaffee. Möchten Sie Milch dazu? Zucker?«

Paul ließ sich auf einem der Gartenstühle nieder und stellte seinen schwarzroten Rucksack neben sich auf der Steinplatte ab.

»Oh, schwarz bitte. Ohne Zucker, vielen Dank.«

Er warf einen Blick über den Tisch hinweg zu Jack, fragend, soweit es die Höflichkeit erlaubte.

»Das ist Jack«, sagte der Schattendoktor. »Er ist ein guter Freund von mir und arbeitet mit mir zusammen.«

Paul Kunningdee war schätzungsweise Anfang vierzig, schlank, gut gekleidet in helle Pastellfarben und glattrasiert. Später machte der Schattendoktor die Bemerkung, obwohl der bekümmerte Ausdruck in Pauls Gesicht sicherlich durch seine augenblickliche Situation verstärkt würde, scheine eine gewisse stirnrunzelnde, etwas verletzte Verwirrung mehr oder weniger fester Bestandteil seiner Züge zu sein. Anfangs lehnte er das angebotene Essen ab, doch nach und nach massierte Doc ihn mit seiner schrulligen Herzlichkeit in einen entspannteren Zustand. Jack erinnerte sich an Omas Worte in ihrem Brief über die Fähigkeit des Schattendoktors, mit wenigen Worten eine Gemeinschaft herzustellen. Es war faszinierend, das zu beobachten. Ausgesprochen eindrucksvoll. Wie konnte man so etwas lernen? Er stellte rasch fest, wie er mit ihrem von Natur aus zurückhaltenden Gast warm wurde. Was für eine furchtbare Untat konnte ein so sanftmütiger und zaghafter Mann begangen haben, um in die Fänge eines Erpressers zu geraten?

Paul ließ das letzte Stückchen seiner zweiten Scheibe Marmeladentoast verschwinden und wischte sich sorgfältig mit einer Papierserviette die Mundwinkel ab. Dann räusperte er sich und starrte einen Moment auf seine Teller, bevor er zu sprechen begann:

»Köstlich. Sehr lecker. Vielen Dank. Ob ich ... ob ich Ihnen wohl jetzt mal meine Situation schildern sollte?«

Der Schattendoktor erwiderte: »Paul, Sie scheinen mir jemand zu sein, der eine Schwäche für knifflige Kreuzworträtsel hat. Ich stelle Ihnen eine Rätselfrage, und Sie schauen mal, ob Sie dahinterkommen.«

In Pauls Augen flammten Überraschung und ein unerwartetes Licht auf. »Kreuzworträtsel. Ja, ich liebe Kreuzworträtsel. Haben Sie ein Lieblingsrätsel?«

»Ich versuche mich hin und wieder nicht allzu erfolgreich an dem aus der *Times*«, erwiderte Doc bescheiden. »Und Sie?«

»Ja, ja, das aus der *Times* probiere ich auch gerne mal. Bin aber nicht sehr gut darin.«

»Nun, dies hier ist eine Frage, die ich mir selbst ausgedacht habe. Ich bin neugierig, was Sie davon halten. Die Antwort hat fünf Buchstaben, und die Definition lautet: ›Hier weit, da eng.‹«

Es entstand ein langes Schweigen, das Jack sehr merkwürdig fand. Er glaubte in der Atmosphäre am Tisch eine summende Energie wahrzunehmen oder sich einzubilden, während Paul, zum ersten Mal seit seiner Ankunft mit klarem Blick, seinen Verstand auf das Problem losließ. Seine Lippen bewegten sich lautlos, als er die Definition noch ein oder zwei Mal wiederholte. Schließlich wischte ein entkrampftes Lächeln vorübergehend die Düsternis von seiner Stirn.

»Gnade. Die Antwort ist Gnade.«

»So ist es. Ja, so ist es.«

Die Sonne schien beifällig.

»Anagramme machen Spaß, nicht wahr, Paul?«

»Ja. Nun, ja, das tun sie ... das können sie.«

Ein kurzes und für Jack unerklärliches Schweigen wurde schließlich durch den Schattendoktor gebrochen. »Entschuldigung, Paul, ich habe vom Thema abgelenkt. Sie wollten von Ihrer Situation erzählen.«

Das Stirnrunzeln kehrte zurück und vertiefte sich. »Ach ja. Ja, natürlich. Ich weiß nicht recht, wo ich anfangen soll.« Er schob seinen Teller zur Seite und legte seine beiden locker geballten Fäuste vor sich auf den Tisch.

»Okay. Ich weiß, wo ich anfangen muss.« Er hob eine Faust und ließ sie sanft wieder sinken. »Meine Familie ist für mich das Wichtigste im Leben. Ich bin verheiratet – mit Kerry, und wir haben ein fantastisches, knuddeliges kleines Mädchen namens Izzie, kurz für Isobel. Wir haben eine sehr schöne Erdgeschosswohnung in Broadwater Down, gleich beim Frant Hill in Tunbridge Wells, in der Nähe der Kirche St. Mark's. Dort gehen wir auch immer in den Gottesdienst. Ich liebe Kerry und Izzie mehr als mich selbst, glaube ich, obwohl ...« Er schluckte und hatte plötzlich Mühe, seine Stimme zu beherrschen. »Obwohl das im Augenblick keine große Bedeutung hat, fürchte ich.«

Eine Sekunde lang schaute er flehend zum Himmel auf.

»Also jedenfalls, letzte Woche kam auf der Arbeit eine Frau zu mir. Ich bin in der Planungsabteilung. Unsere Büros sind oben in Hawkenbury, am Ortsrand Richtung Pembury.« Er ließ seinen gekrümmten Zeigefinger kreisen. »Das ist in der Nähe der Kurve, bei der die jungen Autofahrer immer verrücktspielen. Sie tauchte einfach auf. Ohne Termin und so. Normalerweise hätte ich sie gar nicht empfangen, aber als ich den Namen hörte ...«

»Sie wussten, wer sie war?«

»Ihr Name ist Naomi. Naomi Strang. Kerry und ich kannten sie, als wir noch in der Leicester Street am Victoria Park in Leamington Spa wohnten, wo wir beide nach unserer Hochzeit zunächst arbeiteten. Wir waren alle drei im öffentlichen Dienst tätig und saßen im selben großen Bürogebäude. Kerry und ich heirateten im Juni. Zu Weihnachten gab es dann eine Party auf der Arbeit. Ich ging hin, aber Kerry war ... nun ja, ihr ging es nicht gut.

Später am Abend stolperte ich – buchstäblich – auf dem Korridor unten am Fitnessraum, wo die Toiletten sind, Naomi in die Arme, und wir ... wir fingen an, uns zu küssen. Schließlich landeten wir auf einem Stapel Turnmatten in der Gerätekammer am Ende des Fitnessraums. Wir ... wissen Sie, wir liebten uns.«

Der Schattendoktor hob seine Augenbrauen um zwei Millimeter.

Paul deutete das offenbar als Frage und schüttelte bekümmert den Kopf. »Nein, Sie haben recht, das ist nicht wahr. Wir liebten uns nicht. Wir ... besorgten es uns bloß. Es war grauenhaft. Hinterher war ich ganz krank vor Scham und Furcht.«

Doc brach das Schweigen, das auf Pauls Geständnis folgte. »Warum ist Kerry nicht mit zur Party gekommen, Paul?«

»Das sagte ich doch, ihr ging es nicht gut.«

»Sie lieben sie sehr. Wenn es ihr einfach nur nicht gutgegangen wäre, wären Sie bestimmt selbst nicht hingegangen. Warum ist Kerry nicht mitgekommen?«

Paul zuckte vor Unbehagen und verschränkte die Arme fest vor der Brust. »Es war nicht so, dass es ihr nicht gutging. Wir hatten einen Riesenstreit. Einen ganz schrecklichen Streit. Das brachte uns beide völlig aus der Fassung. Und ich kaufte mir ganz gezielt am Kiosk eine Dose von diesem ganz starken Bockbier und trank sie leer, bevor ich überhaupt zur Party kam. Schon nach ein paar Schlucken war mir richtig schwindelig davon. Ich war nie ein großer Trinker. Schmeckt mir einfach nicht. Und als ich dann hinkam, bogen sich die Tische vor Alkohol. Ich flippte ein bisschen aus. Trank viel zu schnell viel zu viel. Schüttete das

Zeug einfach in mich hinein. Blöd. Das ist keine Entschuldigung, aber ich wusste kaum noch, was ich tat. Jetzt kann ich gar nicht glauben, was ich getan habe. Kerry und ich sind Christen. Das bedeutet uns unendlich viel. Es war für mich immer der Mittelpunkt von ... von allem. Aber jetzt ...«

»Paul«, unterbrach ihn der Schattendoktor, »es muss Sie eine Menge Mut gekostet haben, uns das alles zu erzählen. Versuchen Sie jetzt nicht zu kneifen. Der Streit. Worum ging es dabei?«

Unser unglücklicher Frühstücksgast ließ die Hände in den Schoß fallen. Er sah aus, als könnte er jeden Moment zusammenklappen und in Tränen ausbrechen. Er holte tief Luft.

»Okay, dazu muss ich ein bisschen ausholen. Kerry hatte sich seit dem Sommer irgendwie seltsam benommen. Sie war ... nicht sie selbst. Es fing im August an. Für unseren Sommerurlaub mieteten wir uns ein Ferienhäuschen in einem kleinen Dorf im Grünen unten in East Sussex. Es war herrlich. Am Rand des Dorfes gab es eine süße, untersetzte kleine Kirche – wir haben uns schon immer gerne alte Kirchen angeschaut. Und ganz in der Nähe gab es einen herrlichen Wanderweg an einem Fluss entlang, der in großen silbernen Schleifen dahinströmt, bevor er sich zur Mündung weitet. Man kann bis zum Meer gehen. Wir nahmen unsere Ferngläser mit. Wir haben zwei. Ein sehr gutes und ein ganz ordentliches. Kerry besteht immer darauf, dass ich das gute benutze, aber ich versuche, gerecht zu teilen, wissen Sie. Da unten am Fluss gab es Unmengen von Wildvögeln und Schafen und so. Eine wunderschöne Gegend. Der perfekte Ort für einen Urlaub. Die ersten beiden Tage haben wir in vollen Zügen genossen.«

In seiner Stimme vibrierte die Erinnerung an seine Verletzung und Ratlosigkeit, als er weitersprach: »Am dritten Tag dann wanderten wir hinauf an der Kirche vorbei und fanden einen Wegweiser zu einem Dorf namens Alfriston. Also dachten wir uns, da gehen wir mal hin. Es war einfach traumhaft. Eines der hübschesten Dörfer, die wir je gesehen haben. Sehr alt. Erstaunlich gut erhalten. Und eine wunderschöne Rasenfläche direkt vor der Pfarrkirche St. Andrew's. Sie wird die Kathedrale der südlichen Downs genannt. Es war ... exquisit. Wir waren so glücklich.«

Jack beobachtete, wie Paul seine Finger verschränkte und durchknetete, während er fortfuhr: »Wir schauten uns ein bisschen um und beschlossen, in einem Café namens ›The Copper Kettle‹ am Ende der High Street zu Mittag zu essen. Es war ziemlich voll, aber das Essen war gut. Mir fiel auf, dass Kerry nicht viel sagte, während wir dort saßen und aßen, aber ich dachte damals nicht viel darüber nach. Hinterher auf dem Rückweg dann, am Rand des Dorfes, als wir gerade eine Brücke über das Flüsschen überquerten, Cuckmere heißt es, glaube ich, marschierte sie plötzlich ganz schnell vor mir davon und verschwand hinter den Bäumen hinter der nächsten Wegbiegung. Ich hatte keine Ahnung, was los war, aber ich machte mir Sorgen. Es war so seltsam. Sie war so plötzlich davongerauscht. Ich konnte mir keinen Reim darauf machen. Also rannte ich ihr nach, und gleich hinter der Stelle, wo sie verschwunden war – passierte es.«

Pauls Gesicht verzog sich bei der Erinnerung.

»Kerry, meine süße, liebevolle Kerry, sprang plötzlich hinter einem Baum am Wegrand hervor und schrie mir aus vollem Hals direkt ins Gesicht. Es ... es war wie in einem Horrorfilm. Immer wieder schrie sie, ich würde sie nicht lieben. Ich hätte sie nie geliebt. Ich würde eine Frau im ›Copper Kettle‹ lieben. Mit der wolle ich ... Sex haben. So hat sie es nicht ausgedrückt. Viel schlimmer. Es war ... furchtbar.«

Ihm schien plötzlich bewusst zu werden, was er gerade sagte.

»Ich hätte mir nie träumen lassen, solche Worte aus ihrem Mund zu hören. Das machte das Ganze noch grauenhafter. Sie sagte, ich hätte dieser Frau meine Hand aufs Knie gelegt, als ich mich unbeobachtet glaubte. Ich hätte mich heimlich mit ihr dort verabredet. Warum verschwand ich nicht einfach und ... hatte Sex mit der Frau im ›Copper Kettle‹, anstatt hier mit jemandem herumzuhängen, den ich in Wirklichkeit gar nicht liebte? Und so ging das endlos weiter. Ein einziges wildes Wutgeschrei. Und dann, so plötzlich, wie es begonnen hatte, verstummte sie, machte kehrt und stapfte wütend in Richtung Litlington davon.

Ich wurde ganz schwach. Ich bekam buchstäblich weiche Knie. Das alles ergab überhaupt keinen Sinn. Ich hatte diese Frau nicht einmal bemerkt. Ich liebte Kerry. Sie war die Einzige, die ich wollte. Wir waren ein Paar. Ich wollte den Rest meines Lebens mit meiner Frau verbringen. Und wie gesagt, ich hatte solche Worte noch nie von ihr gehört. Keiner von uns redete jemals so.«

»Sie folgten also Kerry zurück zum Ferienhaus?«, fragte Doc leise.

»Später ja. Ich hatte Angst davor, sie wiederzusehen. Aber als ich ankam, rief ich leise durch den Eingang, und es kam keine Antwort. Ich fand sie im Bett. Sie schlief wie ein Baby. Und als sie aufwachte, war auf einmal alles wieder so wie immer. Sie war wieder Kerry. Als ich sie fragte, ob sie noch böse sei, machte sie ein erschrockenes Gesicht, aber sie schien gar nicht zu wissen, wovon ich redete. Sie sagte nur, sie müsse wohl ein bisschen müde gewesen und ausgerastet sein. Ich wusste, dass mehr dahinterstecken musste, aber ich war so erleichtert! Ich weiß, es war wohl ein Fehler, aber ich war so froh, dass sie sich wieder normal benahm, dass ich einfach alles verdrängte. Ich sagte ihr, sie solle sich keine Sorgen machen, und tat mein Bestes, so zu tun, als wäre gar nichts passiert.«

»Bis zum nächsten Mal.«

Der Schattendoktor formulierte es nicht als Frage.

»Ja, es passierte wieder. Nicht mehr in diesem Urlaub, aber eine oder zwei Wochen, nachdem wir wieder zurück waren. Ganz ähnliche Situation. Diesmal in einer Kneipe bei uns in der Nähe. Wir waren mit zwei Freunden dort. Ich wollte gerade einen Dartpfeil werfen, ungeschickt wie immer, als ich plötzlich dieselbe schreiende Stimme vom anderen Ende der Theke her hörte. Alles gegen mich gerichtet. Alles auf derselben Tonhöhe. Sie stand starr und aufrecht neben ihrem Stuhl und sah wie eine Verrückte aus. Ihre Augen ... sie loderten und sahen gleichzeitig leer aus.«

Ein Schauder durchlief seinen Körper.

»Grauenhaft! Es war so grauenhaft. Ich manövrierte sie hinaus zum Auto, so schnell ich konnte, und sie keifte immer noch unaufhörlich, wie widerlich ich sei und dass ich die ganze Zeit Pläne gegen sie schmiedete. Alle möglichen richtig *bösen* Vorwürfe. Ich kann Ihnen gar nicht beschreiben, wie es war, in diesem Auto zu sitzen. Versuchen Sie mal, Auto zu fahren, wenn so ein ... so ein Gesicht Ihnen unentwegt Gift entgegenspeit. Es war die Hölle. Ich kam mir vor wie in einer Art Ofen. Und dann ... passierte etwas Komisches. Ihr Kopf fiel zurück gegen die Kopfstütze, und sie schlief fest ein. Wie bewusstlos. Einfach so. Als wir nach Hause kamen, hielt ich vor unserem Haus und blieb eine Weile einfach sitzen. Dann streckte ich die Hand aus und tippte ihr an die Schulter – ganz vorsichtig, wissen Sie. Sie wachte sofort auf, streckte ihr Arme und gähnte. Dann stieg sie aus dem Wagen, schlang sich die Arme um den Leib und wankte ins Haus, wo sie sich sofort ins Bett legte. Ich folgte ihr. Sie war bewusstlos. Schlief tief und fest. Sie hatte sich nicht einmal ausgezogen. Am Morgen wachte sie auf, als ob nichts geschehen wäre. Genau wie bei dem Mal davor.«

Jacks normale Reaktion war unvermeidlich durch die Gegenwart des Schattendoktors gebremst, aber eine wachsende Ungeduld trieb ihn dazu, Paul Kunningdee etwas aufgebrachter zur Rede zu stellen, als er eigentlich wollte.

»Da haben Sie ihr doch wohl ordentlich die Meinung gegeigt, Paul. Ich meine, es ist ja nicht so, als ob Sie etwas falsch gemacht hätten, oder?«

Alle Kraft wich aus Pauls Stimme. Er hörte sich kleinlaut und traurig an.

»Sie verstehen nicht. Ich habe immer etwas falsch gemacht. Mein ganzes Leben lang habe ich akzeptiert, dass es fast immer meine Schuld ist, wenn etwas schiefgeht. Wenn einem das von klein auf immer wieder eingehämmert wird, glaubt man es nicht nur, man weiß bis in die Knochen, dass es die Wahrheit ist. Als junger Mann wusste ich, dass ich niemals heiraten würde. Wie könnte ich das? Ich würde nur alles falsch machen und nichts hinkriegen und alles versauen. Deshalb war es ja so wunderbar, als ich Kerry kennenlernte und wir uns verliebten und beschlossen, zu heiraten – übrigens kam der Heiratsantrag von ihr. Ich konnte es nicht fassen. Es war, als hätte man sich mitten in der Nacht verirrt, und plötzlich ginge die Sonne auf. Diese wunderschöne, lustige, kluge Irin mit ihrer herrlichen schwarzen Mähne. Sie liebte mich und wollte den Rest ihres Lebens mit mir verbringen. Warum? Ich habe immer in den Spiegel geschaut und einfach nur gelacht. Es ergab keinen Sinn. Aber es war so.«

»Und der Streit?«

Paul warf dem Schattendoktor einen raschen Blick zu und nickte unglücklich.

»Es passierte noch zwei Mal. Nach dem dritten Mal taten wir routinemäßig wieder so, als wäre gar nichts passiert, aber ich war bestürzt und voller Sorge, und ich merkte, dass es Kerry ebenso ging. Ich hatte schreckliche Angst, nun würde alles auseinanderbrechen. Kerry weigerte sich rundheraus, einen Arzt zu konsultieren. Sie hätte in letzter Zeit nicht gut geschlafen, sagte sie, und es sei nur ... nur eine vorübergehende Phase.

Nachdem es zum vierten Mal passiert war, ausgerechnet bei Marks and Spencer's, gleich bei den Regalen, wo immer die Zehn-Pfund-Angebote stehen und haufenweise Leute sich zusammenscharen, um sich die besten Sachen herauszusuchen, da wusste ich, es musste etwas geschehen. Am nächsten Morgen sagte ich zu Kerry, es täte mir leid, falls ich irgendetwas getan hätte, um die Sache schlimmer zu machen, aber so könne es nicht weitergehen. Sobald wir zu Hause sind, sagte ich, bevor wir zur Büroparty gehen, müssen wir uns zusammensetzen und entscheiden, was wir tun werden.«

Er lächelte schief.

»Sie war einverstanden. Das war wahrscheinlich das erste Mal, dass ich ihr klar meine Meinung gesagt hatte, seit wir uns kannten. An diesem Abend redeten wir kaum, bis wir mit dem Essen fertig waren. Dann gingen wir ins Wohnzimmer und setzten uns. Sie brach in Tränen aus. Eine ganze Flut von Tränen. Sie habe ein Geheimnis, sagte sie mir. Bevor ich sie überhaupt kennengelernt hatte, sagte sie, als sie noch in Irland lebte, habe sie ernsthafte psychische Probleme gehabt. Psychotische Episoden. Eine schizophreniforme Störung, so nannte man das tatsächlich. Sie bekam Medikamente und ein paar Therapiestunden verschrieben. Das half. Bis sie nach England zog, waren die Symptome alle weg, und ihr Psychiater sagte ihr, dass auch der Ortswechsel selbst ihr wahrscheinlich helfen würde. Viele ihrer Probleme wurzelten in der Vergangenheit – in ihrer Kindheit in Connemara. Sie hatte beschlossen, einen Schlussstrich unter alldem zu ziehen und zu hoffen, dass es ihr gelingen würde, unbehelligt weiterzuleben.

Als wir uns näherkamen und eine mögliche Heirat, nun ja, am Horizont auftauchte, dachte sie immer wieder, sie müsste mir von ihrer Vergangenheit erzählen. Sie wusste, dass das sein musste. Etliche Male war sie kurz davor gewesen, aber ganz hatte sie es nie geschafft. Die Angst war zu groß. Sie war genauso schlimm wie ich. Dachte immer, Ehe sei nur etwas für die anderen. Für die Gesunden. Sie fürchtete, ich würde sie sitzenlassen, wenn ich davon erfuhr. Warum sollte ich mich mit einer Verrückten belasten?«

»Wie haben Sie auf das alles reagiert?«, erkundigte sich der Schattendoktor.

»Ich habe zugehört. Völlig regungslos. Ich konnte meine Regungslosigkeit richtig spüren. Lange Zeit habe ich überhaupt nichts gesagt. Habe nur dagesessen und sie angestarrt.«

»Wie haben Sie sich dabei gefühlt?«

»Das will ich nicht sagen.«

»Doch, Sie wollen.«

Paul presste seine Stimme durch starr verkrampfte Kiefermuskeln hervor.

»Ich war so wütend! Ich hatte noch nie viel Talent dafür, sauer auf Leute zu sein, aber irgendwo in mir platzte etwas mit einem Knall. Diese Person, die ich liebte, der ich vertraute und die ich in mein Innerstes hineingelassen hatte – wie hatte die mir das alles zumuten können? Wie hatte sie etwas so Riesiges, so Gewaltiges für sich behalten können? Ich schäme mich jetzt, es zu sagen, aber ich ließ sie weinend auf dem Sofa sitzen, schnappte mir meinen Mantel vom Haken an der Tür und stampfte wütend die Straße hinauf davon. An der Ecke holte ich mir das Bockbier. Dann ging ich zu der Party, und ... na ja, was dort passierte, habe ich Ihnen ja schon erzählt.

Als ich nach Hause kam ... ach, das war so traurig. Kerry saß immer noch genau so auf dem Sofa, wie ich sie zurückgelassen hatte. Ich kniete vor ihr nieder, und sie rutschte vom Sofa auf die Knie, und so hockten wir da eine Ewigkeit und weinten zusammen. Die Sache ist die ... wir haben das alles inzwischen hinter uns. Wir sagten beide unzählige Male, dass es uns leidtue, und Kerry versprach, wieder zum Arzt zu gehen und etwas dagegen zu unternehmen. Und das hat sie auch getan. Es ging wirklich sehr gut. Unser Hausarzt hat genau die richtige Person für Kerry gefunden, und sie hat sich voll reingehängt und jede Hilfe genutzt, die sie bekommen konnte. Sie nimmt immer alle ihre Tabletten und so. Verpasst nie einen Termin bei dieser Frau namens Ruth. Erzählt mir, wie es ihr geht. Wir stecken jetzt gemeinsam da drin, und dann ist Izzie noch dazugekommen. Unser kleines Wunder. Wir sind so glücklich wie – das heißt, eigentlich sind wir noch glücklicher als vorher, aber ...«

»Aber Sie haben Kerry nie davon erzählt, was auf der Party mit Naomi passiert ist.«

»Nein«, sagte Paul leise, »nie. Teils, weil ich mich so schämte, aber genauso sehr deshalb, weil ich den Gedanken nicht ertragen konnte, dass Kerry es ertragen müsste, zu wissen, was an diesem Abend geschehen ist. Sie würde denken, es wäre ihre Schuld. Sie wäre am Boden zerstört. Es war so gemein und so ... nichtig. Ich weiß, das sagen viele Männer, aber es war so. Ich wollte es ihr sagen, weil ich nicht wollte, dass ... dass wir Geheimnisse voreinander haben, aber ich schob es immer vor mir her. Ich redete mir ein, sie hätte ja auch ein Geheimnis vor mir gehabt, da könnte ich doch dasselbe mit ihr machen. Lächerlich. Aber ich schaffte es beinahe, die ganze Sache irgendwo im hintersten Winkel meines Kopfes wegzuschließen. Letzte Woche dann ...«

»Tauchte Naomi Strang auf.«

»Sie sagte, sie hätte sich ein billiges Zugticket gekauft, um zu mir zu kommen. Sie fährt heute wieder nach Leamington zurück, aber nur, wenn ich mich heute Nachmittag in Tunbridge Wells mit ihr treffe und ihr das hier gebe.«

Er griff in seinen Rucksack und holte einen versiegelten, prallgefüllten Umschlag hervor. Er fiel mit einem dumpfen Schlag auf den Tisch.

»Tausend Pfund in Zwanzigern.«

Der Schattendoktor nickte.

»Das vermutlich dafür, dass sie Stillschweigen darüber bewahrt, was auf der Party passiert ist.«

»Genau. Als sie auf dem Grundbuchamt zu mir kam, fragte sie mich, ob ich mich noch an die Büroparty damals erinnerte. Sie benahm sich total honigsüß und neckisch-verschämt. Mir wurde ganz schlecht. Dann wollte sie wissen, ob ich je Kerry davon erzählt habe.«

Er senkte seinen Kopf und stützte ihn für einen Moment auf seine Hand auf.

»Ich hätte lügen sollen. Hätte ich doch nur gelogen. Habe ich aber nicht. Ich habe mich endlos darüber ausgelassen, wie hart Kerry das treffen würde, und flehte Naomi an, es weiterhin für sich zu behalten. Mir liefen die Tränen übers Gesicht. Naomi sagte, ich solle mir keine Sorgen machen, sie würde kein Wort zu Kerry sagen. Vorausgesetzt, ich treffe mich am Samstagnachmittag – also heute – um halb zwei mit ihr bei Hooper's und übergebe ihr tausend Pfund in Zwanzigern. Außerdem will sie noch das hier haben. Ich muss es unterschreiben und ihr zusammen mit dem Geld geben.«

Er fischte ein Blatt Papier aus der Hemdtasche, faltete es auf und schob es Jack über den Tisch hin. Es war eine datierte Erklärung mit einer Linie für die Unterschrift am unteren Ende. Jack las den Text laut vor:

Hiermit erkläre ich, Paul Kunningdee, dass ich am obigen Datum aus freien Stücken ein Darlehen über eintausend Pfund an meine Freundin Naomi Strang zurückerstattet habe. Ich danke ihr für ihre Geduld und Großzügigkeit.

Paul seufzte. »Danach hörte sie auf nichts mehr, was ich noch sagte. Starrte mich bloß an mit so einem scheußlichen, selbstsicheren Lächeln. Am Ende stimmte ich zu, nur damit sie ging. Als sie aufstand, klingelte ihr Telefon, und sie ging nach draußen, um den Anruf anzunehmen. Ich glaube, ihr war nicht klar, dass ich ihre Seite des Gesprächs hören konnte. Sie lachte gackernd und sagte: ›Ja, mein Schatz. Alles gut. Und ich hatte recht. Ein Doppeltreffer! Bis später.‹ Nachdem sie das gesagt hatte, konnte ich sogar hören, wie sich der Kerl am anderen Ende vor Lachen ausschüttete. Sie würde ja bekommen, was sie wollte, wissen Sie? Das Geld und die unterschriebene Erklärung über das imaginäre Darlehen. Dann ging sie. Und nun bin ich hier.«

»Wie haben Sie von Doc gehört – dem Schattendoktor?«, wollte Jack wissen.

»Letztes Jahr waren wir im Urlaub in Schottland. Als wir dort am Sonntag aus der Kirche kamen, steckte mir ein Mann eine Karte in die Brusttasche. Ich habe sie behalten, weil das so merkwürdig war – sehr seltsam. Als mir nun diese Woche die Ideen ausgingen, da ... nun, da dachte ich einfach, einen Versuch ist es vielleicht wert. Kerry ist heute Morgen beim Friseur, und ich habe ihr gesagt, ich drehe eine Runde mit dem Auto – um den schönen Vormittag zu genießen.«

Paul sah den Schattendoktor an wie ein hungriger, aber nicht sehr hoffnungsvoller Cockerspaniel. »Was soll ich tun?«

Plattitüden flatterten durch Jacks Kopf wie ein Schwarm langweiliger grauer Schmetterlinge. Bekennen. Buße tun. Beten.

Dem Teufel widerstehen. Doch er beschloss, den Mund zu halten und abzuwarten. Doc mochte eine schrullige und verwirrende Art haben, an Probleme heranzugehen, aber Jack war zuversichtlich, dass ihm etwas einfallen würde.

Nach einer Weile ergriff der Schattendoktor das Wort: »Hooper's. Das ist ein Kaufhaus, nicht wahr?«

»Ja, gleich gegenüber vom Bahnhof. Früher hieß es Weekes. Im obersten Stock gibt es ein Restaurant.«

»War es Naomis Idee oder Ihre, sich dort zu treffen?«

»Meine. Ich glaube nicht, dass sie sich in Tunbridge Wells auskennt.«

»Und was wird wohl Kerry tun, wenn sie beim Friseur fertig ist?«

Paul überlegte einen Moment.

»Nun, meistens trifft sie sich mit ihrer Freundin Janet auf einen Kaffee bei Brown's in den Pantiles. Das ist diese Kolonnadenzeile mit den netten Geschäften. Deswegen habe ich Hooper's vorgeschlagen, weil das am anderen Ende der Stadt ist. Das Letzte, was ich will, ist, dass die beiden sich treffen.«

»Wann hat sie ihren Friseurtermin?«

»Um halb elf, glaube ich. Aber warum wollen Sie das wissen?«

Gute Frage, dachte Jack, warum eigentlich? Nun ja, immerhin ließ sich auf diese Weise der Moment hinausschieben, in dem Paul sich hängenden Kopfes trollen musste, um ein schwarzes Pflaster auf seine wieder aufgerissene Wunde zu kleben.

»Noch eine Frage, Paul.«

»Ja?«

Der Schattendoktor sah Paul ernst in die Augen. »Gibt es in Tunbridge Wells eine Filiale der Halifax-Bank?«

Paul schien sichtlich in sich zusammenzurutschen. Der schwache Hoffnungsschimmer in seinen Augen erlosch ganz. »Ja, es gibt eine ganz oben in der Stadt, am Ende der Monson Road. Ich habe dort auch ein Konto.«

»Gut! Ich brauche ein bisschen Bargeld. Paul, ich meine mich zu erinnern, dass es einen Parkplatz am Rand der Calverley Grounds gibt. Kennen Sie den? Gut. Dort treffen wir uns und machen von dort aus einen Spaziergang. Lassen Sie Jack und mich nur ein bisschen abräumen, dann machen wir uns auf den Weg.«

9. Tunbridge Wells

Jack sagte kaum etwas, während er Docs X-Trail nach Norden in Richtung Tunbridge Wells steuerte. Als sie durch das Dörfchen Frant kamen, holte er tief Luft und sagte: »Ich hoffe nur, Sie wissen, was Sie tun.«

Der Schattendoktor erwiderte nichts, sondern nickte nur nachdenklich. Mehr wurde nicht gesprochen, bis sie fünfundzwanzig Minuten später den Parkplatz in Tunbridge Wells erreichten, wo Paul trübselig auf dem Bürgersteig gegenüber vom Hauptbahnhof stand und auf sie wartete.

»Wohin gehen wir?«, fragte er müde. Er deutete mit der Hand bergauf. »Die Halifax ist in dieser Richtung.«

»Dafür haben wir später noch reichlich Zeit«, winkte der Schattendoktor ab. »Bummeln wir erst mal ein bisschen durch die High Street. Ich bin seit einer Ewigkeit nicht mehr dort gewesen.«

Damit setzte er sich bestens gelaunt in Bewegung und überquerte die Grove Road, während Jack und Paul nebeneinander hinter ihm herstapften. Ihre düstere Stimmung spiegelte sich in einem Himmel, der sich während der Fahrt von Wadhurst nach Tunbridge Wells von strahlendem Blau zu einem zornigen Grau verfinstert hatte. Jack war peinlich berührt und von neuem zutiefst beunruhigt über seine hastige Entscheidung, seine Geschicke mit dem Schattendoktor zu verbinden. Befreiung des Geistes war eine Sache, aber zielloses Herumschlendern unter düsterem Himmel auf einer von vornherein gescheiterten und unerklärlichen Mission war etwas ganz anderes. Das war kein

Lehrstück über ihre Arbeit. Soweit er sehen konnte, war es überhaupt nichts.

So versunken war Jack in seine trüben Gedanken, dass er erst, als das Trio schon den Chapel Place durchquert und über das untere Ende der Frant Road in den Pantiles Walk gewandert war, bemerkte, dass er die anderen verloren hatte. Als er sich umdrehte, sah er, dass Paul ein paar Meter hinter ihm stehen geblieben war und über Jacks Schulter hinweg auf den Schattendoktor deutete, der oben auf einer Treppe stand und anscheinend durch die Fensterscheibe einer Bar oder eines Cafés starrte.

»Das ist Brown's«, sagte Paul, als er zu Jack aufschloss und sich nervös zitternd neben ihn stellte. »Kerry wird wahrscheinlich inzwischen dort sein. Ich will sie im Moment nicht sehen.«

Aber der Schattendoktor winkte sie zu sich.

»Schauen Sie«, sagte er, als die anderen beiden zu ihm stießen. Er deutete durch das Fenster auf einen Tisch im hinteren Bereich des Gastraums. »Eine herrliche schwarze Mähne, sagten Sie doch, oder, Paul? Ist das Kerry mit der roten Jacke?«

Paul nickte, aber seine Stirn legte sich in verdutzte Falten.

»Und die Frau, die bei ihr sitzt – ist das Janet?«

»Nein«, erwiderte Paul, dessen Lippen vor Unsicherheit und Anspannung zitterten. »Das ist nicht Janet. Das ist Naomi.«

»Aha«, sagte der Schattendoktor. »Das dachte ich mir. Ich glaube, Sie gehen jetzt besser hinein und setzen sich zu den beiden, Paul. Ich vermute, Sie werden sich zweitausend Pfund Verlust ersparen können. Wir gehen inzwischen zur Bank. Hier, nehmen Sie das. Meine Privatnummer. Rufen Sie mich später an, und sagen Sie mir Bescheid, wie es gelaufen ist.«

10. Fragen und Antworten

Bis zum Abend weigerte sich Doc, Jack irgendetwas Weiteres darüber zu sagen, was geschehen war. Nach dem Abendessen hatten die beiden Männer beständig an einem Keil aprikosenfarbenen Cheddars herumgeschnitzt, bis nur noch das Anstandsstück übrig war. Während Jack überlegte, ob er vernünftig oder großzügig sein sollte, kam der Anruf von Paul Kunningdee. Bis das Gespräch beendet und der Hörer wieder aufgelegt war, hatte Jack das winzige Käsedreieck auf den Teller des anderen Mannes befördert. Doc lächelte Jack an und steckte es sich in den Mund.

»Faszinierend«, sinnierte er, »wie wir es zu zweit geschafft haben, diesen großen Käsekeil auf eine winzige, aber getreue Kopie seiner selbst zu reduzieren. Sie haben auch Ihre eigene, ganz besondere Weise, ein Sandwich zu essen, stimmt's, Jack? Mir ist aufgefallen, dass Sie immer eine Ecke von einem dreieckigen Sandwich nach der anderen abbeißen, sodass schließlich sozusagen eine präzise geformte Sandwich-Pfeilspitze dabei herauskommt. Faszinierend.«

»Überaus packend«, erwiderte Jack. »Erzählen Sie mir jetzt davon oder nicht?«

»Von Paul, meinen Sie? Ja, es scheint alles prima gelaufen zu sein. Naomi ist wieder nach Hause zu ihrem enttäuschten Partner gefahren und hat sich umsonst in die Unkosten einer billigen Bahnfahrt gestürzt, und Kerry und ihr Mann sind wieder wohlbehalten beieinander und bei der kleinen Izzie im grünen Tunbridge Wells.«

Jack nahm eine strikt symmetrische Haltung ein, die deutlich machte, dass er entschlossen war, nicht von seinem Stuhl zu weichen, bis alles geklärt war.

»Na schön, noch einmal zurück zum Anfang. Danach habe ich Sie schon den ganzen Tag fragen wollen. Woher konnten Sie wissen, dass Paul so gern knifflige Kreuzworträtsel löst? Lugte aus seiner Tasche eine Ecke der *Times* hervor oder so?«

Doc schüttelte den Kopf. »Nein, so war es nicht. Ich vermute, die Sache mit den Kreuzworträtseln ging mir einfach nicht mehr aus dem Kopf, seit Sie vor dem Frühstück eine der Fragen aus der gestrigen Ausgabe erwähnt hatten, und das ist wichtig, aber den entscheidenden Hinweis gab mir etwas ganz anderes.«

Jack hob beide Hände und wandte sein Gesicht ab. »Moment. Bevor Sie mir davon erzählen – inwiefern war die Rätselfrage, die ich Ihnen vor dem Frühstück gestellt habe, von Bedeutung, als Sie später Paul begegneten?«

Der Schattendoktor schaute ein paar Sekunden lang zur Decke empor. Als er endlich antwortete, hatte Jack den Eindruck, dass er mit Mühe etwas zu beschreiben versuchte, was er womöglich bisher noch nie in Worte gefasst hatte. »Ich würde sagen ... also, ich würde sagen, ich meine damit, dass jedes noch so kleine Rinnsal sich möglicherweise später als Anfang dessen entpuppen wird, was ich Ihnen schon einmal als einen ›Fluss‹ beschrieben habe. Und wenn es wirklich ein richtiger – ein nützlicher – Fluss ist, dann ist es vielleicht gut, ihm zu folgen.«

»Man sollte dem Fluss folgen?«

»Ja.«

»Und das ist wichtig.«

»Das könnte sehr wichtig sein.«

Jack lehnte sich auf seinem Stuhl zurück und nickte bedächtig. »Also, gehen wir einmal davon aus, ich wüsste, was Sie damit meinen. Jetzt sagen Sie mir bitte, wie sich dieses Kreuzwort-

Rinnsal in einen Kreuzwort-Fluss verwandelt hat, als Paul kam. Was war dieser andere Hinweis, von dem Sie sprachen?«
»Das war sein Name.«
»Sein Name? Paul Kunningdee, meinen Sie?«
»Ja. Kommt dieser Name Ihnen nicht auch ein bisschen komisch vor?«
»Nein, eigentlich nicht. Ein bisschen ungewöhnlich wohl. Ziemlich lang. Aber es ist doch nur sein Name.«
»Es ist überhaupt nicht sein Name.«
»Was?«
»Ich hatte diese beiden Wörter kaum gehört, Jack, da musste ich schon an Kreuzworträtsel denken. Wissen Sie, ich bin vielleicht nicht der größte Rätselkönig der Welt, aber an den meisten Tagen beschäftige ich mich ein bisschen damit, und ich kenne alle Regeln.«
»Regeln?«
»Ja, die Regeln für knifflige Kreuzworträtsel. Da gibt es eine Menge.«
Er zählte sie an den Fingern einer Hand ab.
»Ein Fragezeichen am Ende einer Definition deutet oft auf ein Wortspiel oder eine Doppelbedeutung hin. Wenn das Wort ›unbekannt‹ vorkommt, bedeutet das meistens ein ›x‹ oder ein ›y‹. Wenn in der Definition irgendein Wort aus einer anderen Sprache vorkommt, wird vermutlich auch das Lösungswort aus dieser Sprache stammen. Jahrelang konnte man sich ziemlich sicher sein dass, wenn in der Frage von einer ›antiken Stadt‹ die Rede war, in der Antwort irgendwo die Buchstaben ›ur‹ auftauchen würden. Es gibt haufenweise solcher kleinen, ungeschriebenen Regeln. Man lernt mit der Zeit, sie zu erkennen. Nun, was Anagramme angeht, will ich Ihnen etwas verraten, Jack. Es ist äußerst schwierig für den Autor eines Kreuzworträtsels, in die Frage ein

längeres Anagramm hineinzuschmuggeln, weil sich das am Ende ein bisschen falsch anhört, ein bisschen zu bemüht. Und wenn man sich einigermaßen regelmäßig an so einem Rätsel versucht, bekommt man einen Blick für solche merkwürdigen Zusammenstellungen von Buchstaben und Wörtern. So ging es mir, als ich den Namen ›Paul Kunningdee‹ hörte. Es war purer Instinkt. Das hört sich vollkommen falsch an, sagte ich mir. Und nachdem ich mir die Sache eine Weile hatte durch den Kopf gehen lassen, wusste ich, dass ich richtiglag.«

Jacks Kopf fühlte sich an, als wäre er voller Watte. »Das heißt also, er hat diesen Namen erfunden, indem er die Buchstaben eines anderen Wortes umgestellt hat.«

»Oder anderer Wörter.«

»Oder anderer Wörter. Und wie lauteten die ursprünglichen Wörter?«

»Versuchen Sie, es selbst herauszufinden.«

Doc nahm einen Kuli aus seiner Innentasche, griff nach oben und nahm ein quadratisches weißes Blatt aus der geblümten Zettelbox auf der Anrichte. Darauf schrieb er rasch etwas und reichte dann Zettel und Stift über den Tisch.

»Da. Paul Kunningdee. Ich gebe Ihnen einen Tipp: Drei Wörter, und das mittlere ist ›und‹.«

Es dauerte einige Minuten, bis Jack ein triumphierendes Grunzen ausstieß und den Stift zurück über den Tisch schob.

»PANIK UND LUEGEN. Wessen Lügen?«

»Seine eigenen natürlich. Und die seiner Frau.«

»Natürlich, darum drehte sich ja alles, nicht wahr? Panik und Lügen. Aber das ist doch komisch. Warum hat er uns nicht seinen richtigen Namen genannt?«

»Der arme Kerl hatte Angst«, sagte der Schattendoktor. »Er war eben in Panik. Er hat es mir gerade am Telefon gestanden. Er wusste nicht, was passieren würde, wenn er sich mit mir traf, wer ich war, was ich vielleicht tun würde. Und er fühlte sich schuldig und machte sich Sorgen, die Leute aus seiner Gemeinde könnten erfahren, was sich mit dieser Frau mit dem gänzlich unpassenden Namen Naomi abgespielt hatte. Also war er einfach starr vor Angst. Verlor die Nerven. Sein richtiger Name ist Christopher Marsh. Alles andere stimmte. Er hat sich etliche Male untertänigst dafür entschuldigt, dass er uns getäuscht hat. Jetzt ist er sehr erleichtert. Ich glaube, er wird schon wieder.«

»Warum ist der Name Naomi unpassend?«

»Naomi ist ein alter hebräischer Name. Er bedeutet Lieblichkeit oder die Liebliche und Fröhliche. Dass sie Ersteres sei, kann ich nicht gerade behaupten, und ich bin mir ziemlich sicher, dass sie im Moment auch nicht das Letztere ist. Vielleicht«, fügte er leise hinzu, »wird sie ja eines Tages doch noch beides sein.«

Jack nickte nachdenklich. »Und der ganze Rest? Die Fahrt nach Tunbridge Wells, um eine Halifax-Filiale zu finden, und die Begegnung mit Kerry und Naomi in diesem Café in den Pantiles, wo eine von den beiden gar nicht hätte sein sollen? Was hat es mit diesen banalen kleinen Details auf sich?«

»Ah ja. Nun, das mit der Halifax ist ganz einfach. Ich brauchte ein bisschen Bargeld, und unsere örtliche Filiale ist samstags geschlossen. Deshalb sind wir hinterher noch schnell dort vorbeigegangen. Ganz einfach.«

»Aber das war das Einzige, was Sie zu Paul gesagt haben – ich meine zu Christopher ... wie immer er heißt. Sie haben ihm keinerlei Hoffnung gemacht. Bevor wir hier nach dem Frühstück aufbrachen, sagten Sie lediglich, Sie müssten zur Bank. Mehr nicht. Ich habe sein Gesicht gesehen. Er war furchtbar enttäuscht.«

Der Schattendoktor lehnte sich mit hinter dem Kopf verschränkten Händen zurück und schaute eine Weile mit gerunzelter Stirn zur Decke empor. Schließlich ließ er seine Hände in den Schoß sinken und nickte zustimmend.

»Sie haben völlig recht, Jack. Übrigens, in meinem Kopf ist er auch immer noch Paul. Nennen wir ihn erst mal weiterhin so. Ich bin völlig Ihrer Meinung. Ich habe Paul keine unmittelbaren Hoffnungen gemacht, vielleicht war das ein Fehler von mir. Eine Marotte. Ich mag es überhaupt nicht, Gaben zu versprechen, bevor ich sie tatsächlich zu verteilen habe. Oder anders gesagt, ich spielte auf Instinkt und stützte mich immer noch auf eine Vermutung.«

»Aber das war in diesem ... diesem Fluss, von dem Sie immer sprechen?«

»So kam es mir vor. Und ja, letzten Endes denke ich schon, dass es so war.«

»Und worin bestand sie – die Vermutung, meine ich?«

»Eigentlich waren es drei. Erstens deutete alles, was ich über Naomi gehört hatte, darauf hin, dass sie vermutlich darauf brannte, Kerry zu erzählen, was auf dieser Büroparty zwischen ihr und Paul vorgefallen war. Ich gehe davon aus, dass sie schon bald, nachdem es passiert war, hinging und genau das tat. Ein böswilliges Geständnis. Das war die erste Vermutung. Die zweite war, dass Kerry sich so schrecklich fühlte, weil sie ihre Vergangenheit vor Paul verborgen und ihn mit ihren wilden Ausfällen verletzt hatte, dass sie wahrscheinlich beschloss, ihm nichts davon zu erzählen, dass Naomi zu ihr gekommen und alles ausgeplaudert hatte. Sie wollte wirklich nicht, dass er ein schlechtes Gewissen deswegen hatte. Das nenne ich Liebe. Damals muss diese wahrhaft großzügige Zurückhaltung Naomi den Spaß verdorben und sie mächtig geärgert haben, aber später kam sie dadurch auf eine Idee.

Zuerst hatte sie nur vor, Paul zu erpressen, aber als sie von ihm erfuhr, dass er mit seiner Frau nie über den Vorfall auf der Party gesprochen hatte, kam ihr der Gedanke, dass sie mit Kerry genau dasselbe machen könnte.«

»Und das war Vermutung Nummer drei?«

»Genau. Ich glaube, die Idee kam mir, als ich von Naomis Triumphgeschrei gegenüber ihrem Freund oder Ehemann oder was auch immer am Telefon vor Pauls Büro hörte. Da war von einem ›Doppelschlag‹ die Rede. Paul nahm an, sie redete einerseits von dem Geld und andererseits von der unterschriebenen Erklärung über das zurückgezahlte Darlehen. Aber das kam mir nicht wie ein besonders toller Doppelschlag vor. Was sollte daran doppelt sein? Aber was könnte sie sonst gemeint haben? Wenn meine ersten beiden Vermutungen richtig waren, dann war es ziemlich einfach. Sie hatte vor, mit je tausend Pfund von jedem der beiden wieder nach Hause zu fahren. Als wir zu den Pantiles kamen und Naomi mit Kerry in Brown's Café sitzen sahen, wusste ich, dass meine dritte Vermutung ein Volltreffer war. Bis zu diesem Moment jedoch hätte ich auch total falschliegen können.«

Jack nickte. »Also behielten Paul und Kerry ihr Geld, und Naomi ging leer aus. Meine Güte, muss die vor Wut gekocht haben.«

»Ja, die Heimfahrt dürfte nicht sehr angenehm gewesen sein. Ich frage mich, ob ihr Komplize sie wohl am Bahnhof abgeholt hat.«

Jack stützte sein Kinn auf die gefalteten Hände und ließ die Ereignisse des Tages noch einmal Revue passieren. »Sie sind ein großes Risiko eingegangen.«

»Das stimmt.«

»Aber Sie hatten recht.«

Der Schattendoktor zuckte gleichgültig die Achseln, sagte aber nichts.

»Und Paul und Kerry? Ihnen geht es gut, oder?«

»So, wie Paul sich eben am Telefon anhörte, würde ich sagen, es geht ihnen sogar sehr gut. Wahrscheinlich spielen sie gerade mit echtem Geld Monopoly und freuen sich aufs Bett. Viel besser geht's nicht.«

»Gut. Dann ... wollen wir Gott für diesen erfolgreichen Ausgang danken?«

Jack hätte es nie für möglich gehalten, dass man mit einem gesprochenen Satz Offenheit und Verschleierung gleichzeitig ausdrücken könnte. Aber Doc schaffte es.

»Jack, fühlen Sie sich frei, genau das zu tun, was Sie möchten. Seien Sie mein Gast.«

»Ich bin schon Ihr Gast«, murmelte Jack tonlos. »Aber«, fügte er hinzu, während er voller Vorfreude auf Mord und Totschlag in der Stadt der Engel seinen Krimi aufschlug, »das werde ich nicht mehr lange sein, wenn es immer nur Praxis und nie Theorie gibt.«

11. Die Frau, die dachte, sie würde explodieren

»Ich treffe mich in Battle mit einer Frau zum Kaffee, Jack. Sie hat Angst, sie könnte explodieren. Es ist eine schöne Strecke hinunter durch Hurst Green und Robertsbridge. Etwa eine halbe Stunde. Eines meiner Lieblingscafés, ›The Wayfarer‹, nicht weit von der Abtei. Erbaut im fünfzehnten Jahrhundert für Pilger, Fremde, Reisende und dergleichen. Wir können irgendetwas davon sein, ganz, wie wir wollen. Was meinen Sie? Sollen wir Pilger sein? Die Leute behaupten, sie hätten dort ihren eigenen Hausgeist. Könnte lustig werden.«

Der Schattendoktor klappte die Hülle seines Handys zu und wedelte damit.

»Nachdem ich ihr unvorsichtigerweise versprochen habe, mich dort mit ihr zu treffen, habe ich gerade erst einmal nachgeschaut, ob es überhaupt offen ist. Ist es aber. An einem Tag wie heute machen sie wahrscheinlich ihren herrlichen Kamin an. Haben Sie Lust, mitzukommen?«

Ihr leichtes Frühstück war bereits abgeräumt. Eben war Jack, warm eingepackt in Jacke und Schal, mit der leeren Mülltonne zurückgekehrt, die er von der Straße am Ende des Feldweges geholt hatte, um sie wieder in dem klapprigen Schuppen neben dem Hühnergehege zu verstauen. Er widerstand der instinktiven Versuchung, sich darüber zu äußern, wie wenig ratsam es sei, das Thema Geister auch nur in Erwägung zu ziehen, warf einen Blick zurück durch die offene Tür und schauderte. Draußen lag der

Himmel mit bleischwerer Düsternis über dem Wald. Jenseits der Einfahrt in südlicher Richtung stieg unaufhaltsam ein dichter schwarzer Vorhang auf. Der nächste Regenguss war schon unterwegs. Das Wetter schien eine klare Sprache zu sprechen. Und nun wurde er eingeladen, dem nahenden Gewitter entgegenzufahren, um sich in irgendeinem Café in Battle mit einer explodierenden Dame zu treffen. Nicht zum ersten Mal fragte sich Jack, wieso Doc es immer noch für nötig befand, so viele seiner Äußerungen durch undurchsichtige Rätselhaftigkeit zu verschleiern. Lohnte es sich, nachzufragen? Er beschloss, es zu verschieben, bis sie schon ein gutes Stück auf dem Weg nach Battle wären.

»Ja, natürlich. Warum nicht? Wann müssen wir los?«

»Jetzt gleich wäre ideal. Wecken Sie das silberne Ungeheuer. Ich hole meine Jacke und meinen neuen leuchtend orangen Schal. Das Abschließen übernehme ich. Wir sehen uns draußen in vier Minuten und siebenunddreißig Sekunden.«

Fünf Minuten später wollte Doc gerade auf den Beifahrersitz klettern, als er innehielt und zurück zum Haus blickte.

»Tut mir leid, Jack, ich muss noch mal kurz hinein und das Stück rote Seide holen, das ich letzte Woche bei Oxfam in Tunbridge Wells gekauft habe. Dauert nur eine Sekunde. Lassen Sie den Motor ruhig laufen.«

Keine zwei Minuten später war er wieder da.

»Haben Sie es?«

Der Schattendoktor klopfte sich mit der behandschuhten Hand auf die Innentasche seiner Jacke. »Ja. Fahren wir.«

Jack spielte mit dem Gedanken, ihn zu fragen, inwiefern ein großes, geblümtes Stück Stoff für ihre Expedition von Bedeutung war, beschloss aber, es zu lassen. Im Geist setzte er es auf die wachsende Liste von Fragen, die würden warten müssen. Fahr einfach.

Er genoss die Im-Auto-Beziehung, die sich zwischen ihm und dem Schattendoktor entwickelte. Wenn sie schwiegen, war es nicht so erdrückend, und die Seitwärtskommunikation ließ von Natur aus mehr Spielraum für entspannte Gespräche. Dennoch war er entschlossen, keine weiteren Fragen nach dem Anlass für ihren Ausflug zu stellen, bis sein Gefährte das Thema zur Sprache brachte. Es fiel überhaupt kein Wort zwischen ihnen, bis sie nach links auf die gutgefüllte A21 einbogen und die Richtung nach Süden einschlugen. Ein leichter Regen bildete kleine Katzenpfotenmuster auf der Windschutzscheibe. Im Innern des Wagens war es warm und gemütlich, und für Jack fühlte es sich angenehm vielversprechend an. Erst einmal ein paar unverfängliche Banalitäten.

»Haben Sie genug gefrühstückt, Doc? Ich fürchte, es war ein bisschen knapp heute Morgen.«

»Angesichts der Umstände war es perfekt, danke, Jack. Genau richtig.«

»Welche Umstände denn?«

»Ich habe von unserem heutigen Ausflug erst erfahren, als Sie draußen waren und die Mülltonne hereingeholt haben. Danke dafür übrigens. Macht Ihnen Spaß, was? Den Müll einfach wegzuwerfen, statt ihn ständig zu sortieren, ist für Sie immer noch etwas Neues, stimmt's? Ich habe Ihnen ja schon ganz am Anfang Ihres Aufenthalts zu verstehen gegeben, dass für mich einer der am wenigsten angenehmen Jobs ist, mich um die Mülltonnen zu kümmern. Schon komisch, wie manche nicht sonderlich komplizierten Aufgaben einem das Gefühl zermürbender Eintönigkeit vermitteln. Ich weiß noch, wie das war, als wir vor Jahren eine Katze und einen Hund hatten. Sie bekamen jeden Morgen und Abend ihre Fressnäpfe aufgefüllt, und ich hatte zu genau denselben Zeiten immer die Nase voll. Jedes Mal, wenn ich an der Reihe war, ihnen zu fressen zu geben, fing ich ganz kindisch an zu stöhnen und zu jammern. Die Katzenplätzchen, die Hundekuchen, das Katzenfutter, die Fleischdose für den Hund, das Wasser für den Hund. Die Näpfe füllen. Die Tüten mit den Keksen wieder unter der Spüle verstauen. Darauf achten, dass die angebrochenen Tüten und Dosen in den Kühlschrank kommen. Den Hund nach draußen lassen, wenn er fertig ist. Ihn wieder hereinlassen. Es schien immer so weiterzugehen. Lächerlich, was? Fünf Minuten – länger dauerte das alles nicht. Lächerlich.«

Jack trommelte nachdenklich mit den Fingern auf dem Lenkrad herum. Eines Tages frage ich ihn, dachte er. Ich bringe ihn dazu, mir von der anderen Hälfte des »Wir« zu erzählen. Aber nicht jetzt. Noch nicht. Er nahm eine Hand vom Lenkrad und betätigte einen Schalter, um warme Luft auf die Windschutzscheibe zu lenken. Keine Katzenpfoten mehr. Der Regen trommelte gegen das Glas, als wollte er hereinkommen und sich ins Trockene bringen. Ein paar Minuten lang sagte keiner der Männer etwas. Jack musste seine Stimme erheben, um sich über das rhythmische Klopfen der massiven, ellbogenartigen Scheibenwischer des X-Trail hinweg Gehör zu verschaffen.

»Sie sagten, ein kleines Frühstück sei unter den Umständen perfekt gewesen. Was für Umstände sind denn das?«

»Ach ja, tut mir leid, ich spreche manchmal in Rätseln.«

»Ach was, tatsächlich?«

»Es ist eigentlich ganz einfach. Ich meinte nur, dass es eine bestimmte Art von Vergeudung gibt, die eine stärker negative Wirkung auf das Alltagsleben hat als beinahe jede andere.«

»Eine Art von Vergeudung? Zum Beispiel zu viel zu essen zu kaufen und es dann wegwerfen zu müssen, meinen Sie?«

»Sozusagen. Ich schätze, jede Vergeudung läuft darauf hinaus, etwas wegzuwerfen, was für andere Menschen nützlich oder angenehm hätte sein können, aber ich meine etwas ganz Bestimmtes. Ich rede davon, Appetit zu vergeuden.«

Jack ließ sich das durch den Kopf gehen, während ihm plötzlich bewusst wurde, dass er unter dem Klopfen der Scheibenwischer und dem Prasseln des Regens auf der Windschutzscheibe deutlich das knisternde Summen der Reifen des X-Trail auf der nassen Straße hören konnte. So viele Geräusche, die sich unterscheiden und benennen ließen. So viel, worüber nachzudenken war. Wie vergeudet man Appetit?

»Sie meinen, Sie würden Ihren Kaffee und Ihre Hefebrötchen oder was auch immer dort in Battle nicht so sehr genießen, wenn wir heute Morgen ausgiebig gefrühstückt hätten?«

»Nun ja, das war mein vordergründiger Gedanke, aber ich glaube, es geht noch viel tiefer. Ihnen ist bestimmt schon aufgefallen, dass ich kein Problem damit habe, mir etwas zu gönnen – im Gegenteil, ich genieße es, viele Dinge zu genießen. Allerdings habe ich gelernt ...«

»Guten Malt Whisky.«

»Ja. Allerdings habe ich gelernt ...«

»Whiskymarmelade.«

»Ja, aber ...«

»Hervorragenden Wein.«

»Selbstverständlich.«

»Einen teuren, eleganten Mantel.«

»Jack, einigen wir uns einfach darauf, dass der Inhalt des gesamten Universums mir je nach Bedarf und gelegentlich auch je nach Lust und Laune zur Verfügung steht. Ich bin ebenso bereit, Armut anzunehmen. Dafür gibt es ein großes Vorbild.«

Jacks vorsichtige Freude daran, mit Doc herumfrotzeln zu können, ohne sich einschüchtern zu lassen, verebbte abrupt bei dieser letzten Rede. Er hatte sie nicht verstanden, und er hatte den Verdacht, dass er das auch nicht sollte. Er fuhr ein wenig schneller. Das Gaspedal war das Einzige, was er im Moment treten konnte. Er ließ zu, dass eine kleine Wolke der Verärgerung seinen Tonfall eintrübte.

»Was haben Sie gelernt?«

»Ich habe gelernt, dass die bewusste Entscheidung, den Appetit in irgendeinem Bereich zu zügeln, anderen Aktivitäten einen wesentlichen zusätzlichen Schub verleiht, die der Mühe eher wert sind, ob sie etwas damit zu tun haben oder nicht.«

»Was für Aktivitäten denn?«

Der Schattendoktor deutete mit ausgebreiteten Händen und schiefgelegtem Kopf eine Vielzahl von Möglichkeiten an. »Essen, Trinken, Sex, alles, wofür man Konzentration braucht, alles, was mit Menschen in Not zu tun hat, total ungeplante Zeit, Entscheidungen treffen – es gibt nur sehr wenige lohnende Dinge im Leben, die nicht davon profitieren würden, dass man sich einen gesunden Appetit erhält.«

Der letzte Punkt auf Docs Liste hatte Jack auf einen Gedanken gebracht. Darüber vergaß er auch ganz sein Schmollen.

»Vierzig Hungertage, in denen die drei wichtigsten Entscheidungen in der Weltgeschichte zu treffen sind?«, deutete er vorsichtig an.

Doc klopfte mit den Fingern einer Hand auf das Armaturenbrett, wie ein Snookerspieler, der dem Stoß seines Gegners applaudiert.

»Ja, danke, vierzig Tage, um sein Grundnahrungsmittel auszuwählen und sich darauf festzulegen.«

»Brot?«

Jack hoffte vage auf eine Glückssträhne.

»Nein«, lächelte der Schattendoktor schief und wandte sich ihm zu. »Gehorsam.«

Einige Zeit verging. Jack warf einen Blick auf die Navigationskarte auf seinem Handy.

»Noch elf Minuten. Links von uns ist Robertsbridge. Das Wetter hat es sich anders überlegt. Die Sonne kämpft sich allmählich durch. Wollen Sie mir von ...«

Der Schattendoktor beugte sich vor, spähte durch die Windschutzscheibe und unterbrach ihn. »Robertsbridge! Malcolm und Kitty wohnten hier früher, gleich außerhalb des Dorfes die Straße hinauf. Hilaire Belloc ließ seine berühmte fiktive Wanderung von vier Männern zum herrlichen Arun-Tal am ›George Inn‹ am Anfang der High Street beginnen. Und da ist außerdem ...«

»Wer waren Malcolm und Kitty? Wer ist Hilaire Belloc? Wer waren die vier Männer?«

»Die Muggeridges. Er war ein Schriftsteller und Radiojournalist. Sie verbrachte viel Zeit damit, darauf zu warten, dass er nach Hause kam. Er konnte schreiben wie ein Engel. Wurde als alter Mann Christ. Ich kannte ihn damals flüchtig. Belloc war auch ein Schriftsteller. Die vier Männer waren verschiedene Aspekte seiner Persönlichkeit, wenn ich halbwegs verstanden habe, worauf er hinauswollte. Er schrieb Gedichte, Geschichte und Geschichten, Kinderreime und vieles mehr. Katholik. Freund von G. K. Chesterton. Starb in den 1950ern. Legte sehr viel Wert auf die Wahrheit. Ich wollte gerade noch sagen, dass es in Robertsbridge außerdem ein vorzügliches indisches Restaurant namens ›New Spice‹ gibt.«

»Wobei wir beim heutigen Anlass keineswegs in diesem kulinarischen Tempel unseren kostbaren Appetit vergeuden wollen«, murmelte Jack sarkastisch.

Versuchen wir es mal ganz anderes.

»Warum ist Ihnen Ihr orangefarbener Schal so wichtig?«

Doc lächelte und befingerte den grellen Stoff, bevor er antwortete. »Ich bin ja nicht gerade ein leuchtend orangefarbener Typ, Jack. Ich muss mich in der Hinsicht ein bisschen verändern. Ich glaube, Sie könnten mir dabei helfen.«

Jack warf dem anderen Mann einen Blick zu. »Ich bin mir unsicher, ob ich überhaupt wissen will, was das heißt.«

Der Schattendoktor lachte laut auf. »Ich auch, aber ich versichere Ihnen, es ist keine Beleidigung. Ein sehr weiser Mensch hat jahrelang versucht, mich aufzuhellen, aber ich habe nie kooperiert. Ich hasse meinen Schal. Und zugleich liebe ich ihn. Ich hoffe, sie kann mich jetzt sehen.«

Er wandte sein Gesicht ab. Jack sagte nichts. Es gab auch nichts zu sagen. Wieder warf er einen raschen Blick auf sein Handy. »Wohin fahren wir, wenn wir nach Battle kommen? Wir sind in einer Minute da.«

»Okay. Gleich am Ortseingang gibt es einen Kreisverkehr. Von dort aus können Sie die Abtei am Ende der High Street sehen. Auf halbem Weg dorthin gibt es einen Abzweig nach links. Mount Street heißt die Straße, glaube ich. Dort liegt dann auf der rechten Seite der Parkplatz. Von da aus führt ein kleiner gewundener Pfad zu den Geschäften.«

»Wollen Sie mir irgendetwas über diese explodierende Dame verraten?«

Eine wässrige Sonne verwandelte die regennasse Straße in ein glitzerndes Lichtband, während der Schattendoktor sich seufzend geschlagen gab und sich anschickte, Jacks Frage zu beantworten.

»Jack, ich weiß nur drei Dinge über diese Frau.«

Während er seine Liste durchging, tippte er bei jedem Punkt mit einem Zeigefinger kräftig auf den anderen.

»Erstens heißt sie mit Vornamen Samantha. Zweitens hat sie Angst, sie könnte explodieren – ich habe übrigens keine Ahnung, was das bedeutet. Wenn Sie wissen wollen, warum wir uns so viel

Zeit nehmen und Mühe machen, um uns mit dieser Person zu treffen und ihr zuzuhören, so hängt die Antwort eng mit dem dritten Ding zusammen, das ich sicher weiß. Samantha ist zweifellos die wichtigste Person auf der Welt. Wir müssen uns das beständig vor Augen halten, wenn wir sie treffen.«

Das Pronomen am Anfang von Docs letztem Satz entfachte eine Glut in Jacks Herz. Was war er doch für ein Wetterhahn! Schmollen und wohliges Glühen innerhalb einer einzigen halbstündigen Autofahrt, meine Güte! In die Tonne mit dem Schmollen. Halte das Glühen fest.

Am hinteren Ende des Parkplatzes fand Jack eine gute Lücke für den massigen X-Trail, kaum zwanzig Meter von dem schmalen Fußweg, der sie zur High Street bringen würde. Eine elegante Dame mit sorgfältig modelliertem aschblondem Haar und einem freundlichen Lächeln schickte sich gerade an, in den übernächsten Wagen in der Reihe einzusteigen, eine schimmernde BMW-Limousine. Sie lehnte sich über die Motorhaube des Autos, das dazwischenstand, und bot ihnen ihren Parkschein an.

»Da ist noch über eine Stunde drauf«, verkündete sie mit einer gewissen gedämpften Fröhlichkeit. »Ich bin ausnahmsweise mal schneller als sonst beim Arzt fertig gewesen und habe eine zusätzliche Stunde auszufüllen. Die können Sie gerne nutzen.«

Seit einiger Zeit dachte Jack anders über die Sätze, die sich bei solchen Gelegenheiten spontan in seinem Kopf formten. Früher hätte er vielleicht behauptet und fast sogar geglaubt, dass sie vom Heiligen Geist gesprochen wurden. Jetzt war er sich da nicht mehr so sicher. Diese soufflierende Stimme hörte sich immer mehr an wie die eines dienstbeflissenen Wachtmeisters am Ende einer ereignislosen Schicht. Wie auch immer, jede Versuchung, den Parkschein mit der Begründung abzulehnen, es sei gleichbedeutend mit Diebstahl, erübrigte sich dadurch, dass Doc das Anerbieten der netten Dame sogleich lächelnd annahm.

»Herzlichen Dank«, sagte er erfreut. »Da bin ich aber froh, dass Sie früher fertig waren. Was werden Sie mit Ihrer unverhofften freien Stunde anfangen? Etwas Schönes, hoffe ich.«

Sie starrte ihn einen Moment an, und das Lächeln verschwand aus ihrem Gesicht, während sie den Riemen ihrer hellblauen Handtasche zwischen ihren makellos manikürten Fingern hin und her schob.

»Besonders schön ist bei mir im Moment gar nichts. Eine freie Stunde ist eine ziemliche Last. Mein Mann ist vor zweieinhalb ... vor fast drei Monaten gestorben. Seither habe ich Schwierigkeiten, an irgendetwas Freude zu haben, fürchte ich. Ich gebe mir Mühe, aber mir war wohl nie klar, wie lang eine Stunde sein kann – sechzig Minuten, die mich in die Tiefe zerren wie eine Halskette aus Bleigewichten.«

Sie riss sich ein wenig zusammen.

»Es tut mir so leid – das wollte ich schon seit einiger Zeit mal jemandem sagen. Ich weiß wirklich nicht, wieso ausgerechnet Sie es abkriegen mussten.«

»Ganz egal«, sagte Doc leise. »Ich bin froh, dass Sie es gesagt haben. Doch bevor Sie jetzt gehen und Ihre höllische Stunde über sich ergehen lassen, darf ich Ihnen noch etwas sagen?«

Sie nickte wie ein kleines Kind, das mutterseelenallein auf einem belebten Bürgersteig steht.

Der Schattendoktor ging hinüber auf ihre Seite und begann zu sprechen. Seine Stimme war zu leise, als dass Jack hätte hören können, was er sagte. Er schaute auf seinem Handy nach der Uhrzeit. Die Frau namens Samantha wartete auf sie – wahrscheinlich ziemlich nervös –, und sie waren schon ein paar Minuten zu spät. Warum ließ Doc sich ausgerechnet jetzt von jemandem ablenken, der von seiner außergewöhnlichen Fähigkeit, wildfremden Leuten ein Gefühl der Geborgenheit und Wertschätzung zu geben, angelockt worden war? Es war doch wohl ratsam, gewisse Grenzen zu setzen, wo sie notwendig und hilfreich waren.

Unterbrochen wurden diese Gedanken, die sich selbst in Jacks Ohr ziemlich wichtigtuerisch anhörten, durch ein perlendes Lachen von der Dame mit der blauen Handtasche. Nach einem weiteren kurzen Wortwechsel verabschiedete sie sich mit einer leichten Umarmung von dem Mann, der vor ihr stand, und wandte sich mit einem kurzen, verlegenen Winken ab, bevor sie in ihren Wagen stieg. Augenblicke später stieß der BMW zurück, wendete in Richtung der Ausfahrt und verschwand.

»Womit haben Sie sie denn so zum Lachen gebracht?«

»Das erzähle ich Ihnen auf der Heimfahrt.«

»Wir kommen zu spät. War sie etwa auch die wichtigste Person auf der Welt?«

Der Schattendoktor wich seinem Blick nicht aus. »Ja, das war und ist sie. Schließen Sie den Wagen ab. Gehen wir.«

12. »The Wayfarer«

Jack verliebte sich auf Anhieb in den »Wayfarer«. Das Fachwerkhaus im Tudorstil unter einem roten Ziegeldach hatte Fenster mit Butzenscheiben in verschiedenen Formen und Größen, manche winzig klein, manche hoch und schmal, andere verblüffend breit. Einige hatten eine perfekte Honigwabenform.

Dorthin gelangte man über einen mit Ziegeln gepflasterten Pfad und ein paar abgetretene Stufen, die zu einer alten Eichentür mit langen, ächzenden Eisenangeln und einem schweren Ring als Knauf führten. Eine zweite Tür, so niedrig, dass beide Männer die Köpfe einziehen mussten, führte weiter in den Gastraum, dessen enorme Größe Jack nach dem klaustrophoben Eingang wie ein Schlag traf.

Der Schattendoktor lächelte über das Gesicht, das sein Begleiter machte. »Fast wie in der Zeitmaschine bei Doctor Who, was, Jack?«

Der junge Mann schüttelte staunend den Kopf. »Verblüffend. Das ist fantastisch. So groß. So hoch.«

Die Decke weit über ihnen ruhte auf jahrhundertealten Balken und einem massiven Pfosten, der vom Boden bis zur Mitte des Dachs aufragte. In einer Ecke verschwand eine völlig windschiefe Treppe im geheimnisvollen Dunkel einer Empore, die in ferner Vergangenheit Musikern als Bühne gedient haben mochte. Grobe Holztische standen wahllos im Raum verteilt, umringt von Stühlen, größtenteils mit geflochtenen Sitzflächen. Es standen auch einige Holzstühle mit Ablagen für Gesangbücher herum, vermutlich Flüchtlinge aus irgendeiner Kirche, die entweder geschlossen worden war oder gerade renoviert wurde. An einem länglichen Rückfenster stand eine Bank, die durch die langjährige Benutzung so abgeschmirgelt war, dass die dadurch entstandene Form ihrem Schöpfer sicherlich einige Rätsel aufgegeben hätte. Die Wände waren eine Mischung aus freiliegendem Mauerwerk und vereinzelten Flecken aus abgestoßenem Putz. In den Holzfußböden hatten die Füße unzähliger Menschen im Lauf der Zeiten tiefe Spuren hinterlassen. Von der hohen Decke hingen eiserne Kerzenleuchter herab, die aber offensichtlich nicht mehr benutzt wurden. Vielleicht waren die modernen Gäste, sinnierte Jack, nicht mehr so leicht bereit, sich mit aus großer Höhe auf sie herabtropfendem Kerzenwachs abzufinden. Heutzutage lieferten dezente Strahler die einzig sichtbare Beleuchtung des ansonsten dunklen Innenraums. Das Einrichtungsmerkmal, das Herz und Leib am meisten erwärmte, war der urzeitlich aussehende offene Kamin, an dessen beiden Seiten sich hohe Stapel von Holzscheiten türmten. Die große offene Feuerstelle verströmte eine enorme Hitze und eine feurig rote Glut, vermischt mit orangefarbenen Flammen. Der Schornstein selbst ragte bis durchs Dach hinauf.

Eine wunderbare Umgebung, dachte Jack, ein Zauberschloss mitten in der wirklichen Welt. Ein Ort, wo alles Mögliche geschehen konnte.

Außer ihnen befand sich nur ein Gast im Restaurant, eine dunkelhaarige Frau, die allein mit dem Rücken zum Eingang an einem der Tische in der Nähe des Kamins saß. Sie blickte nervös auf, als die beiden Männer eintraten.

Doc streckte ihr die Hand entgegen. »Sie müssen Samantha sein.«

»Sam. Die meisten nennen mich Sam. Dann sind Sie ...«

»Doc. Nennen Sie mich Doc. Das hier ist mein Freund Jack.

Er braucht dringend Kaffee. Ich auch. Darf ich Ihnen einen mitbringen?«

Sie deutete auf die leere Tasse vor ihr auf dem Tisch. Ihre Augen huschten zwischen den beiden hin und her, während sie sprach. »Ich nehme gern noch einen. Oder ich glaube, man kann hier auch eine Kanne bestellen. Wir könnten eine für uns alle nehmen. Die Kellnerin wird gleich kommen.« Sie kicherte. »So sollte ich sie eigentlich nicht nennen. Sie ist viel zu schick und souverän für eine Kellnerin – selbst, wenn sie eine ist. Wahrscheinlich ist sie die Besitzerin. Aber sehr freundlich.«

Jack zog sich einen Stuhl heraus und setze sich. Er mochte Sam auf Anhieb. Es war ihr Aussehen. Es gab ihm ein Gefühl der Sicherheit. Ein hübsches Gesicht, voller Traurigkeit und verspieltem Humor. Ihr säuberlich kurz gestuftes Haar umrahmte ein rundes, freundliches Gesicht, erleuchtet von einem Paar großer blauer Augen und einem Mund, der immerzu in Vorfreude auf etwas Amüsantes zu zucken schien. Ende vierzig oder Anfang fünfzig, vermutete er. Wobei er davon ausging, dass er falschlag. Er gab keinen Pfifferling auf seine Fähigkeit, das Alter einer Frau zu schätzen. Wie jemand, der gleich explodieren würde, sah sie jedenfalls nicht aus.

Doc griff nach der Speisekarte. »Wollen wir auch eine Kleinigkeit essen, Sam? Ich hätte Lust. Ein Rosinenbrot, ein Käsebrötchen, ein Stück Kuchen? Oder alles drei? Sie sind eingeladen.«

Sams schicke Kellnerin erschien. Hochgewachsen, tatkräftig und mit lupenreiner Ausdrucksweise nahm sie freundlich und effizient ihre Bestellung auf und legte ein laminiertes A4-Blatt auf den Tisch, bevor sie sich wieder in Richtung Küche entfernte.

»Ein paar historische Informationen«, verkündete sie über die Schulter hinweg. »Der Geist ist Tatsache. Ich habe sie gesehen.«

»Sie?«

Die Kellnerin blieb stehen und drehte sich zu Sam um. »Ja, eine Frau aus der Tudorzeit in einem langen grauen Kleid mit so einem riesigen Ziehharmonikakragen. Eigentlich nicht besonders originell, oder? Vielleicht ist das Zeug im Kostümladen für Geister mehr von der Stange als maßgeschneidert. Sogar die Welt des Spuks macht jetzt schon auf billig. Ich bin gleich wieder da mit Ihrer Bestellung.«

Sam riss in gespielter Ehrfurcht die Augen weit auf und flüsterte: »Ob sie das ernst meint?«

»Höchstwahrscheinlich«, erwiderte Doc leichthin. »Es ist schwierig genug, so einen Laden wie den hier zu betreiben, sodass er sich selbst trägt. Ich glaube, mir wäre es sehr ernst damit, einen Geist im Haus so lange wie möglich bei Laune zu halten. Meinen Sie nicht? Besonders in den Monaten, in denen unsere engsten Verbündeten in Battle einfallen und ganz wild auf Cream Teas und ein bisschen Grusel sind.«

Jack machte den Mund auf und schloss ihn wieder. Sam schmunzelte belustigt.

Wenige Minuten später wurde ihnen ein großer Kaffeebereiter gebracht, dicht gefolgt von, mit Docs Worten, drei diskusgroßen Rosinenbroten, jeweils geschnitten und mit Butter getränkt.

»Lassen Sie es sich schmecken!«

Mit einer schwungvollen Gebärde und einer kleinen Verbeugung verabschiedete sich die moderne Amazone. Nach der üblichen korrekten Wartezeit wurde der Kolben des Kaffeebereiters hinuntergedrückt und die Rosinenbrote verteilt. Nach dem ersten Schluck Kaffee schien der Schattendoktor ein paar Fingerbreit in sich zusammenzusinken und mit seinem Stuhl zu verschmelzen – ein Urbild größten Behagens.

»Ah, Sam! Ich danke Ihnen vielmals, dass Sie uns einen Grund liefern, heute Morgen hierherzukommen. Ich liebe eine interessante Umgebung, ich liebe guten Kaffee, ich liebe große Rosinenbrote, die vor Butter triefen, und ich liebe gute Gesellschaft. Wenn ich mal paraphrasieren darf, was meine jüdischen Brüder und Schwestern während ihres Passahmahls immer singen – wenn du nichts anderes getan hättest, als uns an diesem Morgen diese Dinge zu gewähren, *Dayenu*!«

»Es wäre genug für uns gewesen«, zitierte Sam. »Das bedeutet doch dieses Wort, oder? Und – ist das wirklich wahr?«

»Auf uns trifft es jedenfalls zu. Für Sie wäre es vielleicht nicht genug. Aber ich will Ihnen etwas sagen, was gewiss wahr ist. Ich weiß, dass wir uns gerade erst begegnet sind, aber ich mag Sie sehr. Ich mag Ihr gebrochenes, lachendes, ängstliches, hoffnungsvolles Herz.«

So redet niemand, dachte Jack – niemand, dem ich je begegnet bin. Nicht in den ersten Minuten einer Bekanntschaft.

»Vor allem«, fuhr Doc fort, »mag ich Ihren Mut, dass Sie hierhergekommen sind.«

Er hätte von Rosinenbrot reden können. In den blauen Augen begannen Tränen zu glitzern. Doc schien es nicht zu bemerken. Er wedelte mit der Hand in die Richtung des jüngeren Mannes.

»Jack, wir kennen Sam jetzt seit etwa ... fünfzehn Minuten? Das ist etwa ein Hundertstel der Lebensspanne eines Schmetterlings. Eine lange Zeit. Also ...«

Sam lächelte unter Tränen. »Ein Sechsundneunzigstel, um genau zu sein.«

»Grundgütiger! Nun, ja, so ist es, es sei denn natürlich, der fragliche Schmetterling hat nicht tatsächlich genau einen Tag lang gelebt. Dann könnte es natürlich auch weniger oder mehr sein, oder ... jedenfalls, was ich Sie fragen wollte, Jack: Mögen *Sie* Sam?«

Jack erstarrte. Bisher war sein Beitrag zur Unterhaltung wenig aufsehenerregend gewesen. Eigentlich so ziemlich nicht vorhanden. Ihm flogen Wörter wie »unverantwortlich«, »gedankenlos« und »unangebracht« durch den Kopf, um gleich wieder ins Nichts zu entflattern, als ihm klarwurde, dass er so sicher, wie man etwas nur wissen kann, wusste, dass der Schattendoktor ihm diese Frage nie gestellt hätte, wäre er auch nur im Geringsten im Zweifel über seine Antwort gewesen.

Sag die Wahrheit. Jack war es immer gewohnt gewesen, seine Gefühle größtenteils einzuhegen für eine möglichst unverfängliche Übersetzung. Das war ziemlich anstrengend. Meistens kam es nie dazu. Vielleicht würde das hier leichter sein. Vielleicht. Sams Augen, die sich über die Kante ihres Kaffeebechers auf ihn richteten, drückten nichts als Mitgefühl aus. Er räusperte sich.

»Ich weiß, es hört sich albern an, Sam, aber ich glaube, ich mochte Sie auf den ersten Blick. Sie geben mir ein Gefühl ... ich weiß nicht ... der Selbstsicherheit. Sie haben so ein freundliches Gesicht. Ich war vorher ein wenig nervös wegen unseres Treffens. Ich meine, wir wussten ja rein gar nichts über Sie, außer dass Sie Angst davor hatten ... nun ...«

»Angst davor, zu explodieren? Es tut mir leid, Sie müssen wohl gedacht haben, ich wäre durchgedreht. Aber als ich die Nummer anrief, die mir gegeben worden war, wollte die nette Dame am anderen Ende wissen, was mir zu schaffen machte, und ich sagte, ich hätte große Angst. Dann bat sie mich, ihr genau zu sagen, was das bedeutete, und die ehrliche Antwort war ... nun, dass ich schreckliche Angst hatte, ich könnte explodieren. Das war alles. Keine weiteren Fragen. Keine weitere Diskussion. Sie sagte mir, jemand würde mich anrufen, und dann kam der Anruf von Ihnen. Und jetzt bin ich hier. Übrigens bin ich sehr froh, dass Sie beide mich mögen, aber ich bin ehrlich gesagt von keinem von Ihnen besonders angetan.«

Jack spürte, wie sein Körper vor Schreck einen Zentimeter weit zurückzuckte, aber der Schattendoktor lächelte nur und nickte.

»Jack, ich vermute stark, das war ein kleiner Scherz. Ich glaube, Sam ist zu dem Schluss gekommen, dass sie uns möglicherweise vertrauen muss.«

Er hob fragend die Augenbrauen.

Sam nickte reumütig. »Entschuldigung, ich sage wirklich manchmal dumme Sachen. Tut mir leid, Jack, es hat mir sehr gut getan, was Sie gesagt haben. Ganz ehrlich. Ich war wohl einfach ein bisschen verlegen.«

»Erzählen Sie uns doch, was los ist, Sam. Moment – lassen Sie mich erst noch mehr Kaffee bestellen. Wir werden ihn bestimmt brauchen.«

Ein frischer Kaffeebereiter war eingetroffen. Sam schaute sich kurz erst über die eine, dann über die andere Schulter im Raum hinter ihr um, während Jack vorsichtig ihre Becher neu füllte.

»Ich weiß ja nicht, ob es hier wirklich Geister gibt, aber ehrlich gesagt, vor denen hätte ich keine große Angst. Vor solchen Dingen fürchte ich mich nicht. Im Gegenteil, ich fände sie vielleicht sogar lustig. Eine nette Ablenkung von ... von dem, wovor ich mich wirklich fürchte.«

»Glauben Sie an Gott, Sam?«

Wäre es möglich gewesen, so hätte Jack die Frage zurückgenommen, sobald er sie ausgesprochen hatte. Ihm war ein Vers aus der Bibel in den Sinn gekommen, in dem es heißt, dass die vollkommene Liebe die Furcht austreibt. Vielleicht stimmte das. Aber ebenso stimmte, dass die Liebe Gottes, so vollkommen sie sein mochte, aus seinem Innern nie alle Furcht ausgetrieben hatte. Aber sei's drum, nun war es gesagt. Er warf Doc einen Blick zu. Der verzog nur leicht belustigt die Lippen. Besorgt schien er nicht zu sein.

»Die Antwort auf Ihre Frage ist, Jack, dass ich eine Christin bin in dem Sinn, in dem William Topaz McGonagall ein Dichter war. Der Unterschied zwischen uns ist, dass er nicht einmal die Frage verstanden hätte. Das heißt, das ist ein bisschen unfair gegenüber Gott. Ich glaube, ich hatte tief in mir schon immer den Verdacht, dass Gott vielleicht etwas ganz Wunderbares mit mir im Sinn haben könnte, trotz meiner erbärmlich oberflächlichen Bemühungen, Christ zu sein, was immer das bedeutet. Mein Problem ist, dass ich gewissermaßen hoffe, es möge nicht so sein.«

Es entstand ein seltsames, trauriges Schweigen. Doc durchbrach es behutsam.

»Wer sind Ihre Geister, Sam?«

Sam legte ihren Kopf zurück, wie, um ein plötzliches Überfließen zu vermeiden. Als sie schließlich weitersprach, klang ihre Stimme leise und emotionslos, aber ihre Augen starrten leer in eine vertraute Finsternis.

»Die, die ich verloren habe. All diejenigen, die ich verloren habe und die mir hätten beibringen können, was es heißt, geliebt zu werden. Mein Vater starb, als ich noch klein war, meine Mutter wenig später, dann mein Bruder. Später meine kleine Tochter und mein Mann, beide innerhalb weniger Monate. Ich weiß, es hört sich bestimmt ein bisschen melodramatisch an, aber in mir ist eine so tiefe Traurigkeit, dass es mir vorkommt, als hätte das verdammte Ding jede Zelle in meinem Körper durchtränkt. Jahrelang hat mir immer wieder ein Tagtraum zu schaffen gemacht, in dem all diese Menschen, die ich verloren habe, in einen Zug stiegen und irgendwohin abfuhren, ohne mir zu sagen, wohin die Reise ging. Sie haben mich einfach zurückgelassen, und ich bin allein.«

Sie unterbrach sich für eine halbe Sekunde.

»Das stimmt natürlich nicht wirklich. Ich bin nicht allein, aber ich glaube nicht, dass ich sie je wieder einholen kann, meine Geister.

Ab und zu besuchen sie mich. Ich komme morgens nach unten und glaube in der Küche ein leises Geräusch zu hören. Mir bleibt schier das Herz stehen. Da drin ist meine Mutter. Sie trägt die kleine Maisie auf den Armen. Gleich gehe ich hinein, und Mama wird mich anlächeln, und Maisie wird glucksen, und die Küche wird sich mit Licht füllen, und die Liebe wird strömen und strömen und strömen: in mich hinein und um mich herum und über mich hinweg, bis die ganze Traurigkeit fortgespült und alles ... perfekt ist. Manchmal, wenn ich in der Nähe meines Hauses die High Street entlanggehe, sehe ich ein Auto an mir vorbeifahren, und am Steuer sitzt ein Mann, der ein bisschen so aussieht wie mein Vater auf dem Foto, das ich zu Hause von ihm habe. Dann gehe ich ein bisschen schneller, falls er es tatsächlich ist und wiedergekommen ist, um mich zu suchen. Stellen Sie sich vor, ich würde ihn verpassen. Er wäre so traurig.«

Sam spürte, was für eine Atmosphäre sie erzeugt hatte, und wedelte beschwichtigend mit der Hand.

»Keine Sorge, ich habe durchaus noch alle Hühner auf dem Balkon. Ich weiß, dass meine Mutter nie in meiner Küche auftauchen wird. Mein Vater ist tot. Die kleine Sam in mir denkt sich Geschichten aus. Es ist bloß Fantasie. Eine Art Wunschgenerator, der manchmal von allein anspringt.«

Doc nickte nachdenklich.

»Es gibt jemanden, der Sie liebt hat, Sam. Das sehe ich Ihnen an. Und ich bin froh darüber. Aber wer ist es? Wer ist dieser besondere Mensch in Ihrem Leben?«

Sam zögerte einen Moment.

»Chris ist der besondere Mensch in meinem Leben. Wir wurden vor langer Zeit Freunde, und irgendwann ... glitten wir irgendwie hinüber in den Zustand, einander zu lieben. Wir sind sehr unterschiedlich, aber wir helfen einander, mit allem fertigzuwerden. Und noch viel mehr als das. Ich weiß nicht, was ich ohne Chris machen würde.«

Der Schattendoktor warf ihr einen fragenden Blick zu. »Ich bin sicher, er empfindet genauso.«

Sie zögerte einen Moment.

»Sie. Sie empfindet genauso. Chris ist eine Frau. Wir sind ein ... ein gleichgeschlechtliches Paar.«

Sams Blick huschte vom einen Mann zum anderen. Es erinnerte Jack an ein ängstliches kleines Tier, das aus seinem Bau nach einem potenziellen Räuber ausspäht.

Frag sie, wie sie sich kennengelernt haben.

»Wie haben Sie und Chris sich kennengelernt, Sam?«

Das Geschöpf sprang mit geweiteten Augen hinaus ins Freie, offenbar viel zu verdattert über Jacks Frage, um noch ängstlich zu sein. Sam lächelte entschuldigend.

»Tut mir leid, wenn ich ein geschocktes Gesicht gemacht habe, Jack. Es lag an Ihrer Frage. Ich glaube, ich bin mittlerweile ein bisschen argwöhnisch. Manche Leute, denen ich von Chris und mir erzähle ... nun, ihr Blick verändert sich irgendwie. Entweder sind sie plötzlich furchtbar freundlich zu mir, oder sie rutschen unbehaglich herum, als wollten sie irgendetwas ganz klarstellen. Es war so ungewohnt – so nett –, jemanden eine so herrlich normale Frage stellen zu hören.«

Jack saß ganz still da und versuchte, nicht zu freundlich dreinzuschauen. »Gut. Also, wie haben Sie sich kennengelernt?«

»Ach, das war im Bus. Chris saß neben mir, und ich saß am Fenster, versunken in einen kleinen Tagtraum, dass Maisie neben mir säße. In Gedanken unterhielt ich mich mit ihr, aber ich fürchte, ich habe mich wohl ein bisschen zu sehr hinreißen lassen. Da sind mir aus Versehen ein paar Worte entschlüpft. Ich sagte ganz laut: ›Ooh, schau dir nur die hübschen Muhkühe an!‹ Chris stimmte mir zu, es seien wirklich wunderschöne Muhkühe, und während der restlichen Fahrt lachten wir uns die ganze Zeit schlapp. Damit fing alles an. Wie es sich dann entwickelt hat, war eine ... eine wunderbare Überraschung für uns beide.«

Ein paar Sekunden lang sagte niemand etwas. Doc streckte die Hand aus und schenkte Sam den letzten Rest Kaffee ein.

»Warum haben Sie Angst, Sie könnten explodieren?«

Sam trank die Neige aus, setzte ihren Becher ab, blinzelte und holte tief Luft.

»Es geht um den Himmel. Im Himmel gibt es keine Tränen, stimmt's? So steht es in der Bibel. Aber ich bin aus Tränen gemacht. Das bin ich! All die lächelnden Menschen da – warum sollten die mich in ihrer Nähe haben wollen, damit ich ihnen ihre Seligkeit verderbe? Und es ist auch deswegen, weil die größte Liebe, ich meine die Art Liebe, die vielleicht tatsächlich in der Lage wäre, mein innerstes trauriges Ich zu überwältigen und zu verwandeln – zu verklären –, mir einfach zu viel Angst macht, um auch nur darüber nachzudenken. Wie sollte ich das überleben? Ich glaube, ich könnte es nicht. Ich glaube, ich würde explodieren. Ganz ehrlich. Meine zerbrechliche, unterernährte kleine Psyche läge in lauter Scherben auf den goldenen Straßen verstreut. Überstunden für irgendeinen jungen Müllabfuhrengel.«

Sie schüttelte traurig resigniert den Kopf.

»Also liegt die Schlussfolgerung nahe, nicht wahr? Kein Himmel für mich. Obwohl ich immer sage, dass ich glaube, dass alle anderen dort hinkommen. Außer natürlich denjenigen, die sich genauso fühlen wie ich – falls es solche gibt. Vielleicht glaube ich das nicht wirklich. Genau genommen bin ich mitten in der Nacht, wenn nicht einmal die Geister sich blicken lassen, ganz und gar nicht sicher, ob es überhaupt einen Himmel gibt. Und wenn irgendetwas von dem, was ich gerade gesagt habe, stimmt – wenn die Alternativen letztlich entweder Auslöschung, Ausschluss oder Explosion sind –, was bleibt dann noch? Wer verwaltet die Hoffnungsbank? Wo kann ich welche kriegen?«

Sie starrte ein paar Sekunden lang auf ihre verschränkten Hände, bevor sie leidenschaftlicher fortfuhr:

»Glauben Sie mir, Jack, Doc, ich wünsche mir das alles, ehrlich. Ich wünsche mir diesen Moment aus der Geschichte von den Eisenbahnkindern, wo ich dem himmlischen Vater begegne, der mich liebt, und alles wird gut, und ich explodiere nicht, und ich muss nicht mehr aus lauter Elend bestehen. Das alles wünsche ich mir ... so sehr.«

Große runde Tränen liefen über Sams Wangen, als sie leise zu weinen begann. Jack beobachtete sie bestürzt. Was sollten sie jetzt tun?

»Hier«, sagte der Schattendoktor. »Nehmen Sie das.«

Er griff in seine Jackentasche, holte das zusammengefaltete Stück roter Seide heraus, das er vor der Abfahrt noch eingesteckt hatte, schüttelte es auseinander, stand von seinem Stuhl auf und ließ es über den Tisch wehen. Es war lächerlich groß und breitete sich wie eine leuchtend rote Wolke über Sams Kopf und Schultern. Sie zog sich die haftende Seide mit beiden Händen vom Gesicht und betrachtete sie verblüfft.

»Was ist das?«

»Das ist mein Scherztaschentuch«, erklärte Doc gelassen. »Ich halte es extra bereit, wissen Sie, für Fälle wie diesen.«

Sam warf den Kopf zurück und lachte auf.

»Wie *albern*! Das ist so lächerlich albern.«

Sie tupfte sich die Augen mit einer Papierserviette ab, knüllte den glänzenden Stoff zu einem unförmigen Ball zusammen und warf ihn zurück über den Tisch.

»Sie sind ein Quatschkopf. Das ist Ihnen doch klar, oder? Ich liebe das. Albernheit ist was Herrliches. Meistens viel besser als Trost und guter Rat. Lachen ist meine Lieblingsabkürzung. Die andere ist perfekt gekühlter Chardonnay. Übrigens haben Sie sicherlich mit Erleichterung bemerkt, dass ich mir nicht mit Ihrem schönen Scherztaschentuch die Nase geputzt habe. Schnodder und Seide. Das wäre eklig gewesen.«

Doc war vergnügt dabei, sein scharlachrotes Requisit wieder zusammenzufalten.

»Das wäre es wirklich. Danke für Ihre Selbstbeherrschung.«

»Sam, ich wünsche mir all die Dinge auch, von denen Sie gerade gesprochen haben«, sagte Jack leise. »Und ich muss gestehen, dass ich mir selbst ein bisschen Sorgen darum mache, ob sie mir am Ende vergönnt sein werden. Darf ich Sie etwas fragen?«

»Natürlich. Falls es sich um meine persönliche Sammlung erotischer Kunst handelt, werde ich vielleicht lügen müssen, aber Sie dürfen gerne fragen.«

Für einen Sekundenbruchteil tauchte in Jacks Kopf ein Bild seiner Oma auf, die sich über die Verlegenheit ihres Enkels köstlich amüsierte. Los, weiter.

»Warum scheren Sie sich überhaupt darum? Sie scheinen ein leidenschaftliches Verlangen – eine Art tiefer Sehnsucht – danach zu haben, dass jemand die Versprechen einlöst, die Ihnen doch noch nie das verschafft haben, was Sie sich wünschen, und es wohl auch nie tun werden, wenn Sie mit dieser Sache mit dem Explodieren recht haben. Sie haben sogar gesagt, dass es Zeiten gibt, in denen Sie überhaupt nicht an den Himmel glauben. Warum ist er Ihnen trotzdem noch so wichtig?«

Als er fertig war, merkte Jack, dass Doc ihn mit einer interessiert abschätzenden Miene beobachtete. Es war immerhin eine ziemlich schattendoktorhafte Frage.

»Nun ja, erstens bin ich ziemlich sicher, dass ich nicht die Einzige bin, die an allem Möglichen zweifelt. Das ist nichts Ungewöhnliches. Nein, ich glaube, die echte Antwort auf Ihre Frage, so albern es sich anhören mag, ist, dass es für mich, auch wenn ich vielleicht am Ende in tausend Stücke zerspringe, nur einen schmalen Streifen festen Boden gibt, nämlich gleich neben Puddelglum dem Marschwiggel aus *Der silberne Sessel*, der diese großartige Rede an die Königin von Unterland hält, nachdem er ihr Feuer ausgestampft und sich dabei den Fuß verbrannt hat. Er ist mein Held.«

Jack nickte lächelnd, als er sich an die Szene erinnerte, von der sie sprach. *Der silberne Sessel* war eines seiner Lieblingsbücher. Er kannte die Narnia-Geschichten von Lewis und mochte sie sehr. Der Schattendoktor kannte sie offenbar noch besser. Er begann leise zu rezitieren:

»›Angenommen, wir haben all diese Dinge – die Bäume, das Gras, die Sonne, den Mond und die Sterne und Aslan selbst – tatsächlich nur geträumt. Angenommen, es ist so. Dann kann ich nur sagen, dass in diesem Fall die erfundenen Dinge mir erheblich bedeutsamer vorkommen als die wirklichen. Angenommen, Euer Königreich, diese schwarze Grube, ist tatsächlich die einzige Welt. Dann finde ich sie ziemlich jämmerlich. Und das ist doch eine komische Sache, wenn man es recht bedenkt. Wir sind nur Babys, die sich ein Spiel ausdenken, wenn Ihr recht habt. Aber dann können vier Babys, die ein Spiel spielen, sich eine Spielwelt ausdenken, gegen die Eure wirkliche Welt eine hohle, taube Nuss ist. Darum werde ich es mit der Spielwelt halten. Ich bin auf Aslans Seite, selbst wenn es keinen Aslan gibt, der sie anführt.

Ich werde leben wie ein Narniane, so gut ich kann, selbst wenn es Narnia gar nicht gibt. Also, recht herzlichen Dank für unser Abendessen. Wenn diese beiden Herren und die junge Dame so weit sind, dann werden wir jetzt sofort Euren Hof verlassen und uns in der Dunkelheit auf den Weg machen, um unser Leben lang nach dem Oberland zu suchen. Nicht dass wir noch sehr lange leben werden, nehme ich an. Aber das ist ein geringer Verlust, wenn die Welt ein so armseliger Ort ist, wie Ihr sagt.‹

Dieses Buch liegt auf meiner Bettseite auf dem Nachttisch. Ich lese Puddelglums Rede immer dann, wenn ich anfange, unter dem Gewicht des schlimmsten Verlustes in meinem Leben zu versinken. Ich glaube ans Oberland. In den letzten Jahren habe ich so manche Ausflüge dorthin unternommen, aber immer, wenn diese schmerzhafte Lücke in meinem Dasein zu einer riesigen, zerklüfteten Schlucht der Trauer und Ungewissheit wird, stelle auch ich mich auf die Seite des Marschwiggels.«

Er hielt einen Moment inne und schien nicht recht zu wissen, ob er dem Gesagten noch etwas hinzufügen sollte.

»Manchmal denke ich, dass ich dann, wenn ich neben ihm stehe, in Wirklichkeit neben jemand ganz anderem stehe.«

In Sams Augen funkelten frische Tränen. Ihre Stimme war ein Flüstern. »Wie meinen Sie das?«

»Einmal habe ich gesehen oder mir eingebildet oder geträumt, dass Jesus in der Dunkelheit zu mir gekommen ist. Er brachte sein eigenes Licht mit. Als Erstes zeigte er mir seine Wunden an den Händen, den Füßen und an der Seite. Und dann ...«

Zum ersten Mal, seit sie sich kannten, hörte Jack etwas in Docs Stimme brechen, als er weitersprach:

»Und dann bat er mich, ihm meine Wunden zu zeigen. Ich deutete auf mein Herz. Dann kam so ein endloser Moment, und danach lud er mich ein, seinen Arm zu nehmen, und wir machten uns gemeinsam auf durch die Dunkelheit, um einen Weg zurück ins Oberland zu finden.«

Doc durchbrach den Bann, den er selbst erzeugt hatte, indem er in seinen gewohnten Tonfall belustigter Selbstironie zurückfiel.

»Ich weiß, wir neigen dazu, uns die Dinge zu erträumen oder einzubilden, die wir uns wünschen, aber ob das nun ein Produkt der Inspiration oder der Indigestion war, spielt eigentlich keine Rolle. Diese kleine Begegnung hat mir viel bedeutet.« Er machte eine kleine Pause. »Bis jetzt habe ich noch keiner Menschenseele davon erzählt.«

Sam neigte mitfühlend ihren Kopf zur Seite und ergriff über den Tisch hinweg die Hand des Schattendoktors.

»Es tut mir sehr leid wegen Ihres Verlusts. Und wegen der Wunde in Ihrem Herzen. Wirklich.«

Einen Moment lang spürte Jack ein krampfartiges Gefühl der Eifersucht und Isolation. War diese Schleife, die sich da entwickelte, elastisch genug, um auch ihn mit einzubeziehen? Blöder Gedanke. Er gab sich Mühe, ihn zu verscheuchen. Heute ging es um Sam. Oder?

»Darf ich Ihnen noch etwas bringen?«

Man hörte das Lächeln in der Stimme der Amazone, die elegant vor ihnen aufragte, aber die Botschaft war klar. Es war Zeit, zu gehen.

»Nein danke«, sagte Doc unbekümmert. »Nur die Rechnung bitte.«

»Bin gleich wieder da.«

Sam nahm eine Leinentasche von dem Stuhl neben ihrem. Sie machte auf einmal ein etwas verunsichertes Gesicht.

»Ich weiß nicht recht, wie es jetzt weitergeht. Ich meine – wollen Sie für mich beten oder so etwas?«

»Nicht nötig«, sagte Doc und schob ihr einen zusammengefalteten Zettel über den Tisch. »Lesen Sie das hier später.«
»Oh. Ja. Okay. Danke.«
Etwas verdutzt steckte sie den Zettel in eine ihrer Seitentaschen und holte ein Portemonnaie aus ihrem Beutel. »Darf ich die Rechnung übernehmen?«
»Nein. Vielleicht lassen wir Sie nächstes Mal bezahlen.«
»Nächstes Mal? Wird es denn ein nächstes Mal geben?«
Der Schattendoktor schaute etwas verlegen drein. »Ich habe das hier sehr genossen, Sam. Verzeihen Sie mir, es ist ein bisschen unverschämt, aber unabhängig davon, ob wir Ihnen weiterhelfen können oder nicht, fände ich es sehr schön, wenn wir uns wieder mal treffen könnten. Das würde Ihnen doch auch Spaß machen, Jack, oder?«
»Und ob«, erwiderte Jack und stellte erfreut und erleichtert fest, dass das vollkommen der Wahrheit entsprach. »Wir könnten mal abends essen gehen. Bringen Sie Chris mit.«
Sam strahlte wie ein kleines Mädchen, dem man etwas Süßes versprochen hat. Ihre blauen Augen leuchteten. »Darüber würde sie sich sehr freuen. Und ich auch – wenn Sie es wirklich ernst meinen.«
»Aber sicher meinen wir es ernst«, sagte der Schattendoktor. »Ich rufe Sie an. Vielleicht könnten wir uns den Marschwiggel-Klub nennen. Wir wären dann die Gründungsmitglieder.«
»Brauchen wir dann alle einen Puddelglum-Hut?«
»Alles andere wäre verwerflich. Diese Aufgabe können Sie übernehmen. Hier kommt die Rechnung. Wir sehen uns gleich draußen.«
Als sie fünf Minuten später vor dem Tor der Abtei standen und sich gerade verabschieden wollten, bat Sam, noch zwei Fragen stellen zu dürfen.

»Doc, wie ist es eigentlich im Oberland?«

Der Schattendoktor antwortete vollkommen ernsthaft: »Ich habe den Verdacht, dass Sie schon viel öfter dort waren, als Sie zu glauben wagen, Sam, aber ich werde Ihnen sagen, wie ich es empfinde. Schauen wir mal – es ist verwirrend, aufregend, hart, voller Überraschungen, erschreckend, wunderbar, demoralisierend und inspirierend. Wenn ich es recht bedenke, könnte ich es eigentlich bei dieser Liste belassen. Es gibt nicht viel, was es nicht wäre. Aber eines kann ich Ihnen sagen: Es existiert offenbar, und es wird Sie interessieren, zu hören, dass dort, soviel ich weiß, noch nie jemand explodiert ist – bisher jedenfalls.«

»Danke.«

»Und Ihre zweite Frage?«

»Ach ja.« Sie erwiderte seinen unverwandten Blick. »Nur ganz kurz noch, bevor ich gehe. Eine Kleinigkeit. Sie und Jack. Sie sind prima Kerle. Ich habe unsere gemeinsame Zeit sehr genossen und freue mich schon darauf, Sie beide wiederzutreffen und Chris vorzustellen. Aber meine Frage ist – wer sind Sie eigentlich?«

»Das sage ich Ihnen vielleicht beim nächsten Mal«, sagte Doc, als das Gelächter verebbt war.

13. Lose Enden

»Hat Ihnen unser Battle-Einsatz heute Spaß gemacht, Jack?«
Die ersten fünf Minuten der Heimfahrt lagen hinter ihnen. Über ihnen strahlte immer noch die spröde Sonne aus einem Himmel, so blau wie ein Heckenbraunellenei, doch vor ihnen im Norden hing eine Ballung unfassbar dichter weißer Wolken wie eine gewaltige Schneeverwehung in der Luft.

Jack saß am Steuer und tat sein Bestes, seine Empfindungen und Gedanken über ihre Begegnung mit Sam zu verarbeiten. Fetzen ihres Gesprächs liefen immer wieder in seinem Kopf ab, Momente, die ihm bedeutend, besorgniserregend oder erhellend vorgekommen waren. Doc hatte etwas von »meiner Bettseite« gesagt. Er hatte auf keinen Fall vor, ihn darauf anzusprechen.

In ihm brodelte eine gedämpfte Erregung über die aufkeimende Erkenntnis, dass die enge Pforte der schlichten Wahrheit ihm Zugang zu einem neuen Weg zu gewähren schien, der letzten Endes womöglich befreiender und direkter war als der ebenso schmale, aber viel weniger ergiebige Weg, auf dem er sich noch bis vor ganz kurzer Zeit mühsam durchgeschlagen hatte. Konnte es sein, dachte er und grinste ein wenig über seine eigene Frage, dass an der Bibel tatsächlich doch etwas Wahres dran war?

Docs Frage war das Erste, was einer der beiden Männer sagte. Jack beschloss, auf die offensichtliche Zweideutigkeit erst einmal nicht einzugehen.

»Oh ja, das hat er, sehr sogar. Ich war begeistert. Von diesem wunderbaren Café. Und von der Begegnung mit Sam. Ich fand sie ungemein anziehend – im besten Sinn, meine ich.«

»Also nicht im gefürchteten schlechtesten Sinn, was?« Der Tonfall des Schattendoktors war vollkommen neutral.

Jack nahm eine Hand vom Steuer und knuffte seinen Begleiter leicht in den Arm. »Sie wissen genau, was ich meine. Sie war so liebenswert. Ich fühlte mich wohl in ihrer Gegenwart. Traurig auch. Vor allem das mit ihrer Mutter und ihrem Baby in der Küche.« Er schüttelte den Kopf. »Mir kommen jetzt noch die Tränen, wenn ich daran denke. Dabei glaube ich, dass sie fürs Lachen geschaffen ist. Es ist so schade.«

Er musste sich räuspern, bevor er fortfuhr: »Ich bin ein bisschen eifersüchtig geworden, als Sie von ... Sie wissen schon, von Ihrem Erlebnis erzählten und plötzlich sie es war, die Sie tröstete, statt umgekehrt. Albern, sicher, das habe ich gleich gemerkt. Aber ich fühle mich immer so kalt und verloren, wenn ich den Eindruck habe, hinausgedrängt zu werden. Lächerlich, was?«

»Sie waren heute großartig, Jack. Haben Sie gesehen, wie Sam reagierte, als Sie sie fragten, wie sie und Chris sich kennengelernt haben? Woher kam das?«

»Das weiß ich nicht genau«, erwiderte Jack, der vor Überwältigung darüber, dass er als großartig tituliert wurde, Mühe hatte, Worte zu finden. »Irgendwie war das gar nicht ich. Ich hatte einfach den Eindruck ... ich weiß nicht, wie ich es ausdrücken soll. Ich hatte den Eindruck, das wären jetzt die passenden Worte. Wissen Sie, was ich meine?«

Doc nickte nachdenklich. »Mhm, ja, ich glaube schon.«

Jack streckte die Arme gegen das Lenkrad und drückte sich gegen die Rückenlehne des Fahrersitzes.

»Ich hätte ein paar Fragen an Sie, wenn ich darf.«

Der Schattendoktor ließ einladend den Zeigefinger seiner erhobenen Hand kreisen.»Kein Problem, solange Sie nicht von mir erwarten, dass ich ohne Umschweife darauf antworte. Das bin ich nicht gewohnt.«

»Aber es macht Ihnen nichts aus?«

Doc seufzte. »Nun stellen Sie schon Ihre Fragen, Jack.«

»Erst einmal eine ganz banale. Warum schließen Sie immer Ihre Tür so sorgfältig ab, wo Sie doch mitten im Wald wohnen, meilenweit vom nächsten Haus entfernt, und wo Sie doch bei anderen Dingen immer so locker sind?«

Doc verzog das Gesicht und schnalzte mit der Zunge. »Hm, Sie machen es mir wirklich nicht leicht. Ich schließe meine Tür ab, weil ich teuer für die Lektion bezahlt habe, dass man nichts selbstverständlich nehmen kann. Es mag nicht viel Sinn ergeben, mein Häuschen so zu sichern, aber es ist ein Zeichen des Vertrauens.«

Das ergibt noch weniger Sinn, dachte Jack. Egal. Weiter.

»Okay. Nächste Frage. Die rote Seide. Ihr Scherztaschentuch, wie Sie es nennen. Als Sie heute Morgen noch einmal ins Haus gegangen sind, um es zu holen, haben Sie da geahnt, was Sie damit anfangen würden?«

»Nein.«

»Nennen Sie es wirklich Ihr Scherztaschentuch?«

Doc zuckte die Achseln. »Na ja, jetzt schon. Bisher nicht. Das habe ich mir in dem Moment ausgedacht.«

»Warum haben Sie es überhaupt mitgenommen?«

»Keine Ahnung. Ich dachte nur, es würde vielleicht nützlich sein.«

»Der Fluss?«

Wieder ein Achselzucken. »Irgendetwas floss jedenfalls.«

Eine oder zwei Minuten lang fuhr Jack schweigend weiter, die Stirn nachdenklich gerunzelt. Als er weitersprach, klang in seiner Stimme eine rastlose Leidenschaft, als ob eine verdrängte Frustration an die Oberfläche käme.

»Wissen Sie, es ist wie bei Ihrer ersten Begegnung mit meiner Großmutter. Was brachte Sie dazu, dort hinunterzugehen und sich in diesen Unterstand zu setzen? Wussten Sie, dass Sie dort jemanden treffen würden?«

»Nein. Ich mag Stürme. Ich mag das Wilde, die Nässe und das Chaos, wenn es ordentlich pustet. Und ich finde es absolut herrlich, unter einem Dach zu sein und mir das Wetter anzuschauen. Das ist mir lieber, als ins Kino zu gehen. Es hat mir einen Riesenspaß gemacht, dort zu sitzen, die Geräusche und Bilder auf mich wirken zu lassen und mir zu überlegen, was sich auf Krokusse reimt.«

Jack beschloss, ausnahmsweise nicht auf die Finte einzugehen. »Okay, dann war das also alles Zufall, was? Sie waren einfach zufällig dort, und Oma tauchte zufällig im selben Moment dort auf, und dann haben Sie sie zufällig nach Hause begleitet und ihr das Leben gerettet. Alles reiner Zufall, ja?«

In Docs Gesicht spiegelten sich Ratlosigkeit und Unbehagen, als wäre ihm gerade eine völlig falsche Frage gestellt worden und als fiele es ihm unendlich schwer, sich darauf einzustellen. »Jack, ich kann es nicht besser ausdrücken, als dass es ein zufälliger Schritt in einem nichtzufälligen Kontext war. Ist das verständlich?«

»Nein. Was ist ein nichtzufälliger Kontext? Sprechen wir gerade wieder einmal über diesen wunderbaren Fluss? Im Fluss zu sein? Waren Sie im Fluss?«

Der Schattendoktor schüttelte müde den Kopf. »Oje, manchmal verfolgen uns unsere eigenen Metaphern bis ins Grab, was? Der Fluss fängt allmählich an, mich ungeheuer zu langweilen. Was ich wohl sagen will, ist, dass ich ziemlich sicher war, dass ich in Eastbourne sein sollte. Das war der Kontext. Was dort geschehen würde – keine Ahnung. Nicht einen Schimmer.«

»Woher wussten Sie, dass Sie in Eastbourne sein sollten?«

»Dazu kann ich nur sagen, dass ich mit diesem Wissen so angefüllt war, wie Sie und ich manchmal angefüllt sind mit unserem Frühstück. Mein Freund George machte mir den Vorschlag. Das war es. Ich wusste sofort, dass es richtig war.«

»Und George ist ...?«

»Mein Freund. George ist ein Freund von mir.«

Jack verstummte. Von Schildern mit der Aufschrift KEIN ZUTRITT hatte er sich noch nie gerne abhalten lassen. Aber er hatte noch etwas zu sagen. Es fiel ihm nur schwer, die Worte herauszubringen.

»Doc, ich habe mich nie bei Ihnen dafür bedankt, dass ... ich wollte Ihnen danken, dass Sie ... wissen Sie ... meiner Großmutter Alice durch diese Zeit hindurchgeholfen haben, als sie ihrem Leben ein Ende machen wollte. Ich war so außer mir, als ich las, dass sie diesen Entschluss gefasst hatte. Es ... es hat mich innerlich schier zerrissen, dass sie so schrecklich verzweifelt war und nicht zu mir kommen wollte, um es mir zu sagen und sich von mir helfen zu lassen. Dabei standen wir uns so nahe. Das tat weh.«

»Natürlich.«

»Aber ich bin dankbar. Ich habe sie sehr geliebt.«

»Das weiß ich. Es ist schön, dass Sie dankbar sind, Jack, aber eigentlich habe ich nur Scrabble mit ihr gespielt.«

»Nun, das war nicht alles, aber ... darf ich Sie diesbezüglich etwas fragen?«

Der Schattendoktor seufzte wieder und rang sich ein Lächeln ab. »Nur zu.«

»Unmittelbar, bevor Sie Oma das vorschlugen – das Scrabble-Spiel, meine ich –, was ging Ihnen da durch den Kopf? Sie saßen einer Frau gegenüber, die Ihnen gerade erzählt hatte, sie habe vor, sich das Leben zu nehmen. Was dachten Sie da?«

»Ich hoffe, Sie sind nicht enttäuscht, wenn ich sage, dass ich eigentlich gar nichts dachte. Ich denke, es ist so eine Art Methode von mir, in schwierigen Situationen Gespräche aus dem Gleichgewicht zu bringen. Deshalb stimmte ich Alice zu, dass der Suizid vermutlich die logische Lösung für ihr Problem sei. Abgesehen davon glaube ich aber nicht, dass ich irgendwelche Ideen im Kopf hatte. Allerdings wusste ich«, fügte er mit Nachdruck hinzu, »dass ich irgendetwas tun würde. Und dieses Irgendetwas entpuppte sich dann als eine ganz banale Partie Scrabble.«

Er überlegte einen Moment. »Und noch etwas. Sie werden mich sicher nicht falsch verstehen, Jack, wenn ich sage, dass diese erste Begegnung im gesittetsten und unterschwelligsten Sinn einen Hauch von einem Flirt an sich hatte und dass wir beide unsere späteren Treffen sehr genossen haben. Unsere Freundschaft war etwas Neues in Alices Leben. Vielleicht ließ sie ihr Blut ein bisschen schneller kreisen.«

Jack musste lächeln.

»Machen Sie sich keine Gedanken, Sie dürfen ruhig sagen, dass Oma gerne mal schäkerte. Bei ihr bin ich manchmal rot geworden wie ein Schuljunge. Ich stelle mir gern vor, wie sie sich darauf gefreut hat, Sie zu sehen. Ich wette, sie hat sich für Sie immer schön aufgebrezelt.«

Doc schmunzelte bei der Erinnerung. »Stimmt. Sie hat sich Mühe gegeben. Locken, Klunker und ein schönes Kleid hat sie mir immer versprochen. Sie war eine großartige Frau. Aber beim Scrabble hat sie mich nie geschlagen. Hätte ich sie absichtlich gewinnen lassen, hätte sie kein Wort mehr mit mir gesprochen. Sie kannten Ihre Großmutter besser als ich.«

Eine oder zwei Minuten lang flogen die Erinnerungen wie Glühwürmchen durch ihre Köpfe. Dann runzelte Jack wieder die Stirn.

»Eine Sache kriege ich immer noch nicht in den Kopf. Dass Sie und Oma sich in dem Sturm begegnet sind, dass Sie zusammen zu ihr nach Hause gegangen sind, die Scrabble-Partie, Ihre Besuche danach, all das, was passiert ist – war das Gott oder Zufall? War es beides? Oder keins von beidem? Oder was?«

Der Schattendoktor versuchte seine Gedanken zu ordnen.

»Es war ein Eintopf, ein sehr leckerer, nahrhafter Eintopf.«

»Ja, aber ...«

»Wissen Sie was? Geben Sie mir nachher zu Hause, oder falls es zu spät wird, morgen früh, das Stichwort ›Zwiebel‹. Dann werde ich mein Bestes tun, um Ihnen eine ordentliche Antwort auf Ihre Frage zu geben.«

»Zwiebel.«

»Ja, geben Sie mir nur das Stichwort, damit ich es nicht vergesse.«

»Warum können Sie es mir nicht jetzt sagen?«

»Weil ich dazu eine Zwiebel brauche«, sagte Doc ernst.

Jack holte tief Luft durch die Nase. Auch wenn er noch so großartig war, hätte er gerne für den Rest der Fahrt ein würdevolles Schweigen gewahrt, aber er hatte immer noch drei Fragen zu stellen, und es war kaum vorstellbar, dass die Antworten darauf irgendetwas mit Zwiebeln zu tun haben würden.

»Sie haben Sam einen Zettel gegeben, als sie fragte, ob wir für sie beten würden. Was stand darauf?«

»Ach, endlich mal eine leichtere Frage. Ich habe meistens ein paar von diesen kleinen Zetteln in irgendeiner meiner Taschen. Es ist ein Vers aus dem Buch Maleachi. Dieses Buch ist eine einzige lange Tirade Gottes darüber, dass das Volk immer nur sein schlechtestes Vieh zum Opfer bringt statt seiner besten Tiere. Eine andere Sache, die er hasste, war falsches Feuer. Er hasst es immer noch, und es gibt eine Menge davon.«

»Und was passierte dann?«

»Am Ende kamen die Leute zusammen, um über das Problem zu sprechen, und in Maleachi 3,16 heißt es dann nach einer Übersetzung, dass Gott ›ihr Gespräch als Gebet annahm‹. Das nimmt ein bisschen Druck aus der Sache, finden Sie nicht? Genauso war es von dem Moment, als wir Sam trafen, bis zu dem Moment, als wir uns verabschiedeten. Nächstes Mal wird es vielleicht anders sein. Wir werden sehen.«

»Das bringt mich zu meiner nächsten Frage. Glauben Sie, dass das Treffen mit uns heute für Sam eine Hilfe war? Ich meine, ich glaube schon, dass sie es genossen hat, aber ob es auch irgendetwas an diesem tiefen Leid in ihrem Innern geändert hat? Übrigens fand ich es sehr gut, wie Sie ihr am Ende das Gefühl gegeben haben, Sie täte Ihnen einen Gefallen damit, sich wieder mit uns zu treffen.«

Der Schattendoktor wurde ganz still. Die Atmosphäre im Wagen veränderte sich merklich.

»Jack, ich habe nichts dergleichen getan. Es ging überhaupt nicht darum, ihr ein Gefühl zu geben. Ich habe jedes Wort so gemeint, wie ich es gesagt habe. Wir beide haben Sam ins Herz geschlossen, und ich ahne schon, dass wir uns auch mit Chris bestens verstehen werden. Ich wollte Sam zu verstehen geben, dass wir nicht so etwas Gruseliges wie eine ›zweite Behandlungsphase‹ vorhaben. Und ob unser Treffen eine Hilfe für sie gewesen ist – das weiß ich wirklich nicht, aber mir hat es enorm gutgetan. Ich sage Ihnen, was wir tun. Wir schließen echte Freundschaften. Wir gehen mit. Wir halten unsere Augen und Ohren offen. Wir setzen nichts voraus. Wir warten ab, was sich ergibt. Wir haben lediglich den Auftrag, Menschen zu lieben. Alles Übrige ist nicht unsere Aufgabe.«

Jack war kurz davor, zu weinen, aber die unterkühlte Stimme schien sein Blut und seine Tränen zum Gefrieren gebracht zu haben. So verworren waren seine Gedanken und Gefühle, dass er keinen klaren Kopf dafür hatte, herauszufinden, wie seine Worte es vermocht hatten, eine solche Reaktion hervorzurufen. Er kam sich minderwertig und dumm vor. Wie ein Amateur, der von einem Profi die Leviten gelesen bekommt. Mit einer Entschuldigung konnte er es wohl kaum schlimmer machen.

»Es tut mir leid. Es tut mir sehr leid. Das hatte ich nicht verstanden.«

Sie fuhren schweigend weiter, bis ein großes »P« eine Parkbucht in einer halben Meile Entfernung ankündigte.

»Da kommt ein Parkplatz«, sagte Doc mit völlig veränderter Stimme. »Würden Sie da mal halten? Lassen Sie uns eine Pause einlegen.«

Mehr sagten sie nicht, bis der Wagen auf einer kleinen, uneben asphaltierten Sichel zwischen ein paar Birken zum Stehen gekommen war. Jack schaltete den Motor aus. Bis auf ein leises Ticken irgendwo unter der Motorhaube herrschte Stille. Es standen keine anderen Autos in der Parkbucht. Jack legte seine Hände gekreuzt auf das Lenkrad und starrte schweigend geradeaus. Der Schattendoktor holte tief Luft, bevor er zu sprechen begann: »Jack, es ist unverzeihlich, wie ich eben mit Ihnen geredet habe, und ich schäme mich zutiefst dafür. Vor ein paar Stunden habe ich noch darüber schwadroniert, dass die Leute, denen wir begegnen, die wichtigsten Menschen auf der Welt seien. Und jetzt benehme ich mich, als wäre es an mir, zu entscheiden, wer diese Leute sind – als ob es jemals Ausnahmen davon geben könnte.«

Jack legte seine Stirn auf das Lenkrad. Die Mischung aus Verletzung und Verlegenheit überwältigte ihn. Docs scharfe Worte über Sam hatten sich ihm tief eingeschnitten, aber das Letzte, was er wollte, war, für den Schattendoktor einer seiner Klienten zu sein. Auf keinen Fall wollte er ein zappelndes Opfer barmherziger Beherrschtheit sein.

»Ich will wirklich nicht ...«

Doc hob eine Hand. »Entschuldigung, Jack, lassen Sie mich bitte erst ausreden. Die Sache ist die, dass ich dieses ... dieses Zeug ... schon so lange alleine mache, dass ich vergessen habe, was es heißt, angreifbar zu sein – jemandem Rechenschaft geben zu müssen, wenn Sie so wollen, der dicht genug an mir dran ist, um mich bis in die Tiefe zu hinterfragen. Ich glaube, mein kleiner Tobsuchtsanfall eben gerade rührte von einer Angst her, dass mir die ganze Sache völlig entgleiten könnte, wenn ich gezwungen werde, ein bisschen fokussierter zu sein, als ich es bisher war. Irgendwo mitten in dieser ganzen Ungewissheit ist auch eine große Wahrheit verborgen, wie Sie merken werden, falls Sie trotz allem heute Abend oder morgen irgendwann so freundlich sind, es über sich ergehen zu lassen, wie ich der armen Zwiebel einen kleinen Vortrag über innere Einstellungen halte. Aber der entscheidende Punkt ist dieser: Falls Sie sich entschließen, zu mir zu kommen, und das wünsche ich mir aufrichtig, wird das irgendwann wieder vorkommen – dass mir das Mundwerk durchgeht, meine ich. Denn – und ich hoffe sehr, Sie verstehen das richtig – wenn ich zugebe, dass Sie, Jack, wirklich der wichtigste Mensch auf der Welt sind, dann tue ich das nicht einfach nur, um nett zu Ihnen zu sein. Sondern es geht darum, dass ich Sie in meine Welt hineinlasse und mich allem stelle, was Sie in meine Richtung werfen. Und auch, wenn ich das mit einer gewissen Beklommenheit sage, bin ich darauf angewiesen, dass Sie das Gleiche für mich tun. Bitte halten Sie nichts zurück. Gehen Sie mich an.

Niemand sonst tut das. Niemand hat die Gelegenheit dazu. Aber wie ich Ihnen schon ganz zu Anfang sagte – es wird so manches Gewitter unterwegs geben.«

Jack hob seinen Kopf vom Lenkrad und sah hinüber zu dem Schattendoktor. Er war weit davon entfernt, genau zu verstehen, wovon der Mann redete, aber das, was er verstand, verschaffte ihm in verblüffendem Maße Erleichterung.

»Einen schrecklichen Moment lang dachte ich schon, Sie würden mir jetzt etwas Gutes tun und mich von Ihrer Liste streichen. Ehrlich, das dachte ich wirklich.«

»Solche heimtückischen Pläne würde ich nie hegen«, erwiderte Doc, und ein müdes Lächeln breitete sich über sein Gesicht. »Jack, sind wir fürs Erste miteinander im Reinen?«

»Ich denke schon«, antwortete Jack. »Wir sind uns einig ... für den Moment.«

»Da bin ich aber froh. Wirklich. Aber hören Sie, nachdem ich so ausgesprochen unfreundlich zu Ihnen gewesen bin, hoffe ich, Sie sehen es mir nach, wenn ich versuche, es wiedergutzumachen.«

»Das brauchen Sie nicht. Aber na gut, was haben Sie vor?«

»Wenn Sie einverstanden sind, würde ich Ihnen gern einen Vorgeschmack des Himmels ermöglichen.«

»Jetzt?«

»Auf der Stelle. Nun ja, in Kürze. Was meinen Sie? Reizt Sie der Gedanke?«

»Sehr sogar ... glaube ich.«

»Gut. Dann wenden Sie das silberne Ungeheuer, und fahren Sie zurück Richtung Robertsbridge.« Er schaute auf seine Uhr. »Meatloaf irrt sich. Der Himmel kann auf keinen Fall warten. Fahren wir.«

14. Der Tausendfüßler

Jack steckte das letzte Stück von dem süßen, papierspröden Peshwari Naan in den Mund und lehnte sich zufrieden zurück. Im »New Spice« herrschte mittäglicher Hochbetrieb. Sie hatten Glück gehabt, ohne Reservierung einen Tisch zu bekommen. Das Essen war unvergleichlich gewesen. Jacks Tandoori-Garnelengericht hatte ein leuchtendes Beispiel dafür gegeben, was für ambrosische Hochgenüsse die indische Küche zu bieten hat. Doc setzte behutsam das Glas ab, in dem sich bis soeben sein Kingfisher-Lagerbier befunden hatte. Er lächelte über das Gesicht, das sein Gefährte machte.

»Sind Sie im Himmel, Jack?«

»Beinahe. Das war mal eine lohnende Nutzung unseres kostbaren Appetits, was?«

»Allerdings. Meine Schuld ist beglichen – und mehr als beglichen. Wahrscheinlich schulden Sie mir noch ein wenig Nachsicht.«

Die Frotzelei war der perfekte Nachtisch.

»Ich werde das berücksichtigen. Meine Güte, ich bin kugelrund. Wir haben einiges verputzt, was?«

»Kann man wohl sagen. Wissen Sie was, Jack? Ich dachte mir, wenn wir mit Sam und Chris ausgehen, wäre das hier doch bestens geeignet.«

»Geschniegelt und gebügelt?«

»Darüber müssen wir abstimmen. Außerdem überlege ich gerade, dass ich Sam wohl warnen sollte, da sie ja solche Angst davor hat, zu explodieren: Falls es die Liebe nicht schafft, dürfte das Curry hier ihr den Rest geben.«

Jack richtete sich kerzengerade auf. »So etwas würden Sie nicht zu ihr sagen, oder?«

»Und ob. Das werde ich. Sie wird sich schimmelig lachen. Meine Lieblingsabkürzung, wissen Sie noch? Keine Sorge, Jack, der Marschwiggel-Klub wird ein Bombenerfolg. Wir werden die Fenster und Türen unseres Klubhauses sperrangelweit aufmachen. Jede Menge frische Luft. Da ist alles möglich.«

Zwei unsichtbare Hände schubsten Jack vorwärts, eine zudringliche Frage zu stellen. Er hörte sich dabei an wie ein verunsicherter Zehnjähriger.

»Doc, macht es etwas aus, dass die beiden homosexuell sind?«

Der Schattendoktor legte den Kopf auf die Seite und spähte nachdenklich zur Decke empor.

»Ich glaube nicht«, erwiderte er schließlich. »Indische Restaurants sind da heutzutage sehr aufgeschlossen. Es wird kein Problem geben. Übrigens, Sie wollten mich doch noch etwas fragen. Was war das?«

Leg es zu den Akten.

»So habe ich das nicht gemeint, das wissen Sie doch. Egal. Nein, meine andere Frage betraf die Frau mit dem BMW auf dem Parkplatz.«

»Ah ja.«

»Also, erstens, warum haben Sie sie gefragt, was sie mit ihrer gewonnenen Zeit anfangen würde?«

Doc kratzte sich am Kopf. »Wissen Sie, das ist eine ziemlich seltsame Sache, Jack – dahinterzukommen, warum ich was mache, meine ich. Nachdem ich es mir ja nun vorgenommen habe, nicht mehr wie ein trotziges Kind zu reagieren, muss ich darüber wirklich nachdenken.«

Einen Moment lang tippte er meditativ mit dem Finger auf den Tisch.

»Es läuft etwa so. Ich habe mir angewöhnt, wenn ich jemanden – egal, wen – zum ersten Mal treffe, ganz genau aufzupassen, was diese Person sagt und wie sie es sagt. Verzeihen Sie, wenn ich Ihnen noch einmal mit meinem Mantra komme, aber wenn es wirklich keine unwichtigen Menschen auf der Welt gibt, dann könnte ja jede einzelne Begegnung wichtig sein. So war es auch mit Ihrer Oma Alice.

Als wir vorhin die Dame mit dem BMW trafen, fiel mir eine Sache auf. Sie sagte etwas davon, sie habe eine zusätzliche Stunde auszufüllen. Normalerweise sind die Leute sehr froh, wenn sie unverhofft freie Zeit haben. Warum machte eine Frau wie sie so ein saures Gesicht wegen einer Chance, zu tun, worauf sie Lust hatte? Mehr war es nicht. Es war wie ein winziger bekritzelter Zettel, angeheftet am Wegweiser zu einer unwichtigen Kreisverkehrausfahrt. Wenn man ihn zufällig entdeckt, dann folgt man ihm.«

Er schüttelte den Kopf, als müsste er seine Gedanken zurechtrütteln.

»Grundgütiger, ist das anstrengend. Es erinnert mich an ein Gedicht von Katherine Craster aus dem neunzehnten Jahrhundert – das mit dem Tausendfüßler. Es ging ungefähr so:

Gar glücklich war der Tausendfüßler,
bis einst zum Scherz die Kröte
ihn fragte:»Wann wird welches Bein bewegt?«
Das brachte ihn in solche Nöte,
dass er seither ganz aufgeregt
im Graben liegt und überlegt,
wie er denn nun zu laufen pflegt.

Ganz so beschwerlich ist es vielleicht nicht, Herr Kröterich, aber ein bisschen fühlt es sich so an.«

Jack nickte. Er fand Docs Selbstanalyse sehr aufschlussreich und unterhaltsam.

»Und als Sie dann zu ihr hinübergingen und mit ihr sprachen, womit haben Sie sie da zum Lachen gebracht? Und warum hat sie Sie dann auch noch umarmt? Sie haben versprochen, mir das noch zu erzählen.«

»Sie wissen sehr gut, dass ich Ihnen keinesfalls versprochen habe, Ihnen zu erzählen, warum sie mich umarmt hat, und da ich keine Ahnung habe, wieso sie das gemacht hat, werde ich es nicht einmal versuchen. Das Lachen kam aus einer Art Erleichterung, glaube ich. Ich habe ihr gesagt, dass ich selbst einen niederschmetternden Verlust erlitten habe, und sie gefragt, ob sie lieber die entsetzliche oder die nicht ganz, aber fast so entsetzliche Nachricht hören möchte. Sie entschied sich dafür, mit Ersterem anzufangen, worauf ich ihr sagte, der Schmerz werde immer bleiben, so gut man auch lernen könne, ihn zu umschiffen. Er kann am sonnigsten Tag wie ein finsterer Räuber hinter der nächsten Ecke lauern. Gegen solche Hinterhalte hilft alles Umschiffen nichts.«

»Das muss sie ja sehr aufgeheitert haben.«

Doc lächelte resigniert. Jack vermutete, dass beiden gerade ihr Gespräch in der Parkbucht noch einmal durch den Kopf ging.

»Nicht im mindesten, aber sie hat es unerschrocken aufgenommen. Dann fragte sie mich nach der nicht ganz so entsetzlichen Nachricht. Und die habe ich ihr dann gesagt.«

»Was haben Sie ihr gesagt?«

»Dass Scheiße manchmal Dünger ist. Das waren meine Worte. Daraufhin musste sie lachen.«

»Und das war alles?«

»Ich habe sie dann noch nach dem Namen ihres Mannes gefragt. Er hieß Joshua. Kinder haben sie keine.«

»Und dann hat sie Sie umarmt.«

»Ja.«

»Glauben Sie, dass sie Christin ist?«

Doc spielte mit seiner Gabel herum, bevor er antwortete: »Keine Ahnung. Ich würde sagen, eher nicht.«

»Haben Sie sie darauf angesprochen?«

»Nein.«

»Aber vielleicht sehen Sie sie nie wieder.«

»Jack, es schmeichelt mir ja sehr, dass Sie meinen, ich wäre der einzig mögliche Vermittler, durch den ein Mensch zum Glauben finden kann, aber wenn es einen Gott gibt ...«

»So habe ich das nicht ...«

»Wenn es einen Gott gibt, ein Wesen, das ein ganzes Universum erschaffen hat, dann erscheint es mir durchaus möglich, dass er imstande sein könnte, den nächsten Schritt auf dem Weg dieser Frau zu ihm zu arrangieren, ohne sich dabei ausschließlich auf weitere Beiträge meinerseits zu stützen.«

»Tut mir leid. Uns hat man nun einmal immer eingetrichtert, nie eine Gelegenheit auszulassen, um das Evangelium weiterzusagen. Wissen Sie, manche Dinge ... lassen sich schwer abschütteln.«

»Das kann ich verstehen, aber wir müssen auch alle lernen, solche winzig kleinen ersten Trittsteine wie diese nicht zu verderben, indem wir vergessen, dass jeder Mensch anders ist. Es hat nicht den geringsten Sinn, Leute voreilig zu irgendeinem vordergründigen Akt der Zustimmung zu drängen, wenn sie schutzlos, schlecht vorbereitet und einfach nicht bereit sind. Ich habe eben den Tausendfüßler erwähnt.«

»Richtig. Das Gedichtchen.«

»Bevor wir gleich aus dem Himmel aufbrechen, erzähle ich Ihnen noch eine Geschichte von einem Tausendfüßler, die diese ganze Sache vielleicht etwas klarer macht. Die Geschichte ist nicht von mir. Ich weiß nicht mehr, wo ich sie zuerst gehört habe, aber sie enthält eine sehr gute Einsicht.

Die Geschichte handelt von einem Mann namens Fred, der sich ein sprechendes Haustier wünschte. Also ging er eines Samstagnachmittags in eine Zoohandlung und fragte die Besitzerin, was sie ihm anbieten könne.

›Nun‹, sagte die Frau, ›das einzige sprechende Tier, das wir im Moment dahaben, ist ein Tausendfüßler. Er kostet zwei Pfund.‹

Der Mann bezahlte seinen Tausendfüßler und nahm ihn in einer kleinen Schachtel mit nach Hause. Doch bis zum nächsten Morgen hatte sein neues Haustier noch kein Wort von sich gegeben. An diesem Sonntagabend wollte Fred in die Kirche gehen und dachte, es wäre doch nett, wenn der Tausendfüßler mit ihm käme. Also rief er nach dem Frühstück dem Tausendfüßler in seiner kleinen Schachtel zu:

›Tausendfüßler, Tausendfüßler! Möchtest du heute Abend mit mir in die Kirche gehen?‹

Nichts. Kein Wort. Gegen Mittag versuchte er es noch einmal. Wieder keine Reaktion. Zehn Minuten vor dem Aufbruch zur Kirche beschloss Fred schließlich, es noch einmal zu versuchen.

›Tausendfüßler!‹, rief er. ›Ich würde mich wirklich sehr freuen, dich heute Abend in der Kirche bei mir zu haben. Kommst du mit?‹

Endlich piepste ein leises Stimmchen aus dem Innern der Schachtel: ›Ich habe dich schon beim ersten Mal gehört, Fred. Ich bin nur noch dabei, mir die Schuhe anzuziehen ...‹«

Der Schattendoktor zupfte die Rechnung aus ihrem Kunstledermäppchen und winkte einem vorbeigehenden Kellner.

»Manche Leute brauchen eben schrecklich lange, um sich ihre Schuhe anzuziehen, Jack. Das heißt aber nicht, dass sie es am Ende nicht schaffen.«

Als die beiden Männer zwei Minuten später über den Restaurantparkplatz auf den X-Trail zugingen, blieb Doc plötzlich stehen und deutete nach unten.

»Vorsicht, Jack. Ihre Schnürsenkel sind auf.«

Jack bremste knirschend auf dem losen Kies ab und bückte sich.

»Stimmt doch gar nicht. Wieso sagen Sie ...?«

Als er wieder aufblickte, wartete Doc bereits neben dem Wagen und musterte interessiert irgendetwas in weiter Ferne. Jack beschloss, ihm zu verzeihen. Schließlich war es ein sehr gutes Mittagessen gewesen.

15. Das Rätsel der Zwiebel

»Zwiebel.«

Jack sagte es laut und deutlich, als er und Doc sich zu ihrem Morgenkaffee niederließen. Die Atmosphäre in dem Haus war so hell wie der frühsommerliche Sonnenstrahl, der die Fläche des uralten Eichentisches in der Küche erleuchtete. Die Ereignisse und Gespräche des gestrigen Tages schienen die Welt ganz allgemein in ein milderes Licht zu tauchen.

»Sie haben mir versprochen, mich mit Ihrem berühmten Zwiebelvortrag zu beglücken. Ich bin bereit.«

Schweigen. Doc schaute mit einer Miene tiefer Konzentration zum Fenster hinaus. Jack wartete. Nichts. Aber aufgeben wollte er nicht.

»Also, wird das jetzt etwas oder nicht?«

Immer noch Schweigen. Die Reglosigkeit und Distanz des Schattendoktors strahlten einen so profunden Ernst aus, dass Jack eine leichte Beunruhigung zu verspüren begann. Vielleicht war das so eine Art Trance, in die er sich versetzte. Was sollte er tun? Er beugte sich vor und sprach ein wenig lauter:

»Doc, haben Sie gehört, was ich gesagt habe? Worüber denken Sie nach?«

»Ich denke natürlich«, erwiderte der andere Mann, wandte Jack endlich sein Gesicht zu und artikulierte seine nächsten drei Worte mit bedachtsamer Sorgfalt, »über Zwiebeln nach.«

»Gut. Okay.«

»Sie kochen doch gerne, nicht wahr, Jack? Wie sehr schätzen Sie Zwiebeln?«

Jack seufzte. Er fing gerade erst an, zu verstehen und vorsichtig zu akzeptieren, dass in der Weltsicht des Schattendoktors parallele Geraden sich gelegentlich, sozusagen inoffiziell, kreuzen können, aber der Weg dahin war für ihn nicht so sehr eine Lernkurve als vielmehr ein senkrechter Aufstieg. Eine obskure Tatsache drang ungebeten an die Oberfläche seines Bewusstseins.

»Ich schätze sie nicht so sehr, wie die alten Ägypter es taten. Ich glaube mich von der Einleitung eines meiner Kochbücher her zu erinnern, dass Zwiebeln dort mehr oder weniger verehrt wurden, weil man in ihrer allgemeinen Form und all ihren konzentrischen Ringen Symbole der Ewigkeit erkannte. Und das war, noch bevor sie überhaupt mit dem Kochen angefangen hatten.«

Der Schattendoktor nickte ernst.

»Mhm, interessant, Jack. Sehr interessant. Ewigkeit. Ja. Und wenn es dann tatsächlich ans Kochen geht, wie wichtig wird dann eine Zwiebel Ihrer Erfahrung nach sein?«

Ein wenig aufgebracht über Docs weitschweifigen und verwirrenden Exkurs, wurde Jack sehr lebhaft. »Nun, eigentlich ist das eine allgemeine Erfahrung. Zwiebeln bringen den Geschmack der anderen Lebensmittel zum Vorschein. Ich kann mir zum Beispiel nicht vorstellen, eine Gemüsekasserolle ohne Zwiebeln zu machen. Sie verstärken die Aromen. Verhindern, dass es langweilig schmeckt. Und wenn man sie lange genug gart, werden sie wunderbar süß. Sehr lecker.«

»Gut. Gut.« Doc schlug mit der flachen Hand auf den Tisch. »Ich schaue mal, ob ich eine finde.«

Er erhob sich plötzlich energisch von seinem Stuhl, verschwand und kam wenige Sekunden später mit einer großen roten Zwiebel zurück. Während er sich wieder setzte, legte er den appetitlich violett glänzenden Ball auf den Tisch und deutete mit dem Zeigefinger darauf.

»Das hier, Jack, ist eine Zwiebel.«
Jack musterte sie.
»Ja, ich weiß.«
»Ein schönes Exemplar der Frucht, die Sie gerade beschrieben haben. Unverzichtbar für die meisten Gerichte, ein Verstärker für Geschmack und Aroma. Ein einzigartig wertvolles Ding. Eine Zwiebel. Einverstanden?«
»Einverstanden. Aber was hat das mit ...«
Der Schattendoktor hob die Hand, um ihn zu unterbrechen.
»Jack, wir haben ja vom Diskutieren und Untersuchen gesprochen. Also lassen Sie uns das hier diskutieren und untersuchen. Was würde passieren, wenn Sie durch eine tragische Wendung Ihren Glauben an die Zwiebel verlieren würden? Was wäre, wenn Sie auf einmal das Bedürfnis hätten, Ihre Zwiebel zu untersuchen und zu erforschen, um sich zu vergewissern, dass sie tatsächlich existiert? Was wäre, wenn Sie sich sagen würden: ›Ich kann den Gedanken nicht ertragen, dass meine Zwiebel kein Zentrum hat, keine objektive Wirklichkeit. Ich muss sie auseinandernehmen und das schlagende Herz dieses wunderbaren Geschöpfes entdecken, das ich so sehr schätze‹? Wie würden Sie das machen, Jack? Womit würden Sie anfangen?«
»Äh, ich vermute, ich würde vielleicht erst einmal eine Schicht abschälen.«
»Ja, möglicherweise. Und was würde sich dadurch zeigen?«
Jack schaute sich hilflos nach einer Inspiration in der Küche um. Er fand nichts. Ein graubärtiger alter Bauer in einem viktorianischen Kunstdruck erwiderte seinen flehenden Blick mit einem verächtlichen, empörten Starren.
»Die nächste Schicht, würde ich sagen.«
»Und danach?«

»Okay, okay, ich glaube, ich hab's kapiert. Ich schäle eine Schicht nach der anderen ab, bis keine Schicht mehr da ist – oder besser gesagt, nichts als lauter Stücke von Zwiebelschalen.«

»Genau. Und je nachdem, was für ein Mensch Sie sind, wie Sie persönlich gestrickt sind, kann es sein, dass Sie zu dem Schluss kommen, es hätte Ihre Zwiebel in Wirklichkeit nie gegeben. Schließlich ist sie ja verschwunden, als Sie sie auseinandergenommen haben. Es gab gar kein Herz. Kein Zentrum. Und das stimmt ja vielleicht auch. Aber was für eine Katastrophe wäre es, wenn Sie es dann aufgeben würden, all die nichtexistierenden Zwiebeln, die verrückterweise nach wie vor bei jedem Supermarkt oder Gemüsehändler im Land zu haben sind, zum Kochen zu benutzen. Eine Ewigkeit lang nichts als Gemüsekasserollen, die völlig überflüssigerweise nach nichts schmecken. Die Sache ist die, Jack. Sie und ich ...«

Der Schattendoktor beugte sich vor, stützte einen Ellbogen auf den Tisch, hob die rote Zwiebel empor und wog sie mit nachdenklich konzentrierter Miene in der Hand, als wäre er ein Werfer und die Zwiebel ein Kricketball. Schließlich ließ er sie in der Mitte zwischen Jacks und seinem Gesicht auf seiner offenen Handfläche ruhen. Sein Tonfall nahm eine geradezu Shakespeare'sche Dramatik an.

»Sie und ich, wir wissen, dass das Wunderbare an einer Zwiebel nicht in erster Linie darin besteht, wie sie beschaffen ist, sondern darin, was sie bewirkt. Man kann Bücher über Zwiebeln lesen. Man kann sie untersuchen. Man kann Zwiebeln googeln. Man kann Zwiebeln auseinandernehmen und darüber diskutieren. Man kann sogar eine Zwiebelmission organisieren, wenn man will. Von mir aus schreiben Sie Hymnen über Zwiebeln, wenn es unbedingt sein muss. Aber nicht wahr, Jack, wir werden niemals vergessen, dass dieser kleine Halunke, sobald Sie ihn in den Topf stecken, alles andere zu einem Feuerwerk der Aromen erwecken wird, und wenn er das nicht tut ...«

Er legte Jack die Frucht in die Hand und schloss die Finger des jungen Mannes fest um sie.

»Wenn er das nicht tut ... wenn er das nicht tut, dann werden wir beide wissen, egal, wie andere darüber denken, dass dieses Ding sein kann, was es will – eine Zwiebel ist es jedenfalls nicht. Worauf ich hinauswill, ist eigentlich eine Art Abwehr. Ich kann zwar Ihr Bedürfnis, die Art und Weise, wie ich auf Menschen eingehe, auseinanderzunehmen und zu erklären, sehr gut nachvollziehen, aber es ist auch wichtig, dass wir sie nicht so vollständig in ihre Bestandteile auflösen, dass sie vollkommen verschwindet. Verstehen Sie, was ich meine?«

»Sicher«, erwiderte Jack und fügte trocken hinzu: »Ich muss allerdings sagen, dass dies nicht unbedingt eine Katastrophe ist, die wir in nächster Zukunft fürchten müssten. Was meinen Sie?«

»Trinken Sie Ihren Kaffee, und genießen Sie den Sonnenschein«, gab der Schattendoktor zurück.

16. Ein enttäuschter Sieger

»Wie fühlen Sie sich heute, Jack?«
Jack dehnte sich und gähnte ausgiebig, als er von der letzten Stufe der Treppe in die Küche trat. Es ging ihm gut. Er hatte lange geschlafen. Die Phalanx aus schattenhaften Bedrohungen, die sich häufig formierte, um zu verhindern, dass er schnell und leicht einschlief, war gestern Abend nicht zum Manöver erschienen. Das Erwachen war wie eine wohlige Erinnerung an bessere Zeiten gewesen, Phasen in seinem frühen Leben, in denen jeder Morgen angefüllt war mit frischem Optimismus. Es tat ihm so wohl, dass er fast den Tränen nahe war. Von seinem Schlafzimmerfenster aus hatte er seine Augen mit der Hand beschattet und beobachtet, wie der vielfarbige, pulsierende Sonnenball sich an die Arbeit gemacht hatte, um den regennassen Wald zu trocknen. Von den Ästen der Bäume tropfte Licht.

Der Schattendoktor saß behaglich am Küchentisch. Vor ihm lag ein kleiner Stapel Post im Sonnenlicht. Einen noch ungeöffneten Brief hielt er in der Hand.

»Sehr gut, danke, Doc. Irgendwie unkompliziert und ... na ja, wohl. Tut mir leid, dass ich so spät herunterkomme. Ich habe so gut geschlafen. Ich glaube, ich wusste gar nicht mehr, wie es ist, sich vollkommen zu entspannen.«

»Interessant. In einem Buch, das ich vor einer Weile gelesen habe, behauptete jemand, mitten in der Nacht seien wir alle entweder Dichter oder Babys. Ergibt das für Sie einen Sinn?«

Jack schüttelte lächelnd den Kopf. »Täte es vielleicht, wenn ich wüsste, was es heißen soll. Hört sich aber sehr schlau an.

Ich habe einmal bei Leuten übernachtet, die gerade ein Baby bekommen hatten. Aber die Kleine schlief überhaupt nicht wie ein Baby. Ihre Mutter musste mindestens dreimal in der Nacht für sie aufstehen. Zum Stillen oder Windelnwechseln, vermute ich.«

»Vielleicht ist das gemeint. Mitten in der Nacht heulen wir uns entweder die Augen aus, weil wir irgendetwas brauchen, oder wir pusten kreative Seifenblasen. Wie auch immer, ich freue mich, dass Sie gut geschlafen haben. Wir haben heute keine Eile. Es ist nichts geplant – jedenfalls nicht von mir. Nehmen Sie sich etwas zum Frühstück. Ich hatte meines schon. Kaffee ist in der Kanne.«

Er wedelte mit dem Brief in seiner Hand. »Gleich würde ich Sie gern nach Ihrer Meinung zu etwas fragen.«

Während Jack eine Scheibe Brot in den Toaster steckte, entglitt ihm etwas von seinem zerbrechlichen Gefühl des Friedens angesichts der letzten Bemerkung von Doc. Was war seine Meinung wert? Es fiel ihm immer noch schwer zu glauben, dass jemand wie der Schattendoktor sich tatsächlich dafür interessierte, was er zu sagen hatte. Die Frage, die er sich schon oft gestellt hatte, kam von neuem in ihm hoch und rief dasselbe panische Sodbrennen hervor wie immer. Was hatte er hier in der Einsamkeit bei diesem seltsamen Zeitgenossen zu suchen? Wenn seine einzige Funktion darin bestand, Doc, einem spirituell exzentrischen Sherlock Holmes, als leicht begriffsstutziger Dr. Watson zu dienen, was brachte das? Kein Wunder, dass diese Phalanx der Bedrohungen sich eine Nacht freigenommen hatte. Offenbar hatten sie einen Tipp bekommen, dass sie nicht gebraucht würden. Er beschloss, eine irrelevante Frage zu stellen, um zu zeigen, dass ihm das alles nichts ausmachte.

»Warum haben Sie die Sache mit dem Hühnergehege hinter dem Haus aufgegeben? Füchse? Ratten? Sieht Ihnen gar nicht ähnlich, etwas anzufangen und nicht zu Ende zu bringen.«

»Es waren Bantam-Hühner, und ich habe nicht damit angefangen«, erwiderte der Schattendoktor. »Das war jemand anderes. Mir liegt so etwas eigentlich nicht.«

Soweit er sich erinnern konnte, war Jack noch nie eine Tür vor der Nase zugeknallt worden, aber so kam er sich jetzt vor. Peng! Zutritt verboten.

Unter unbehaglichem Schweigen kaute er seinen Toast und nippte an seinem Kaffee. Meine Güte, er hatte sich doch nur nach dem Hühnergehege erkundigt! Er nahm sich mehr Zeit als nötig, um sich den Mund abzuwischen, ließ das zusammengeknüllte Stück Küchenvlies auf seinen Teller fallen und schaute zu dem anderen Mann hinüber. Doc hatte immer noch den ungeöffneten Umschlag in der einen Hand und tippte sich mit dem Messing-Brieföffner sanft gegen die Stirn.

»Verzeihen Sie, Jack«, sagte er reumütig. »Wie ich Ihnen ja immer wieder sage, ist es lange her, dass ich jemanden hatte, der in meinem Leben herumläuft. Wenn Sie lieber wieder nach oben gehen und dann noch einmal als mein Klient herunterkommen wollen, werden Sie bestimmt viel besser behandelt. Sie konnten ja nicht wissen, wie übel mir diese ... Pfoten kann man nicht sagen, oder? Krallen, genau. Wie übel mir die gefiederten Krallen eines perlgrauen Bantams einmal mitgespielt haben. Kommen Sie. Lachen Sie ein bisschen. Sehr freundlich. Danke.«

Er holte tief Luft.

»Eines Tages erzähle ich Ihnen, was es damit auf sich hatte. Versprochen. Das heißt, falls Sie bleiben. Dürfte ich Sie inzwischen um Ihre Meinung bitten?«

Jack hätte alles getan. Vielleicht würde diese fundamentale Angst in ihm eines Tages tatsächlich verschwinden. Er war kein

Klient. Kein Klient. Er war jemand, der im Leben seines Gastgebers herumlief. Wie seltsam, dass ihm dieses Wissen so große Befriedigung verschaffte.

»Sicher, wenn Sie möchten.«

»Okay. Dieser Brief stammt von einem Mann, der mir vor vierzehn Tagen schon einmal geschrieben hat. Ich habe umgehend geantwortet, und dies ist seine Rückantwort. Ich möchte Ihnen gern den ersten Brief von ihm vorlesen, und Sie sagen mir, was Sie ihm geschrieben hätten. Das vergleichen wir dann mit dem, was ich geantwortet habe, und zum Schluss machen wir dann den Brief von heute Morgen auf und lesen, was er schreibt. Einverstanden?«

»Ich habe ein bisschen den Überblick verloren. Zu viele Briefe. Aber ja, lassen Sie es uns so machen.«

»Nur einen Moment. Sie sind oben in meinem Schreibtisch. Machen Sie uns noch einen Kaffee?«

»Hier ist also der erste Brief, den ich von Victor Morton bekommen habe. Lesen Sie ihn sich durch, und sagen Sie mir, was Sie davon halten. Der Kaffee ist übrigens perfekt.«

Doc schob drei beschriebene Blätter über den Tisch. Jack lehnte sich auf seinem Stuhl zurück und musterte einen Augenblick lang die Handschrift. Man sieht nicht mehr viele handgeschriebene Briefe. Omas Handschrift war sehr zierlich und verschnörkelt gewesen. Die von Victor Morton sah kantig und pragmatisch aus. Vielleicht die Handschrift eines Mannes, der es gewohnt ist, regelmäßig per Hand zu schreiben. Jack machte es sich bequem und fing an zu lesen:

Sehr geehrter Herr,
verzeihen Sie, dass ich Sie nicht mit Namen anrede, aber ich weiß

ja tatsächlich nicht, wie Sie heißen. Eigentlich weiß ich gar nichts über Sie, außer dass Sie offenbar irgendeine Art Doktor sind. Sogar warum ich Ihnen schreibe, weiß ich kaum, aber wie der Quizmaster bei ›Mastermind‹ im Fernsehen immer so schön sagt, ich habe es angefangen, also werde ich es unweigerlich auch beenden. Übrigens, falls Sie ein Doktor der Medizin sein sollten, ist es jedenfalls nicht diese Funktion, in der ich Ihren Rat suche. Eigentlich erwarte ich gar keine Antwort von Ihnen, es sei denn, es gäbe etwas, das Sie mir gerne sagen möchten, nachdem Sie diesen Brief gelesen haben. Ich glaube, dass jemand mir zuhört, dem ich wahrscheinlich nie begegnen werde, wird mir an sich schon eine Hilfe sein.

Falls es Sie interessiert: Ich habe Ihre Nummer von einem Freund, der einer kleinen Gemeinschaft von Mönchen in der Abtei Quarr angehört, einem Benediktinerkloster auf der Insel Wight. Er deutete an, sie könnte mir vielleicht eines Tages von Nutzen sein. Ich habe im Lauf der Jahre gelernt, ihm zu vertrauen, und so habe ich mich, als ich kürzlich an einem Kreuzweg in meinem Leben gelangte, der nicht so sehr eine ausgeleierte Metapher ist als vielmehr eine Kreuzung, von der aus eine Reihe von Straßen alle in die Dunkelheit führen und alle mit Wegweisern zu einander ausschließenden Zielen gekennzeichnet sind, entschlossen, seinem Rat zu folgen. Verzeihen Sie mir, ich drücke mich nicht absichtlich unklar aus. Sicher werden Sie am Ende dieses Briefes verstehen, was ich damit meine. Ich rief also die Nummer an, die mein Freund mir gegeben hatte, und eine sehr hilfsbereite Dame gab mir eine Anschrift, über die, wie sie mir versicherte, alles, was ich Ihnen schriebe, Sie erreichen würde, ohne von jemand anderem geöffnet zu werden, sofern mein Name irgendwo auf dem Umschlag stünde.

Ich hoffe, Sie lesen jetzt meinen Brief, und insbesondere hoffe ich, dass er für Sie keine Bürde ist. Mit Bürden kenne ich mich aus. Danke, dass Sie mir Ihre Zeit widmen.

Mein Name ist Victor Morton, und ich bin anglikanischer Priester, *seit ich Mitte dreißig war und meine Buchhalterlaufbahn aufgab, um eine Pfarrerausbildung zu machen. Damals hätte ich gesagt, ich hätte einen »Ruf« zu dieser erheblichen Veränderung in meinem Leben empfunden. Vielleicht war es auch so. Im Lauf der Jahre verwandeln sich solche Formulierungen in so etwas wie Eiswürfel – leicht zu durchschauen, aber schwer festzuhalten. Inzwischen bin ich über siebzig und im Ruhestand. Ich wohne in einem Häuschen zwischen Lewes und einer kleinen Stadt namens Hailsham in Sussex, gleich nördlich der Downs.*

Den Entschluss, Ihnen zu schreiben, fasste ich nach einem bestimmten Abend vor vierzehn Tagen. Ich erinnere mich deutlich an jeden Moment und jedes Gefühl, die mit diesem Erlebnis verbunden waren.

Ich saß an meinem Sekretär und ließ die Atmosphäre eines sehr stürmischen Oktobertages ganz bewusst in meine Seele einsickern. Ich weiß noch, wie ich dachte, dass alles Licht, das es in der Welt je gegeben hatte, sich in der kalten Glut einer vollkommen kreisförmigen Sonne gesammelt zu haben schien, die gerade begann, hinter der Kuppe eines Hügels zu versinken, den wir hier Fennerley Beacon nennen. Alles andere war grau – das leblose, trostlose Grau von zu lange gegartem Schweinefleisch von gestern. Ich kann Schweinefleisch nicht ausstehen, wenn es nicht perfekt zubereitet ist.

Als ich auf meine Uhr schaute, sah ich, dass es schon drei Minuten nach sechs war. Die Zeit, wo ich normalerweise Radio 4 einschalte, um die Nachrichten zu hören, war schon vorbei. Tatsächlich hatte ich mir die Mühe schon seit ein paar Tagen nicht mehr gemacht, seit ich bei meinem letzten Besuch im Krankenhaus eine besonders bedeutsame Nachricht zu hören bekommen hatte. Man hatte mir mit großem Einfühlungsvermögen und genau dem richtigen Maß an Mitgefühl zu verstehen gegeben, dass ich sterben würde. Mit dreiundsiebzig Jahren habe ich irgendein hässliches, gieriges Ding in mir, das meine Eingeweide zerfrisst, und offenbar kann nichts dagegen getan werden. Es gibt keine Revision.

Als ich dort an meinem Schreibtisch saß, wurde mir bewusst, wie seltsam es war, dass ich während der vergangenen Woche nur zwei extreme Emotionen empfunden hatte. Zumeist eine flache, gestaltlose Ruhe, als hätte ich einen Flugzeugabsturz überlebt und dümpelte nun still im unbewegten Wasser dahin und wartete darauf, dass etwas passierte. Immerhin lebte ich ja noch. Hin und wieder starrte ich auf meine Hände und brachte diese braunen, beweglichen Finger dazu, sich auf mein Geheiß hin zu krümmen und zu strecken, wozu ein Toter nie imstande gewesen wäre.

»Lebendig sein«, murmelte ich ein oder zwei Mal wunderlich vor mich hin, »ist so anders als tot sein.«

Das andere Extrem war eine würgende Panik, die immer rasch vorüberging, aber mich sehr erschreckte, eine Furcht, mein Herz könnte versuchen, aus meinem Körper zu entkommen, bevor das stumme Ungeheuer in meinem Innern alles aufgefressen hatte, was mich wahrhaft ausmachte. In solchen Momenten fühlte ich mich schwach und zu Tränen verwirrt. Manches hatte sich so abrupt verändert.

Zum Beispiel hatte ich seit dem Moment, als dieses Todesurteil ausgesprochen worden war, nicht mehr mit Gott geredet. Ich glaube, ich weiß, woran das lag. Auch so eine Angst. Ein tiefes Grauen davor, abermals vor dieser Wand des Schweigens zu stehen, die ich vier Jahrzehnte lang zu verstehen und mir zu erklären versucht, über die ich gepredigt und der ich letzten Endes vergeben hatte, als sich keine andere Möglichkeit bot.

Sie mögen es völlig zu Recht für einen lächerlichen Gedanken halten, aber die Gewissheit des Abschieds aus diesem Leben, die ja alle Prioritäten neu ordnet, schien mir an meiner Seite zu stehen wie ein Flaschengeist aus einer Pantomime. Vielleicht würde Gott mir noch einen goldenen Wunsch zubilligen. Ein Gebet. Ein Herzensflehen. Das durfte nicht vergeudet werden. Schön und gut, aber was sollte dieses letzte Flehen sein? Was wünschte ich, Victor Morton, mir mehr als alles andere auf der Welt? Heilung? Nun ja, sicher, aber seien wir ehrlich: Dergleichen Dinge geschehen so selten. Und wenn mein Tod nun ein unabänderlicher Plan war, dann hätte ich meinen goldenen Wunsch vergeudet.

Ich brauchte ein Zeichen, irgendetwas, das mir Zugang zum wahren Begehren meines Herzens verschaffte, und an diesem trostlosen Oktoberabend erschien mir dieses Zeichen. Ein Buch, in dem ich zuvor gelesen hatte, lag aufgeschlagen vor mir auf dem Schreibtisch. Ein Vers aus einem längeren Gedicht sprang mir ins Auge. Ich weiß noch, wie ich stumm immer wieder meinen Blick über die Worte wandern ließ. Schließlich nahm ich das Buch in die Hand und las sie laut. Ich war immer ziemlich stolz auf meine Fähigkeit, Gedichte als Vorleser zum Klingen zu bringen, aber diesmal brach mir ein wenig die Stimme, als ich bei der letzten, hoffnungsvollen Zeile ankam. Dies waren die Worte, die ich las:

*Und in der hallend leeren Kirche sitzt ein hallend leerer Priester
Staubig und trocken wie ein edelsteinbesetzter Kelch, zur Sicherheit für immer weggeschlossen
Und seufzt und sammelt die verstreuten Wahrheitsfetzen
Die Überbleibsel eines alten, längst vergess'nen Traums
Gedanken, Worte, mürb wie Herbstlaub nach einem Jahr des Sterbens
Unter der sengend heißen Sommersonne
Und wieder einmal ist er froh und dennoch so betrübt
Dass sie, die sorgsam seine Splitter sich von ihren Sonntagskleidern wischen
Den fernen Schrei der Panik niemals hören werden
Und Jesus wird geboren*

Ich glaube, ich nickte langsam, als ich das Buch zuklappte und zur Seite legte. Die Zeit war gekommen. Keine Ruhe. Keine Panik. Ich musste mit Gott reden. Schon komisch, wie manchmal der Geist Schnappschüsse macht, nicht wahr? Mir fiel auf, dass jene glühende Scheibe in der Ferne, als ich zu sprechen begann, teilweise von einer kohlschwarzen Wolke verhüllt war. Vielleicht bildete ich mir ein, das sei eine impressionistische Reflexion meines Lebens. Soweit ich mich erinnere, sagte ich Folgendes:

»Gott, Vater, Herr – vergib mir, aber nach all den Jahren weiß ich nicht mehr so recht, wie ich dich nennen soll. Ich glaube, ich werde dich Vater nennen, denn dass du das bist, wünsche ich mir am meisten. Erstens möchte ich dir, ob du existierst oder nicht, für alles danken, was meine holprige Beziehung zu dir mir über die Jahre geschenkt hat. So viele schöne Zeiten mit den Leuten, die mir ihr Scheitern und ihre Erfolge, ihre Zweifel und ihre Gewissheiten anvertraut haben. So viel Gelächter. Auch viele Tränen. Eine Menge Gemeinschaft. Mir ist oft gesagt worden, dass eine innere Stille und Zuversicht in meinem Umgang mit unruhigen Seelen ihnen genug Halt für ihren Fuß gegeben haben, um wieder hinauf auf den Klippenrand des Friedens zu klettern. Was könnte ich mir mehr wünschen? Ja, was?

Du, wenn du hier bist und mich jetzt hörst, kennst die Wahrheit. Fast immer waren diese Stille und Zuversicht in Wirklichkeit ein Schweigen der Ratlosigkeit und der schwindelerregenden Unzulänglichkeit. Ich habe nach und nach gelernt, still zu sein. Ich habe gelernt, zuzuhören. Ich habe begriffen, dass ich zur Rettung verlorener Seelen den einen Fuß in den Graben setzen muss, in den sie gefallen sind, und den anderen fest auf die Böschung, damit sie sich sicher fühlen. Danke für all das, besonders wenn du mein donnerndes Schweigen umschifft hast, damit wunde und gebrochene Herzen Heilung finden konnten. Aber hast du das getan? Warst du da?

Vergib mir, wenn sich das respektlos oder undankbar anhört, aber im Rückblick sehe ich, dass ich bei vielen, vielen Sitzungen, Begegnungen,

Veranstaltungen und allem Möglichen dabei war, wo du der Einzige warst, der sich nicht blicken ließ – so schien es zumindest.

Jetzt werde ich sterben, und ich will dir Folgendes sagen: Trotz allem habe ich dich, ob du nun da bist oder nicht, immer geliebt. Mir kommen die Tränen, während ich spreche. Du. Du Erzeuger des Schweigens – du warst meine Leidenschaft. Aber all die Gebete, die ich in meinem Leben gesprochen habe, all die Worte des Lobpreises und der Anbetung, die mir je über die Lippen kamen, sammeln sich nun in einer letzten Bitte. Einem letzten Flehen. Während die Sonne über meinem Leben in dieser Welt untergeht, bitte versprich mir, dass du eine Sache für mich tust. Ich kann sie in einem Wort ausdrücken.

Sei.

Lass Jesus abermals geboren werden in dem ärmlichen Stall meiner Seele.

Bitte sei.«

So, Herr Schattendoktor, wer immer Sie auch sein mögen, das war also meine Bitte an Gott an jenem Morgen, und das ist bis heute mein einziges Gebet. Bisher wurde meine Bitte nicht erfüllt. Zumindest soweit ich sehen kann, habe ich keine Antwort auf mein Gebet erhalten. Was könnte ich mir selbst für wunderbar weise Ratschläge erteilen, wenn ich in der Lage wäre, den Priester in mir vom Bittsteller zu scheiden, aber das ist für mich ein metaphysischer Schritt zu viel. Die Worte, die ich in der Vergangenheit anderen gesagt habe, liegen vor mir wie ein Bogen Luftpolsterfolie. Die kleinen Luftblasen zerplatzen, sobald ich Druck auf sie ausübe. Sobald sie keinen Schutz mehr bieten können, sind sie nichts mehr wert.

Die Zeit ist knapp. Herzlichen Dank fürs Zuhören. Ich weiß, es ist nichts als ein Luftschloss, zumal wir uns nie begegnet sind, aber ich glaube, wir wären vielleicht Freunde gewesen.

Mit herzlichen Grüßen
Victor

Jack sortierte die Blätter wieder in die richtige Reihenfolge und reichte Victor Mortons Brief über den Tisch zurück. Dann zog er das letzte Blatt Küchenpapier von der Papprolle und trocknete sich behutsam die Augen, ehe er versuchte zu sprechen:
»Tut mir leid, das ist mir ziemlich nahegegangen. Er ... er tut mir so unendlich leid. Es ist ein unfassbar trauriger Gedanke, dass er sich sein Leben lang für andere eingesetzt hat und jetzt am Ende alles so, nun ja, so trostlos empfindet. So dünn.«

»Mir ist es auch nahegegangen.« Pause. »Was, meinen Sie, hätten Sie ihm wohl geantwortet?« Aus dem Gesicht des Schattendoktors ließ sich nichts ablesen.

Jack überlegte.

»Ich kann Ihnen sagen, was ich ihm vielleicht geschrieben hätte, bevor ich hierhergekommen bin und Sie kennengelernt und angefangen habe, manches ein bisschen anders zu sehen.«

»Okay. Sagen Sie es mir.«

Jack ließ in Gedanken das Arsenal Pawlow'scher Reaktionen Revue passieren, die sich wie unerwünschte Werbung auf einem Computerbildschirm eingeblendet hatten, während er Victor Mortons Brief gelesen hatte. Er fand es interessant und auch ein wenig erschreckend, zu beobachten und zu empfinden, wie angstgesteuert diese Reaktionen waren. Furcht, Panik, eine merkwürdige, kollektive Abwehrhaltung zugunsten des ganzen christlichen Bauwerks, ein hektisches Bedürfnis, das Problem, das da geschildert wurde, neu zu sortieren und zu formulieren, bevor es außer Kontrolle geriet und zu einer Gefahr für seine eigene zerbrechliche Stabilität wurde – all diese Dinge hatten sich bemerkbar gemacht. Durch diesen Wald hatte er sich in der Vergangenheit schon etliche Male hindurchgekämpft. Hatte versucht, anderen zu helfen, indem er Pfade schlug, die in Wirklichkeit gar nicht existierten. Hatte auf verworrenes Gestrüpp eingehackt, um vorübergehend eine Lichtung zu erschaffen. Diese Kämpfe hatten ihm einiges an Dankbarkeit und Respekt eingebracht, aber nicht von ihm selbst, und es gab dabei ein Problem der Authentizität, über das er niemals auch nur ausdrücklich nachzudenken gewagt hatte.

»Ich vermute, ich hätte davon gesprochen, was für einen großartigen Dienst für Gott er offenbar getan hat, wie viele Menschen Grund haben müssen, sehr, sehr dankbar zu sein für all die Unterstützung und den Trost, die er ihnen gespendet hat. Wahrscheinlich hätte ich ihm gesagt, wenn man sich der Gegenwart Gottes nicht bewusst sei, heiße das noch lange nicht, dass er nicht da wäre. Ich hätte ihm versichert, dass Gott sein Gebet bestimmt noch beantworten werde, und zweifellos hätte ich auch nicht den Hinweis fehlen lassen, dass Gottes Zeitplan immer vollkommen ist. Was noch? Natürlich hätte ich ihm versprochen, für ihn zu beten. Und mir Sorgen gemacht, dass ich es vergessen würde. An den Schluss hätte ich möglicherweise noch einen Bibelvers gesetzt.« Er seufzte schwer. »Ich glaube, das wäre es so ziemlich gewesen.«

Der Schattendoktor nickte und ließ dann seinen Stuhl halsbrecherisch auf zwei Beinen nach hinten kippen, wobei er sich mit einer Hand auf der Kante der Arbeitsplatte hinter ihm abstützte. Mit der anderen fischte er eine neue Küchenrolle aus dem Schrankfach unter der Spüle, kam zurück ins Gleichgewicht und warf Jack die Rolle treffsicher in den Schoß.

»Und was würden Sie jetzt sagen?«

Jack brach in Tränen aus.

Nachdem sein unerwarteter Gefühlsausbruch mehrere Blätter Küchenpapier später zu einem leichten Schniefen verebbt war, hatte er sich so weit beruhigt, dass er versuchen konnte, eine Antwort auf Docs Frage zu geben.

»Ich würde ihm sagen, dass sein Brief mich zum Weinen gebracht hat. Ich würde ihm sagen, dass seine Angst und Panik mir Angst und Panik machen. Ich würde ihm sagen, wie unendlich hilflos ich mich angesichts seines Briefes fühle, weil mir nicht ein einziges Wort dazu einfällt, das auch nur im Entferntesten hilfreich wäre. Ich würde ihm sagen, das Beste, was ich ihm bieten könne, sei, mit einer oder zwei Flaschen von irgendetwas Gutem bei ihm vorbeizukommen, damit wir uns gemeinsam an unserem Elend weiden könnten. Ich würde ihm sagen, dass ich von ganzem Herzen hoffe, dass Gott sein Gebet so erhört, wie er es sich wünscht, auch wenn kein Mensch auf der Welt das garantieren kann. Und ich würde ihm sagen, wie leid es mir tut, dass es ihm so schlecht geht und er so unglücklich ist.« Ein Schniefen. »Alles wahr, wenn auch ziemlich nutzlos.«

Der Schattendoktor nahm ein anderes Blatt aus dem Ordner, der vor ihm lag.

»Möchten Sie wissen, was ich ihm in meiner Antwort geschrieben habe?«

»Ich habe nicht die leiseste Vorstellung«, erwiderte Jack müde. »Scrabble? Kreuzworträtsel? Hätten Sie ihn darüber aufgeklärt, dass Apfeldiebstahl die schlimmste Sünde sei, die man je begehen könne? Oder ihm einen Vortrag über Zwiebeln gehalten? Möglich wäre alles. Auf jeden Fall etwas, womit ich nie rechnen würde. Also schön, ja. Ich möchte es wissen. Sie wissen doch, dass ich es wissen will. Ich weiß, dass Sie wissen, dass ich es wissen will.« Mit einer Handbewegung fegte er sein eigenes Gebrabbel beiseite. »Nur zu. Lesen Sie ihn mir vor.«

Doc hörte sich Jacks Liste mit hochgezogenen Augenbrauen und einem breiten Lächeln an. »Sie schmeicheln mir. Ich wusste gar nicht, wie vielseitig ich bin. Okay, dies ist eine Kopie meines Briefs an Victor. Ich lese ihn Ihnen vor. Los geht's.

Lieber Victor,

es ist unsäglich traurig, dass Sie einer der größten Quellen des Trostes und der Hilfe, die einem Menschen zu Gebote stehen, den Rücken gekehrt haben. Ich spreche natürlich von Radio 4. Ich weiß aus sicherer Quelle, dass Gott den Sender regelmäßig einschaltet, besonders die Hörspielserie The Archers. *Gelegentlich, wie zum Beispiel in der aktuellen tragischen Geschichte um Rob und Helen, greift er, wie ich höre, sogar ins Geschehen ein. Außerdem lasse ich mir natürlich Melvyn Bragg niemals entgehen. Sie müssen mir versprechen, dass Ihre Rückkehr zum Glauben mit dem festen Entschluss beginnen wird, diesen verbindlichen Weg mit mir zu gehen. Victor, nehmen Sie sich Gott selbst als Vorbild für Ihre Entschlossenheit. Nachdem er sich bei der Erschaffung dieser Welt die ersten vierundzwanzig Stunden abgemüht hatte, sagte er da etwa: »Ich glaube, ich mache dann mal Feierabend«? Nein, das tat er nicht – das heißt, natürlich tat er das, aber Sie wissen, wie ich es meine ...*

Mein Freund, ich schwafele so daher, weil ich dicht davor war, mich davor zu drücken, Ihnen zu schreiben. Offensichtlich mussten Sie sich mit so ziemlich jedem Problem auseinandersetzen, das ich mir vorstellen kann, und darüber hinaus mit etlichen, von denen ich noch nie gehört habe. Tatsächlich gibt es nichts, was ich zu Ihrer Situation sagen könnte, was Sie nicht schon selbst in der Vergangenheit zu irgendeiner armen Seele gesagt haben. All die traditionellen Antworten können sich nur hohl und leer anhören. Ihre Metaphern mit den Eiswürfeln und der Luftpolsterfolie bringen es ziemlich auf den Punkt. Je mehr ich las, desto deprimierter wurde ich. Instinktiv suche ich immer nach Fenstern, Türen, Oberlichtern, Lüftungsschlitzen – nach irgendeinem Durchlass, der zu einem noch so entfernten Ansatz einer Lösung führen könnte. Meistens gibt es einen. Diesmal nicht. Sie werden sterben, und der Gott, dem Sie so lange zu dienen versucht haben, lässt sich einfach nicht blicken. Ich kann ihn nicht dazu bringen, zu tun, was Sie sich wünschen. Ich wünschte, ich könnte es. Ich tappe im Dunkeln und

habe Ihnen nichts zu bieten außer meiner Bereitschaft, Ihnen in Ihrer Dunkelheit zur Seite zu stehen, soweit das möglich ist.
Ich werde weiterhin nach diesem Durchlass fragen und darum beten, aber ich habe nicht die leiseste Ahnung, wo er liegen könnte. Sie schreiben übrigens sehr kurzweilig. Ich meine es keineswegs gönnerhaft, wenn ich sage, dass mir gefällt, wie es sich in Ihrem Kopf anhört. Ich glaube, ich hätte Ihre Predigten sehr gemocht. Verzeihen Sie meine Hilflosigkeit. Übrigens, wenn es Ihnen recht wäre, wenn ich Sie mal besuche, ich komme hin und wieder auf dem Weg nach Lewes dieses Stück der A27 entlang. Sie wohnen nur ungefähr vierzig Minuten von uns.
Ganz herzliche Grüße,
Doc

P.S.: Ich lege einen Text aus dem Blickwinkel eines Mannes bei, der sich in einer ähnlichen Situation befindet wie Sie. Noch so ein Schmerzensschrei. Lesen Sie ihn, oder werfen Sie ihn weg, oder tun Sie beides.

Jack war verdattert. Die Empfindungen, die der Brief ausdrückte, entsprachen sicherlich seinen eigenen, sogar viel genauer, als er es erwartet hätte, aber abgesehen von dem ersten Teil des Briefes hörte sich der Tonfall düster an, ja geradezu rau. Er hatte sich daran gewöhnt, dass Doc seine eigene unberechenbare Art hatte, sich mit Problemen und Persönlichkeiten auseinanderzusetzen, aber immerhin schien dem Schattendoktor immer irgendetwas Originelles und Wirkungsvolles einzufallen. Diesmal nicht. Für Victor Morton hatte er nichts. Wie würde der gepeinigte Pfarrer wohl mit einem witzigen Absatz und einer Seite voller Negativität umgehen?
»Wie finden Sie das?« Doc gab sich irritierend gleichgültig.
Jack schüttelte verwirrt den Kopf. Wahrheit oder Gefangenschaft?

»Um ehrlich zu sein, ich fand Ihren Brief ein bisschen deprimierend. Hätten Sie nicht ein klein wenig ermutigender sein können?«

Der Schattendoktor schürzte die Lippen. »Mir ist nichts Ermutigendes eingefallen, Jack. Und mir etwas ausdenken wollte ich auf keinen Fall.«

»Was ist, wenn er Ihr Angebot, ihn zu besuchen, annimmt? Schwebt Ihnen irgendetwas vor, was Sie dem armen Mann sagen könnten?«

»Überhaupt nichts. Aber Ihr Vorschlag hat mir gefallen. Vielleicht nehme ich eine Flasche Wein mit. Oder zwei. Das sagten Sie doch, oder? Wie auch immer, wollen wir den Brief aufmachen und lesen, was er schreibt?«

»Nur zu. Lesen Sie vor.«

»Okay.«

Doc schlitzte den Umschlag mit dem Brieföffner auf und zog ein Blatt Papier heraus. Ein Lächeln huschte über sein Gesicht, als er schweigend die ersten Zeilen überflog. Er blickte kurz auf zu Jack und begann dann laut zu lesen:

Lieber Doc,

Ich möchte Ihnen sehr herzlich danken für zwei große Wohltaten, die ich durch Ihren Brief empfangen habe. Die erste und natürlich wichtigste war Ihre sanfte Ermahnung hinsichtlich Radio 4. In letzter Zeit habe ich eine Aura der Verstimmung und Enttäuschung in der Luft verspürt, die mein Roberts-Classic-Digitalradio umgibt. »Wie kommt es«, schien es zu sagen, »dass wir uns nicht mehr gegenseitig aufdrehen?« *Ihre Worte haben meine tauben Ohren für die tiefe Bedürftigkeit geöffnet, die aus diesem traurigen Flehen spricht. Doch nun hat, wie ich Ihnen zu meiner Freude berichten kann, eine Versöhnung stattgefunden. Doc, wir hören wieder aufeinander. Ich fühle mich ganz und reiner und besser dadurch.*

Hinsichtlich Ihrer Bemerkungen zu der Kargheit meiner gegenwärtigen Situation muss ich Ihnen ehrlicherweise sagen, dass Ihre Unverblümtheit mich ein wenig zum Weinen gebracht hat, vor allem aus Erleichterung. Seit ich erfahren habe, dass meine Tage gezählt sind, sei es konkret oder wahllos, je nachdem, ob es einen Gott gibt oder nicht, graut mir vor Leuten, die mir mit menschlichem Optimismus kommen würden, mit barmherzigen Worten von Gott oder ermutigenden Anekdoten, dass noch nicht unbedingt alles verloren sei. Ihr unverbrüchliches Festhalten an der Wahrheit bietet meinem winzigen Vorrat an Hoffnung ein willkommenes Gerüst. Dafür danke ich Ihnen, und wenn Sie etwas Zeit übrighaben, jagen Sie bitte weiter nach den Dingen, die Sie in dieser faszinierenden Liste von Ausgängen und Eingängen erwähnen. Ich bin sehr zuversichtlich, dass Sie mir nie etwas anbieten würden, was Ihnen nicht gegeben worden wäre.

Wenn es Ihnen ernst damit ist, würde ich mich über einen Besuch sehr freuen, und sei er noch so kurz. Darf ich mir die Blöße geben, zu sagen, dass ich mich danach sehne, dass jemand meine Hand hält, nur für ein paar Sekunden? So wie das kleine Kind, von dem ich einmal gelesen habe, brauche ich im Moment einen Gott, der Haut anhat. Wenn Sie kommen, zeige ich Ihnen meine Aussicht.

Mit herzlichen Grüßen
Victor (der sich ganz und gar nicht wie ein Sieger fühlt)

P.S.: Heute Abend habe ich vor, noch einmal den Text zu lesen, den Sie mir mitgeschickt haben. Trügt mich der Verdacht, dass er von Ihnen ist? Sie haben das geschrieben, nicht wahr?

»Sie fahren doch hin, oder?« Jack hörte sich beinahe flehend an.
»Ja, ich werde bei ihm vorbeischauen, sobald ich kann.«
»Darf ich mit?«
»Natürlich, wenn Sie möchten.«

»Was bringen wir ihm mit?«

»Uns.«

»Doc, dieser Text, den Sie Victor geschickt haben – er sagt, Sie hätten ihn geschrieben. Stimmt das?«

Der Schattendoktor legte sich beide Hände auf den Kopf und lehnte sich seitwärts aus seinem natürlichen Scheinwerferlicht hinaus. »Ja, habe ich, aber das ist nur ... es ist gar nichts.«

»Darf ich ihn sehen?«

»Auf meinem Schreibtisch liegt eine Kopie davon in einem dünnen blauen Ordner. Es ist bloß ... schauen Sie, es ist nicht der Rede wert, Jack, ehrlich.«

»Ich lese es gleich.«

Jack fand den Ordner, eilte wieder die Treppe hinunter und zog sich einen Küchenstuhl hinaus in die Morgensonne. Bevor er den Ordner aufschlug, dachte er noch einen Moment über Victor nach. Heute Abend würde der pensionierte Pfarrer genau dieselben Worte lesen. Jack betete aus tiefstem Herzen, dass sie ihm irgendwie eine Hilfe sein würden. Dann schlug er den blauen Deckel auf und begann zu lesen.

17. Ein winziges Fleckchen Blau

Es gibt nur eine Konstante. Schmerz. Es gibt nur einen Gedanken. Schmerz. Es gibt nur eine Botschaft vom Was auch immer zum Wem auch immer. Schmerz. Schmerz zerreißt mich. Schmerz frisst mich auf. Schmerz besiegt mich.

Warum also lässt du mich nicht allein mit meinem immer aufmerksamen, immer hungrigen Gefährten? Du, der du doch kein Problem damit hast, die Ansprüche der Liebe geltend zu machen. Du, der du mich mein Leben lang geschoben und geführt und gelockt hast auf der trockenen, staubigen Straße hin zu etwas, was auf der anderen Seite der Dunkelheit existieren mag oder auch nicht. Wie kommt es, dass dein sanftes Flüstern es nicht lassen kann, diese hässliche Kruste der Qual zu durchbrechen, um liebliche Worte voller Kraft in eine Welt hineinzusprechen, die meine Stimme nie hören wollte und meinen geplagten, elenden Leib Stück für Stück umbringt?

Ja, ich habe ihn gehört. Habe sie beide gehört. Was sie sagten. Natürlich habe ich sie gehört. Und am Ende dann hörte ich auch die erstickten Worte hoffnungsloser Hoffnung, geflüstert von den aufgesprungenen Lippen eines Mannes, der wusste, dass ich kein Unrecht getan hatte, nichts, womit ich diese Nägel, diesen Schmerz verdient hätte.

Ob ich an ihn denken würde?

Und schon waren die Worte heraus. Die Worte sind immer gekommen. Mein Mund hat sich bewegt. Mein Mund hat sich immer bewegt. Mein Herz kennt den Text. Mein Herz hat immer den Text gekannt. Und doch war es nie ein Text aus Worten. Eher so etwas wie ein schlichtes Sieb, durch das die reinsten Elemente der Liebe oder Gerechtigkeit hindurchmüssen, nicht mehr und niemals weniger.

»Ja – wahrlich – heute – wirst du mit mir sein – im Paradies.«

Da habe ich wieder das Wunder gesehen – das Wunder, bei dem bloße Vorstellung Form und Farbe und Wirklichkeit gewinnt. Ich habe ein Körnchen Hoffnung auf diesem misshandelten Gesicht erscheinen sehen, Hoffnung wie ein winziges Fleckchen Blau mitten in einem schwarzen Himmel voller Gewitterwolken. Er glaubte mir. Oder jedenfalls glaubte er dir.

Aber jetzt muss ich dich etwas fragen. Was ist mit dem Sieb? Was ist mit dem kaputten, unnützen, verbrauchten Sieb? Was ist mit mir? Glaube ich mir? Glaube ich an dieses Gerede vom Paradies? Der Trost, den ich gespendet habe. Tröstet er mich auch? Jene Worte des Lebens und der Hoffnung und der Träume, die vielleicht wahr werden – sie füllen den Teil von mir aus, in dem du wohnst. Ja, das haben sie immer getan. Jetzt aber jammert das Kind in mir, das Kind des Zimmermanns in mir, voller Sehnsucht nach seinem Zuhause in Nazareth, nach seiner Mutter mit ihrem wachsamen Blick, nach seinem liebevollen, ratlosen Vater, seinen lustigen, leichtsinnigen, lauteren Freunden, nach Bethanien, wo immer Liebe zu finden war, gutes Essen und herrliches, ganz gewöhnliches Leben. Dieses verwirrte Kind weint nach alledem und wünscht sich, es könnte wieder dort sein.

Warum hast du mich verlassen? Warum bist du fortgegangen? Warum bist du irgendwo anders? Warum hast du dein Angesicht von mir gewandt, als wäre ich es, der dir das Herz gebrochen hat? Ich war es nicht. Ich bin immer mit dir gegangen. Das weißt du selbst. Ich habe immer auf dich gehört. Habe immer genau darauf geachtet, die Worte auszusprechen, die du mir anvertrautest.

Ich erinnere mich noch – wie könnte ich es auch vergessen? – an den strahlenden Tag, an dem du vom Himmel her zu mir sprachst, mich deinen geliebten Sohn nanntest und sagtest, du seist stolz auf mich. Bestätigung und Anerkennung hüllten mich ein. Wärmten mich zum Gehorsam, nicht aus Pflicht, nicht wegen der öden Forderungen des

Gesetzes, sondern weil deine Liebe größer war als meine Schwäche oder meine Furcht.

Warum also hast du mich verlassen? Warum hast du mich verlassen? Ich habe dich nie verlassen. Ich habe unter Schmerzen mein Bestes getan, mein Allerbestes in jeder Stunde eines jeden Tages meines kurzen Lebens. Warum hast du mich verlassen? Warum? Warum bin ich allein und friere und ersticke in meinem Geist an einer niederschmetternden Furcht, diese meine letzte Opfertat werde den Preis bezahlen und die Welt retten, mich aber für immer in der Wüste zurücklassen?

Ich will das nicht. Ich will nicht verlassen sein. Was will ich? Ich will mit Petrus am Feuer sitzen, wenn alle anderen sich schon gähnend schlafen gelegt haben. Ich will ihn von Netzen und Fischen erzählen hören und über die Dummheiten schmunzeln, die er gemacht hat, als er klein war. Und dennoch ...

Gethsemane.

Die Bäume. Die Nacht. Die Glühwürmchen. Du und ich. Die anderen schliefen alle.

Der Kummer zermalmte mich schier. Ich konnte kaum atmen. Ich musste die Frage stellen. Nur für den Fall. Nur für den Fall. Nur für den Fall, dass es noch einen anderen Weg gab. Und als die Antwort kam, dieses niederschmetternde Schweigen von einer Antwort, da schien sich etwas in mir zu Stahl zu verfestigen. Tränen, Ängste, das Leiden und die Leidenschaft der Jahre – zusammengefaltet, eingepackt und zur Seite gelegt. Zu schwer für diese Reise. Und in diesem Moment war ich so sicher, weil du so sicher warst, und deshalb lässt du mir keine Wahl. Deshalb verlässt du mich. Das ist der Grund. Das.

Es gibt nur eine Konstante. Schmerz. Es gibt nur einen Gedanken. Schmerz. Es gibt nur eine Botschaft von Was auch immer zu Wem auch immer. Schmerz. Schmerz zerreißt mich. Schmerz frisst mich auf. Schmerz besiegt mich. Aber bald wird er vollbracht sein. Dann werde ich es wissen. Ich werde wissen, warum du mich verlassen hast.

Hoffnung. Ein winziges Fleckchen Blau am stürmischen Himmel. Ich warte. Ich warte unter Schmerzen. Ich war gehorsam, also habe ich keine Wahl.

18. Zurück in die Zukunft

Jack war damit beschäftigt, heiße Schokolade zuzubereiten. Doc stellte zwei Küchenstühle vor die Doppeltür des Ofens, entzündete das Gas und stellte es hoch, sobald die Flamme brannte. Das war die leichteste, schnellste und teuerste Art, um an einem so bitterkalten Abend für eine erträgliche Temperatur zu sorgen. Immer noch eingehüllt in ihre Mäntel, saßen die beiden Männer eine Weile lang in unbehaglichem, eingekauertem Schweigen da, umklammerten mit beiden Händen ihre Becher und starrten mit großen Augen in den Ofen, als schauten sie sich eine überaus packende Sendung im Fernsehen an. Keiner wollte das Schweigen brechen.

»Warum hatten Sie denn eben im Wald solche Angst?«

Wieder Schweigen. Jack dachte schon, es würde ewig so bleiben. Er wollte helfen. Aber er wollte sich nicht mitten in die Welt des anderen Mannes hineindrängen, wenn er dort nicht wirklich erwünscht war. Es war neues Territorium für ihn. Er verspürte keinen Drang, irgendwelche Probleme zu lösen. Er wollte nur für seinen Freund da sein. Das aber wollte er mit Leidenschaft. Seit dem Moment, als der Schattendoktor plötzlich bemerkt hatte, dass er nicht allein im Wald war, hatte er nur ein einziges Wort gesagt.

»Jack!«

Als die beiden Männer daraufhin den Weg zurück zum Haus stapften, hatte Jack stockend zu erklären versucht, wie er gerade am Einschlafen gewesen und dann wieder munter geworden war, als er das Ächzen der Stufen unter den Füßen des anderen Mannes hörte. Augenblicke später, während er Schlüsselgeklingel vernahm und sich unter seinem Fenster die Haustür öffnete und wieder schloss, hatte er ein paar Kleidungsstücke übergeworfen und war Doc in den Wald gefolgt, gerade noch rechtzeitig, um zu beobachten, wie er den Pfad verließ und sich ins Unterholz schlug, um zu der Lichtung zu gelangen.

»Dann haben Sie wohl das Haus nicht abgeschlossen. Das hätte ich sonst gehört.«

Diese ungewohnt barsche Antwort war alles, was Jack von dem Schattendoktor zu hören bekam, bis sie das Haus wieder erreicht hatten. Ihm war hundeelend zumute. Das Gefühl blieb, aber Jack war entschlossen, die naheliegende Frage zu stellen, wie sehr ihm auch die Aussicht auf die Antwort, die er darauf bekommen oder auch nicht bekommen würde, zu schaffen machte. Bis zu diesem Zeitpunkt war es zumindest ihm so vorgekommen, als führte der Schattendoktor zumeist ein Innenleben von größter Gelassenheit und Beherrschtheit, angefüllt mit allen möglichen bedeutungsschweren, seltsamen und überraschenden Dingen, die er in der Regel auf eine wohlgesetzte, fast stilisierte Art und Weise äußerte. Doch die Rohmaterialien seiner Persönlichkeit und Geistesverfassung kamen nur selten zum Vorschein. Seine Vergangenheit war ein fernes Land, das Jack noch nicht zu erkunden gewagt hatte. In dem Mann steckte eine kraftvolle, gezügelte Leidenschaft, die sich stillschweigend jedes Eindringen verbat.

Jack raffte seinen Mut zusammen und wiederholte die Frage.

»Darf ich Sie fragen – warum *hatten* Sie denn eben im Wald solche Angst? Ich habe Ihren Aufschrei gehört. Ich meine – es gibt eine Menge Dinge, die mir Angst machen, aber Sie habe ich nie für einen Menschen gehalten, der sich vor irgendetwas fürchtet. Was ich meine, ist: Wovor haben Sie solche Angst? Sie müssen es mir nicht sagen. Soll ich uns etwas Toast machen?«

Als er mit einiger Verlegenheit bemerkte, dass er angefangen hatte zu schwafeln, erhob sich Jack halb von seinem Stuhl, ließ sich jedoch wieder sinken, als der Schattendoktor lächelnd eine beschwichtigende Handbewegung machte.

»Nein, für mich keinen Toast, danke. Die heiße Schokolade ist gut. Die meisten Leute machen sie zu schwach. Aber man muss ordentlich großzügig sein mit dem Zeug ... mit dem Pulver, finden Sie nicht?« Er nippte an seinem Becher. »So ist es genau richtig. Ich will versuchen, Ihnen zu erzählen, wovor ich Angst habe, Jack. Bin selbst ein bisschen überrascht, dass ich das sogar möchte. Ich glaube, es wäre vielleicht eine gute Idee.«

Zu seiner Überraschung und Beunruhigung bemerkte Jack, dass sich in diesem Moment ein Rankengestrüpp seiner eigenen Ängste in seinem Bewusstsein breitzumachen versuchte. Es kostete ihn eine bewusste Willensanstrengung, diesen plötzlichen Drang, sich um sich selbst zu drehen, von sich zu weisen, damit er sich auf das konzentrieren konnte, was der andere Mann ihm sagen wollte.

Doc starrte ihn an.

»Das heißt, wenn Sie es wirklich hören wollen.«

Er weiß Bescheid, dachte Jack. Der verdammte Kerl! Er kann den Dschungel sehen. Er schaut direkt in mich hinein. Nur die Nerven behalten. Du lebst auf derselben Insel.

»Natürlich will ich.«

Der ältere Mann wandte seinen Blick wieder den Tiefen des Ofens zu. Das sanfte Flackern der blauen und orangefarbenen Gasflammen spiegelte sich in seinen Augen, während er seine Gedanken sammelte. Jack kamen ein paar Worte aus einem alten Klassiker von Louis Armstrong in den Sinn. Irgendetwas von einer dunklen, heiligen Nacht. Er spürte, dass dies ein Gespräch war, zu dem es wohl kaum noch ein zweites Mal kommen würde.

Der Schattendoktor räusperte sich.

»Bevor ich anfange, Jack, wären Sie vielleicht so freundlich, mir meine ruppige Bemerkung eben auf dem Weg zu verzeihen, Sie hätten das Haus nicht abgeschlossen? Ich war einfach nur verlegen. Was in gewisser Hinsicht auch gut so ist. Geradezu eine Erleichterung. Es passiert mir heutzutage nicht mehr oft. Es deutet darauf hin, dass ich zumindest noch halbwegs bei Verstand bin.«

Jack war zutiefst verlegen über Docs Verlegenheit. »Natürlich verzeihe ich Ihnen«, murmelte er.

»Danke. Im Ernst. Okay, Jack. Heute Nacht war ich verängstigt und erschöpft von meinem Anteil an einem Kampf, der allmählich so aussah, als ob er vielleicht verlorenginge. Letzten Endes glaube ich nicht, dass er verloren ist, zumindest noch nicht, aber ich bin durch eine Höllenfinsternis gegangen, und dahin will ich nie wieder zurück.« Er überlegte kurz, bevor er weitersprach: »Ich würde ... ich hoffe, ich gehe wieder dahin zurück, wenn es von mir verlangt wird.«

Es gelang ihm fast, den Schauder vollständig zu verbergen, der ihn von Kopf bis Fuß durchlief.

»Davon erzähle ich Ihnen gleich mehr, aber das ist nur eine meiner Ängste – die aktuelle. Insgesamt ist die Liste ziemlich lang. Wo soll ich anfangen? Okay – ich habe, wie ein berühmter Mann, von dem Sie sicher schon oft gelesen und gesprochen haben, Angst davor, noch einen unsicheren Schritt auf dem Wasser zu tun.«

Er kratzte sich niedergeschlagen am Kopf.

»Leidenschaft, Mut und schieres Verlangen können uns dazu treiben, einen einzelnen Schritt ins Land der Wunder zu tun, besonders, wenn wir nicht zu viel darüber nachdenken. Aber der Gedanke an den zweiten Schritt, den Schritt, der unser ganzes Leben, ja uns selbst wirklich drastisch verändert – das ist die Aussicht, die mir manchmal allen Saft aus den Gliedern zieht. Wenn die Brücke über den Abgrund so lange unsichtbar bleibt, bis ich Kopf und Kragen riskiere und meinen Fuß ins Leere setze, werde ich immer in der Versuchung stehen, mich für den Wahn der Sicherheit zu entscheiden. Enge Pforte, beschwerlicher Weg. So war es immer. So wird es bleiben. In allem.«

Er dachte einen Moment lang nach.

»Haben Sie schon einmal einen von diesen alten Schwarzweißfilmen mit Laurel und Hardy gesehen, Jack?«

Jack zuckte die Achseln, schüttelte ausdruckslos den Kopf und sagte nichts.

»Stan Laurel war dünn und nicht besonders helle. Olly Hardy war dick und meistens sauer auf Stan. Beide trugen Melonen. Zu ihrer Zeit waren sie sehr berühmt. Bei einem ihrer Filme hat es mich immer gegruselt. Stan und Olly müssen ein Klavier von einer Seite einer tiefen Schlucht zur anderen transportieren. Der einzige Weg hinüber ist eine halsbrecherisch schmale, grauenhaft hin und her schwingende Hängebrücke aus Seilen, ohne Geländer. Weiß der Himmel, wie sie das gefilmt haben. Mein Albtraum ist, dass ich vor genau dieser Brücke stehe, und am anderen Ende steht ein riesiges, unübersehbares Schild, auf dem in dicken roten Lettern einfach nur steht: ›HIER ENTLANG‹. Wissen Sie, das Problem ist ja, dass die Angst nicht unbedingt verschwindet, nur weil man weiß, wo es langgeht. Ich kann genau sehen, wohin mich die nächste Etappe meiner Reise führen muss. Da ist es – gleich da drüben. Auf der anderen Seite der Schlucht. Ganz einfach, oder? Ist es aber nicht. Ich weiß nicht, ob Sie das verstehen können, Jack, aber ich habe Angst vor dem, was ich selbst will, weil ich das Gefühl habe, ich kann es nur erlangen, wenn ich das Recht aufgebe, mir absolut sicher zu sein, dass es auch existiert, geschweige denn jede Gewissheit, dass ich es je sicher erreichen oder finden werde.«

Jack wollte etwas sagen, irgendetwas, egal, nur, um sich selbst zu beweisen, dass er im selben Raum war. Heraus brachte er kaum mehr als ein Flüstern.

»Hat das etwas mit Glauben zu tun – oder mit Mangel an Glauben?«

Doc zog ungeduldig Kopf und Schultern ein. »Wahrscheinlich könnte man alles, was ich gerade gesagt habe, zusammenfalten und ordentlich in diesem kleinen Wort verpacken, Jack. Aber warum sollte ich ... warum sollte irgendjemand das wollen?«

Jack hatte sich seit seiner ersten Begegnung mit dem Schattendoktor einen beträchtlichen Vorrat an Frustration und Verwirrung angelegt. Etwas davon kam jetzt zum Vorschein.

»Aber das ist es ja! Das ist genau das, was mir allmählich auf die Nerven geht. Sie wollen nie irgendetwas beim Namen nennen, oder? Nichts. Was soll das? Haben Sie Angst, wenn Sie etwas beim Namen nennen, hört es auf zu existieren?«

Jack ließ seinen Oberkörper vorwärtsfallen, die Hände über dem Kopf verschränkt, um sich dann abrupt wieder aufzurichten und mit ausgebreiteten Händen zu dem Schattendoktor herumzufahren und eine Antwort auf seine Frage einzufordern. Der andere Mann schüttelte rasch und rhythmisch den Kopf, als hielte er mühsam eine starke Emotion in Schach. Jack versuchte es noch einmal.

»Nun kommen Sie schon. Ist es das? Haben Sie davor solche Angst?«

Einige Augenblicke lang saß Doc still da, den Kopf erhoben und leicht zur Seite geneigt, als ob er lauschte. Dann plötzlich schien ihn seine ganze Anspannung zu verlassen und sich in einem tiefen Seufzen zu verflüchtigen. Als er sich wieder Jack zuwandte, lag ein resigniertes Lächeln auf seinem Gesicht. Es war ein gutes Lächeln, faltig und voller Herzlichkeit.

»Jack, ich habe Ihnen wieder einmal dafür zu danken, dass Sie mich daran erinnern, dass Sie hier sind, um mir gutzutun, nicht nur, indem Sie meine Liebe zu Menschen und gutem Whisky und wechselhaftem Wetter mit mir teilen, sondern auch, indem Sie mich herausfordern. Sie haben vollkommen recht. Ich schrecke wirklich davor zurück, wichtige Worte zu benutzen, die durch beständigen Missbrauch ihre Bedeutung nahezu verloren haben. In der Vergangenheit hatte ich das Gefühl, mein ... Moment, soll ich das sagen? Ja, denn es ist wahr, und es ist mir wichtig. Wenn wir wirklich zusammenarbeiten wollen, muss ich mein Bestes tun, damit Sie mich verstehen.

Es gab eine Zeit in meinem Leben, in der für mich aus diversen Gründen alles den Bach hinunterging. Vielleicht erzähle ich Ihnen eines Tages mal mehr davon. Im Moment will ich nur einen dieser Gründe erwähnen – einen dieser Auslöser. Es hört sich bestimmt ein bisschen melodramatisch an, aber ich hatte das Gefühl, mein Geist wird unter dem Gewicht der Sinnlosigkeit schier erdrückt. Und das hatte zu einem großen Teil damit zu tun, dass es mir so vorkam, als blieben Sinn und Tiefe auf der Strecke und würden durch Worte ersetzt – oder Etiketten, wenn Sie so wollen. Es machte mich wahnsinnig. Am liebsten hätte ich mir die Ohren zugehalten und mich in irgendeine Ecke verkrochen, nur, um dem Geschwafel zu entkommen. Meistens habe ich mir das verkniffen, weil ich lieber mit einem Füllfederhalter arbeite, als in irgendeiner Heilanstalt mit schöner, ungefährlicher Kreide malen zu dürfen. Aber ich wurde schon ein bisschen schrullig. Bin ich wohl immer noch.«

Er hielt inne und sah dem jungen Mann fragend in die Augen. »Jack, bevor ich weiterrede – haben Sie eine Ahnung, wovon ich spreche?«

Jack nickte dreimal ernsthaft, um dann ebenso ernsthaft zu sagen: »Nein. Um ehrlich zu sein, nicht den leisesten Schimmer.«

»Aha. Na, dann schlage ich vor, Sie schenken uns beiden einen kleinen Lagavulin ein, und ich versuche, es zu erklären.« Während Jack im Wohnzimmer verschwand, lehnte Doc den Kopf zurück und rief: »Bringen Sie die Flasche mit, falls wir hinterher noch einen kleinen gebrauchen können, und machen Sie die Tür zu, während Sie draußen sind.«

Die kleine Küche wärmte sich bemerkenswert schnell auf. Nachdem Jack zitternd und klappernd mit Flasche und Gläsern zurück war, zogen beide Männer ihre Mäntel auf und schoben ihre Stühle ein wenig weiter vom Ofen weg. Der Schattendoktor legte seinen Arm auf den Küchentisch und betrachtete ehrfürchtig sein Glas.

»Okay, Jack, stellen Sie sich vor«, fing er an, »ich habe Sie zu mir nach Hause eingeladen und führe Sie herum, um Ihnen alle meine Sachen zu zeigen. ›Schauen Sie‹, sage ich und deute auf ein unsäglich scheußliches Gemälde an der Wand, ›ist das nicht ein großartiges Kunstwerk? Wenn Sie es nicht glauben, lesen Sie nur das Etikett.‹ Und siehe da, unten am Rahmen hängt tatsächlich ein gelber Klebezettel, auf den jemand die Worte ›SCHÖNE KUNST‹ geschrieben hat. Und so ist es bei allen Sachen in meinem Haus. Ein fürchterlich verbeulter alter Koffer mitten im Wohnzimmer ist mit ›ANTIKER BEISTELLTISCH‹ beschriftet; der ›PERSERTEPPICH‹, auf dem er steht, ist ein schmutziges Stück Jute, und der Klebezettel mit der Aufschrift ›PARADIESVOGEL‹ hängt an der Seite eines Käfigs, der einen verlegenen kleinen blauen Wellensittich mit madigem Gefieder beherbergt. Sobald Sie Einwände erheben, deute ich lediglich auf die Beschriftungen in Großbuchstaben auf den Klebezetteln. Und überhaupt, es ist mein Haus, es sind meine Regeln, meine Etiketten, meine Sachen, mein Spiel. Wenn es Ihnen nicht passt, können Sie ja wieder gehen.«

Jack lächelte jetzt.

»Darüber haben Sie lange nachgedacht, nicht wahr?«

»Nur ein bisschen.« Doc nahm noch einen langsamen Schluck aus seinem Glas. »So ähnlich ging es damals ... geht es auch jetzt noch bisweilen in christlichen Kreisen zu. ›LOBPREIS‹ ist Gesang, ganz allgemein gesprochen. ›SÜNDENBEKENNTNIS‹ ist schlimmstenfalls ein trostloses, einseitiges Gespräch mit einem unsichtbaren Gott, der, so hofft man, aufhören wird, sich die Nase zuzuhalten, sobald man die obligatorischen Passwörter gemurmelt hat. ›JESUS NACHFOLGEN‹ heißt, sich einen Vorrat an Grundsätzen zuzulegen, die dem Wirken Gottes hinderlicher sind, als es bloße Sünden je sein werden. ›GEBET‹ kann alles Mögliche sein, von einer Ansammlung sinnleerer Mantren bis zu einer federnden Neurose, einem deprimierten Sehnen, das irgendwie recycelt und aufgebrezelt wurde zu etwas, was sich anfühlt wie ein Kontakt zum Übernatürlichen.

Dann gibt es natürlich noch ›THEOLOGIE UND BIBELSTUDIUM‹. Das erinnert mich immer an einen Mann, den ich einmal kannte. Er hatte hinter seinem Haus sein Auto komplett auseinandergenommen, war aber nie dazu gekommen, es wieder zusammenzusetzen. Für ihn war es ein entspannendes Hobby, das ihm großen Spaß machte, und er war dabei vermutlich zu einem ernst zu nehmenden Fachmann für praktisch alle Aspekte der Automobilwartung geworden. Leider und offensichtlich sehr seltsamerweise aber war er nicht willens oder in der Lage, das Auto tatsächlich zu fahren. Ich hatte den Eindruck, der Straßenverkehr machte ihm ein bisschen Angst. Seine Frau, die von Mechanik keine Ahnung hatte, fuhr indessen mit ihrem Auto fröhlich überall in der Gegend herum. Das Gleiche gilt für manche der Kirchengemeinden, die ich kannte, wo man einen Großteil der zur Verfügung stehenden Zeit mit dem verzweifelten Versuch verbringt, dahinterzukommen, wie man die Gemeinde zu dem machen könnte, wovon man meint, dass sie es sein sollte. Merken Sie allmählich, worauf ich hinauswill, Jack?«

»Sie meinen, die Leute wollen in Ordnung bringen, was ihrer Meinung nach mit der Gemeinde nicht stimmt, statt zu tun, was Jesus uns aufgetragen hat?«

Ein bestätigendes Nicken.

Unbehaglich, aber mit ungewohnter Sicherheit merkte Jack, wie sich sein Bewusstsein verschob. Es war nicht seine Aufgabe, alles zu schlucken, was der Schattendoktor sagte, jedenfalls nicht, ohne frei heraus darauf zu antworten.

»Tut mir leid, aber manches, was Sie gerade gesagt haben, verstehe ich nicht ganz. Wie können Grundsätze einen daran hindern, Jesus nachzufolgen?«

»Ich spreche von menschlichen Grundsätzen, Jack. Die Leute sind immer ganz erleichtert, wenn sie meinen, sie hätten herausgefunden, was sie immer tun, was sie niemals tun, wen sie missbilligen und wen sie okay finden, weil ihr moralischer Kompass zufällig in genau die gleiche Richtung zeigt.«

»Aber ich verstehe immer noch nicht ...«

»Loyalität gegenüber Freunden ist doch ein hervorragender Grundsatz, oder, Jack?«

»Ja, natürlich.«

»Wenn also ein guter Freund Ihnen erzählt, dass er einen Weg einschlagen will, der mit Tod oder Unheil enden wird, und Sie wissen, dass Sie ihn vor diesem Schicksal bewahren könnten, dann würden Sie doch alles tun, um ihm zu helfen. Nicht wahr?«

»Ja ... ja, das würde ich ... ich meine, ich hoffe es zumindest. Ja, das stimmt.«

»Angenommen, Sie sprechen diese leidenschaftliche Sorge Ihrem Freund gegenüber aus, und er dreht sich zu Ihnen um und wirft Ihnen wütend vor, Sie seien ein Handlanger des Teufels in seinem Leben?«

»Sie sprechen von ...«

»Ich spreche davon, dass das Wesentliche geopfert wird für moralische Impulse, die keine Notiz von einem Gesamtbild nehmen, das vielleicht größer und notwendiger und weitreichender ist, als es sich irgendeiner von uns vorstellen kann. Jack, da steckt ein innerer Konflikt, der auch den stärksten und hingebungsvollsten Menschen vor Schmerz aufheulen lassen kann, weil er sich zwischen den unmittelbaren Bedürfnissen seiner Freunde und dem zentralen Grund ihres Daseins zu entscheiden hat. Einen gibt es jedenfalls, den das zum Heulen brachte.«

Jack hatte das dringende Bedürfnis, sich zu vergewissern, ob er verstanden hatte, was sich in der stillen Aue des Wirbelsturms der Worte des Schattendoktors verbarg. Sprach er von dem kürzesten Vers in der Bibel? Oder war das einfach zu offensichtlich, und es wäre albern, danach zu fragen? Wahrscheinlich. Anderes Thema. Heben wir uns den Freimut für etwas anderes auf.

»Ich hoffe, es stört Sie nicht, wenn ich das sage, aber am Gebet haben Sie ja kein gutes Haar gelassen.«

»Es stört mich überhaupt nicht. Und ich bin sicher, ich habe mich sehr abfällig angehört. Es frustriert mich und macht mich wütend, was für ein Blödsinn unter dieser Überschrift verzapft wird, und ich bin ebenso sicher, dass meine Haltung dazu dringend eines mäßigenden Einflusses bedarf.«

Er sah Jack eindringlich an.

»Haben Sie Lust auf den Job?«

Vor Jacks Füßen schien sich ein gähnender Abgrund der Unzulänglichkeit aufzutun. Wie sollte ein verwirrtes, wenig bodenständiges Exemplar der Gattung Mensch wie er einen mäßigen-

den Einfluss auf jemanden wie den Schattendoktor ausüben, einen Mann, der vielschichtiger, komplexer und selbstsicherer war als irgendein anderer, den er je gekannt hatte?
Was ist das Problem mit dem Gebet?
»Doc, was ist das Problem mit dem Gebet?«
»Das Problem mit dem Gebet? Da gibt es kein großes Problem. Außer, dass es nicht funktioniert.«
Diese Antwort löste bei Jack eine Empfindung aus, die kaum von körperlichem Schmerz zu unterscheiden war. Es war ihm unmöglich, einen eingebauten Mechanismus einfach abzuschalten, der ihn über Jahre barmherzig oder unbarmherzig dazu getrieben hatte, sich eine Lösung für jedes Problem einfallen zu lassen, das ihm vorgetragen wurde. Docs Aussage war so schlagkräftig und durchdringend wie eine Pistolenkugel. Seine nächsten Worte bluteten aus ihm heraus.
»Finden Sie nicht, dass das ziemlich ehrfurchtslos gegenüber Gott ist?«
Der Schattendoktor schlug sich fest mit der Faust in die Fläche der anderen Hand und stützte dann für einen Moment sein Kinn auf seine verschränkten Hände, ehe er den Blick hob und mit dem Tonfall eines Mannes, der sich endlich etwas von der Seele reden darf, antwortete:
»Vielleicht. Aber ist es auch nur im Entferntesten so ehrfurchtslos gegenüber Gott wie unser ständiges, beklagenswertes Bemühen, oberflächliche Sicherheit und Geborgenheit in einer geistlichen Philosophie zu finden, die auf Zufall beruht oder sich auf Übertreibung stützt oder alle Enttäuschungen und Katastrophen rationalisiert? Was glauben Sie, wie dieser Gott – falls er existiert – es empfindet, wenn seine Unzulänglichkeiten von Leuten, die ohne gerade Linien und mechanisch vorhersagbare Ergebnisse nicht überleben können, ausstaffiert oder wegerklärt

werden? Es ist ein Unsinn. Es ist ein ärgerlicher Unsinn. Es ist ein störrisches Auflehnen gegen den klarsten Unsinn überhaupt, den Unsinn vom Gebet. Es funktioniert nicht.«

Jack spürte, dass sein Gesicht rot angelaufen war. Die Hitze war wie ein Fieber. Er konnte die aufwallende Leidenschaft in seiner Brust kaum bändigen, die wohl nahezu lupenreiner Zorn sein musste, wie er vermutete. Aber Zorn löst keine Probleme. Oder doch? Auf diesem Neuland war es vielleicht anders. Er schob sein symbolisches Whiskyglas noch weiter von sich über den Tisch, hob seine ausgestreckte Hand und richtete seinen Finger geradewegs in Docs Gesicht.

»Okay, ich verstehe, was Sie sagen wollen – oder ich glaube es zumindest. Viele von uns machen beim Beten alles Mögliche falsch, und ja, Sie haben vermutlich recht. Wir tun Gott wahrscheinlich keinen Gefallen damit, dass wir uns irgendwelche Sachen ausdenken, damit wir uns besser fühlen. Aber Tatsache ist, dass ich einfach nicht glaube, was Sie gerade gesagt haben. Und ich weiß genau, was als Nächstes passieren wird. Wahrscheinlich werden Sie noch fünf Minuten über alles herziehen, und dann werden Sie eine Ihrer magischen Pirouetten vollziehen und anfangen, davon zu schwärmen, was für eine wunderbare Sache doch das Gebet ist. Nur dass Sie dann derjenige sind, der davon reden darf, was denn das Gebet im eigentlichen und wirklichen Sinn bedeutet, und wir müssen uns der ganz besonderen Offenbarung unterwerfen, die Sie in Ihrer Güte uns armen christlichen Dilettanten zuteilwerden lassen. Sie wollen sowohl das Problem als auch die Lösung für sich einheimsen. Sie wollen am Ruder sein, solange Sie nicht die Verantwortung dafür übernehmen müssen, tatsächlich irgendetwas zu ändern.«

Jack ließ seinen Zeigefinger sinken und klopfte damit wütend zu jeder seiner Aussagen auf den Tisch.

»Sie glauben ja *doch*, dass Beten funktioniert! Das *weiß* ich! Sie wollen es nur nicht *sagen*!«

Erschöpft von seiner eigenen freimütigen Rede, ließ Jack seinen Oberkörper auf den Tisch sacken, doch der Schattendoktor wirkte völlig ungerührt über den leidenschaftlichen Ausbruch des jungen Mannes. Während des nun folgenden Schweigens nickte er langsam, und nachdem er eine kleine Weile lang bedächtig vor sich hin sinniert hatte, antwortete er leise und ruhig, als wäre ihr Gespräch bisher in schönster Eintracht verlaufen:

»Ich nehme alles zur Kenntnis, was Sie sagen. Aber Tatsache bleibt, dass das Beten nicht funktioniert. Ich habe es zum Beispiel vor zwei Wochen ausprobiert. Ich habe Gott ganz höflich gebeten, ob er so freundlich wäre, den Müll für mich hinaus ans Ende der Einfahrt zu bringen – eine Aufgabe, die mir ausgesprochen zuwider ist, wie Sie wissen. Dann setzte ich mich wieder hier in die Küche und wartete mit geschlossenen Augen auf das Geräusch der polternden Mülltonnen – nur, um sicherzugehen, dass die Sache auch erledigt wird, verstehen Sie? Aber es blieb mucksmäuschenstill – nicht das leiseste Poltern. Und als ich draußen nachschaute, standen die Mülltonnen noch genau da, wo ich sie zurückgelassen hatte. Warum? Das weiß ich nicht. Vielleicht war Gott genauso wenig scharf darauf, sich mit dem Müll abzuplagen, wie ich.«

Er begann sich warmzureden.

»Alfie, der kleine Sohn eines Freundes von mir, hatte ein ähnliches Problem. Sein Papa hatte ihm erzählt, der Schöpfer des Universums interessiere sich für jede Kleinigkeit in unserem Leben, und wann immer wir irgendetwas brauchten, sollten wir damit direkt zu Gott gehen. Am nächsten Tag konnte Alfie nicht in die Schule gehen, weil er sich einen Infekt eingefangen hatte, und als er morgens aufwachte und sich ganz schwach und wackelig fühlte, bat er Gott, sicherlich mit aller Liebenswürdigkeit, ob er so freundlich wäre, die Vorhänge für ihn aufzuziehen. Doch die Vorhänge blieben zu, bis Gottes Agentin auf Erden, Alfies Mutter, am Schauplatz erschien.

Natürlich war Alfie empört. Dabei hatte er doch wirklich nur um eine Kleinigkeit gebeten. Mehr als ein Engel in Ausbildung mit einem gewissen Grundverständnis für die Notwendigkeit, Licht in die Dunkelheit zu bringen, war dafür ja wohl nicht nötig, oder? Alltagskram für ein himmlisches Wesen, sollte man meinen.«

Jack lehnte sich zurück und holte Luft, aber der Schattendoktor war jetzt richtig in Fahrt.

»Wenn ich so darüber nachdenke, fallen mir haufenweise Gebete ein, die ich über die Jahre gesprochen habe und die nie erhört wurden. Der Weltfrieden zum Beispiel. Das ist ein Punkt, mit dem ich Gott schon seit einiger Zeit in den Ohren liege, wann immer ich einen freien Moment habe. Ein Ende des Krieges in Afghanistan war eine andere, konkretere Bitte. Das hätte schon damals, als der Konflikt begann, zur allgemeinen Zufriedenheit erledigt und abgehakt werden können, wenn Gott beschlossen hätte, auf eine meiner andächtigen Anregungen hin die Muskeln seiner vielgerühmten Allmacht spielen zu lassen.

Die Armut in der Welt, Hunger, Leid, Kindesmisshandlungen, Naturkatastrophen – das alles hätte sich vermeiden lassen, wenn Alfies Vater recht gehabt und Gott bereit gewesen wäre, seinem Ruf gerecht zu werden.

Ist doch komisch, oder? Seien Sie ehrlich. Und um die Sache noch schlimmer zu machen, wenn man diese doch sehr berechtigten Beschwerden anderen Gläubigen gegenüber äußert, dann kommen sie einem immer mit den ausgeleierten alten Rationalisierungen, von denen ich eben gesprochen habe, und mit allen möglichen beliebten Tricks und Methoden, um uns das Beten leichter oder angenehmer zu machen. Dabei lege ich gar keinen besonderen Wert darauf, es angenehmer zu machen, und es langweilt mich zu Tränen, immer wieder zu hören, dass die Antwort auf ein Gebet ein ›Ja‹, ein ›Nein‹ oder auch ein ›Warte‹ sein kann. Und ja, falls Sie das zur Sprache bringen wollten, ich kenne die Geschichte mit dem Zeigefinger, der auf andere Leute zeigt, und der kleinste Finger ist der, der zurück auf uns selbst weist – aha, schaun Sie mal, was Sie da gerade machen –, und der Daumen und die anderen beiden Finger deuten auf irgendwelche anderen Leute oder Institutionen, die ich mir beim besten Willen nicht merken kann. Dann gibt es da noch diese Übung, die die Leute in irgendwelchen obskuren Winkeln Europas gern machen, bei der man mit einem Atemzug Jesus einatmet und ihn mit dem anderen wieder ausatmet. Ich kriege das nicht hin. Mir wird dabei ganz komisch im Kopf.

Ich könnte noch weitermachen. Ich werde weitermachen. Sünden auf Zettel schreiben, die man dann verbrennt. Steine wegwerfen, aus Gründen, die mir im Moment nicht erinnerlich sind. Blätter an Bäume aus Pappe kleben, nachdem man sie in ›bedeutungsvolle‹ Formen geschnitten hat. Oder entdecken, dass Gott tatsächlich viel mehr Zeit auf den schottischen Inseln verbringt als bei Edeka. Meine Güte!

Jack, ich habe im Laufe meines Lebens fast alles, wovon ich gerade gesprochen habe, schon erwogen und erlebt, und das Einzige, was es mir eingebracht hat, kann ich nur als Verzweiflung beschreiben. Es war eine riesige Erleichterung, einfach zu akzeptieren, dass das Beten nicht funktioniert.

So. Jetzt höre ich auf.«

Jack wartete. Aller Unrat schien endlich aus dem Weg geräumt. Ganz leise und vollkommen aufrichtig bat er:

»Doc, würden Sie mir bitte alles über das Beten sagen?«
»Ja. Natürlich. Das heißt, ich sage Ihnen gern alles über mein Beten.«
Er hielt inne und sammelte seine Gedanken.
»Es ist schon ziemlich lange her. Ich war eines Tages in London unterwegs, nachdem ich in einem der Theater im West End einen Freund besucht hatte, der unvorsichtigerweise sich selbst verloren hatte. Ich hatte noch etwas Zeit übrig, bis mein Zug ging, und wie Jesus liebe ich es, Zeit zu verschwenden. Also kaufte ich mir eine Zeitung – die *Times* natürlich – und ließ mich mit einem Kaffee und einem Kuli an einem kleinen Tisch vor einem der Straßencafés dort nieder. Ich genieße es immer, der Ruhepol in einer rotierenden Welt zu sein. Busse und Taxis rollten an mir vorbei, besetzt mit leer dahinstarrenden Menschen, die wünschten, sie wären ich.

Als ich schließlich meine Zeitung zur Hand nahm, sah ich, dass ein einziges Foto fast die halbe Titelseite einnahm. Auf dem Bild war eine Frau zu sehen, die zwischen die Fronten irgendeines Bürgerkrieges geraten war und Tränen über dem Leichnam ihres kleinen Sohnes vergoss, der kurz zuvor von einem Heckenschützen der Regierungstruppen erschossen worden war. Er lag auf ihren Armen wie eine zerbrochene Puppe. Ich habe Ihnen ja schon gesagt, dass ich nicht sehr zum Weinen neige, aber dies war einer der Momente, wo ich die Tränen einfach nicht zurückhalten konnte. Ich glaube, es hing mit ihrem Gesichtsausdruck zusammen. Sie schaute direkt in die Kamera und sprach mit ihren Augen zu mir. Diese dunklen, bodenlosen Brunnen der Qual waren voller Fragen, die nur so aus ihnen heraussprudelten:

›Womit hat mein Sohn es verdient, dass sein kleines Leben vernichtet wird von einem Mann, der ihn wahrscheinlich nur als Zielübung benutzte?‹

›Wer auf dieser Erde nimmt mir den qualvollen, erdrückenden, heulenden Schmerz aus meinem Herzen und aus meinem Kopf?‹

›Wie soll ich von hier irgendwo anders hinkommen, und wer sagt mir, wann ich diesen Ort erreicht habe?‹

Ich zerbrach innerlich. Wusste nicht mehr, wie ich mich zusammenreißen sollte. Ich weiß noch, dass ich meine Augen schloss, und ich weiß noch, dass ich meine ganze bruchstückhafte Leidenschaft in den Schoß Gottes warf, der, auch wenn Sie mich nur selten seinen Namen nennen hören, für mich der einzige Ort ist, wo ich mit so stürmischen Emotionen hinkann. Kann sein, dass ich bei meinem Ausbruch auch versuchte, ein paar konkrete Bitten zu formulieren, aber das meiste war ... war ein Anlehnen, ein Sehnen, ein Hoffen. Ich wollte einfach nur da sein, wo die Ströme zusammenfließen, da, wo die Nebenflüsse in den Hauptstrom einmünden und seine Kraft verstärken, und sei es auch nur um einen Hauch.

Seit damals, Jack, bin ich außerstande, mir zu wünschen, dass Beten ›funktioniert‹, obwohl der Himmel weiß, dass ich mir das früher oft so vorgestellt habe. Beten hat überhaupt nichts damit zu tun, so etwas wie eine geistliche Maschine in Gang zu setzen, um ein Produkt oder eine Belohnung oder ein konkretes Ergebnis herbeizuführen. Eher geht es darum, ein paar Bemerkungen zu beachten, die ein klardenkender Mann vor zweitausend Jahren gemacht hat. Er meinte zum Beispiel, wir sollten nicht plappern – das sind seine Worte, nicht meine. Sein anderer sehr vernünftiger Vorschlag war, dass Sie oder ich oder wer auch immer in unser Zimmer gehen, die Tür hinter uns schließen und mit dem Gott sprechen sollen, der uns nur zu gern zeigen möchte, was es wirklich heißt, ein guter Vater zu sein. Mit dem Gott, der sieht, wie wir uns verhalten, ob wir nun unsere Gammelhosen anhaben oder unseren besten Anzug. Es geht darum, mit jemandem zusammen zu sein, den man liebt, mit ihm zu lachen oder zu weinen oder wütend zu werden oder gar nichts zu sagen oder einzuschlafen. Oder sich einfach mit den heißersehnten Zielen und Wünschen dieser Person zu identifizieren, welche das auch immer sein mögen und wie wenig man sie auch verstehen kann.

Also. Beten funktioniert nicht, jedenfalls nicht so, wie eine Zapfsäule an der Tankstelle funktioniert, ein Antragsformular oder ein Glücksspielautomat oder eine Anzahlung für einen Ratenkauf. Nur eine Sache funktioniert, und die ist eigentlich gar keine Sache. Sondern es ist der, der alle Pläne und alle Macht in der Hand hält. Der beste Rat, den ich Ihnen geben kann, ist, herauszufinden, was diese Person gerade tut, und dabei mitzumachen. Wenn Sie nicht dahinterkommen, was sie gerade tut – machen Sie trotzdem mit. Sie wird sich sehr freuen, Sie bei sich zu haben.

Rede ich mit Gott über konkrete Dinge oder Menschen? Ja, das tue ich. Schon seit einiger Zeit bringe ich jeden Tag zweimal die Namen und Gesichter einer ganzen Menge Leute vor ihn, damit jedem von ihnen aus dieser Begegnung, dieser Gemeinschaft, so viel wie gottesmöglich von dem zufließt, was sie brauchen. Ihre Oma Alice war bis zu ihrem Tod einer dieser Menschen. Sie sind jetzt ebenfalls einer davon. Und letztes Jahr ... Jack, Sie haben mich eben gefragt, warum ich vorhin im Wald solche Angst hatte. Ich werde es Ihnen sagen, aber ich muss Ihnen vorher eine Frage stellen. Eine ganz einfache. Glauben Sie an den Teufel?«

Jack brauchte eine Pause. Und etwas zu essen. Er stand auf.

»Ich brauche was zu beißen. Möchten Sie auch etwas?«

Der Schattendoktor lächelte. »Erstaunlich, was man nach Mitternacht für einen Appetit entwickeln kann. Wie wär's, Sie stellen einfach ein paar Sachen auf den Tisch?«

Jack machte Toast und stellte ein Glas Marmite, die restliche Whiskymarmelade und ein paar vernachlässigte Käsestangen auf den Tisch. Die beiden Männer ließen es sich schmecken. Der Teufel würde warten müssen, bis er dran war.

19. Wenn man vom Teufel träumt

Jack vertilgte die letzte Käsestange, angelte nach seinem Glas und schenkte sich vorsichtig einen winzigen Schluck Lagavulin ein. Glaubte er an den Teufel?

Im Grunde war die Existenz des Teufels beinahe ein Bestandteil seines Glaubensbekenntnisses gewesen, seit er vor über zwei Jahrzehnten bei einer evangelistischen Jugendveranstaltung in einem riesigen blauen Zelt in Worthing in Sussex vor der Bühne niedergekniet war und gelobt hatte, für den Rest seines Lebens Jesus nachzufolgen. Von da an hatte er wie ein unerfahrener Rekrut in unbekannter Umgebung automatisch und mit Enthusiasmus jedes christliche Utensil, das ihm geboten wurde, sei es konkret oder abstrakt, mit offenen Armen empfangen. Die richtige Einstellung zum Teufel war ein wichtiger Bestandteil dieser weitverbreiteten Ausrüstung. Satan war ein lügnerischer, brüllender, allgegenwärtiger Versucher jener Gläubigen, die sich vom Pfad der geistlichen Rechtschaffenheit ablenken oder fortlocken ließen. Er existierte, zwar nicht mit roten Strumpfhosen und einem Paar Hörner auf dem Kopf – meine Güte, wer war denn so verrückt, an so etwas zu glauben –, aber in Tarnung. Ein Wolf. Ein Engel. Ein trügerischer Lichtstrahl.

Bis vor kurzem wäre Jack noch in der Lage gewesen, die Frage des Schattendoktors ohne zu zögern zu beantworten. Natürlich gab es den Teufel, und man musste ihm um jeden Preis widerstehen. Das war allen Christen bewusst. Darüber brauchte man gar nicht zu diskutieren – oder auch in größerem Umfang nachzudenken. Was er freilich nie zugegeben hätte, nicht einmal sich selbst gegenüber, war das seltsame, heimliche Vergnügen, das schon der Gedanke an den Bösen hin und wieder in ihm auslöste. Der Teufel war spektakulär, grell und gruselig. Er war auf eine schockierende und unerschrockene Weise böse, so wie Hitler und seine Nazis. Gott und das Gute konnten im Vergleich zu ihm manchmal etwas schwächlich und wischiwaschi aussehen.

Wie lautete die wahrheitsgemäße Antwort auf Docs Frage?

»Irgendwie denke ich schon, dass ich an ihn glaube. In unserer Gemeinde ist ziemlich häufig von ihm die Rede. In der Bibel kommt er natürlich auch oft vor. Jesus hat mehrmals von ihm gesprochen. Man hat uns immer davor gewarnt, dass er hinter uns her sei und wir auf der Hut sein müssten.«

Er nippte an seinem Whisky. Bei der nächsten Frage war ihm etwas mulmig.

»Warum fragen Sie?«

Der Schattendoktor warf einen Blick in Richtung Treppe und wandte sich dann wieder Jack zu. Die emotionslose Monotonie seiner Stimme hatte etwas an sich, das Jack einen Schauder über den Rücken jagte.

»Der Teufel kam heute Nacht in meinen Träumen vor, Jack. Es war grauenhaft. Er war grauenhaft. Boshaft, gierig, von kantiger Gestalt und voll entsetzlicher Energie. Mitte dreißig, T-Shirt, Jeans und Turnschuhe.«

Er schüttelte sich abrupt.

»Ich glaube, das Unangenehmste an diesem grausigen Schattenbewohner war seine überraschende Gewöhnlichkeit. Vor einigen Jahren erschien ein Roman, der die These verfolgte, Sherlock Holmes und sein Erzrivale Moriarty seien auf eine mysteriöse Weise die helle und die dunkle Seite ein und derselben Münze. Von Jesus und dem Teufel würde ich das nicht einen Moment lang glauben, aber nach der langen, zermürbenden Nacht, die ich gerade durchgemacht habe, gibt mir durchaus die Tatsache zu denken, dass der Satan, der meine Träume heimsuchte, etwas abstoßend Gewöhnliches hatte, während die Menschlichkeit und Zugänglichkeit des Mannes namens Jesus mich immer ungemein angezogen hat. Beide wollen diese Welt mit jeder Faser ihres Seins, und man muss dabei sein, um zu gewinnen, wie es bei den Spielshows im Fernsehen immer heißt.

Diese Nacht war eine der schlimmsten meines Lebens, und so etwas möchte ich nie wieder erleben. Werde ich aber, wenn es sein muss. Sie werden verstehen, was das bedeutet, wenn ich Ihnen gleich den Inhalt meines Traums erzähle.

Jack, ich muss zugeben, dass ich mich innerlich ziemlich dagegen wehre, überhaupt über den Teufel zu sprechen. Leute, die über den christlichen Glauben nur mitleidig den Kopf schütteln, sehen sich vermutlich in ihrem Bild von uns als willentlichen Anhängern einer Wahnvorstellung bestätigt, wenn wir ernsthaft den Kerl im Pantomimenkostüm ins Gespräch bringen. Das Problem ist immer wieder dasselbe, nicht wahr? Wir, die wir uns Nachfolger Jesu nennen, haben sowohl viel zu viel als auch viel zu wenig über ihn geredet. Das Böse kann ja durchaus seinen Reiz haben, nicht wahr?«

Jacks Augen weiteten sich.

»Es kommt viel zu oft vor, dass wir uns gierig die Lippen lecken bei der aufregenden Aussicht, der Teufel könnte sich in allen möglichen mehr oder weniger pantomimischen Gestalten in diversen Situationen in der Gemeinde manifestieren, und manchmal ergötzen sich die Leute am Wirken Satans, ohne ihn überhaupt zu erkennen. Etliche sogenannte christliche Fernsehprogramme sind nichts weiter als geistlich synthetische Pornografie. Alles im Namen Jesu.

Vor ein paar Jahren suchte ein Bekannter von mir namens Jim

Hilfe bei einem christlichen Ehepaar aus seinem Ort. Die beiden sagten ihm, die chronischen Schmerzen in seinem Kiefer seien die Folge einer teuflischen Gegenwart in seinem Leben. Ihrer Meinung nach war das der Grund, wieso die Ärzte noch keine Diagnose hatten stellen können. Der gute Jim war ein schlichtes Gemüt. Ihn packte von nun an die Angst, die Welt einschließlich seines eigenen Hauses und seines schmerzenden Kiefers sei von einem Schwarm von Teufeln und Dämonen bewohnt.

›Ich weiß, es hört sich albern an, Doc‹, sagte er zu mir, ›aber ich traue mich kaum noch nach Hause. Dauernd schaue ich unter den Betten und hinter dem Sofa nach, ob da nicht irgendwelche kleinen grinsenden Kobolde lauern, um mich anzuspringen – und mein Mund tut mir immer noch höllisch weh.‹«

»Konnten Sie ihm helfen?«

»Ich kann Sie beruhigen, in Jims Fall hatten Lachen und gesunder Menschenverstand eine sehr heilsame Wirkung. Doch den beiden Eheleuten, die ihn beraten hatten, gefiel das überhaupt nicht. Sie beschafften sich irgendwie meine Telefonnummer und riefen hier an, um sich über meinen Angriff gegen ihren sogenannten seelsorgerlichen Dienst zu beschweren. Das Gespräch dauerte nicht lange.

Nein, ich glaube, wir reden viel zu wenig über die erdrückende, verheerende Gegenwart des Bösen im Leben der Menschen immer und überall auf der Welt. Christen strengen sich wie verrückt an, um das zu rationalisieren und umzudefinieren, damit die Finsternis ein bisschen mehr wie Licht aussieht, aber damit kommen sie nicht durch. Schreckliche, herzzerreißende Dinge passieren in der unmittelbaren Gegenwart eines Gottes, der die allmächtige Quelle aller Liebe ist. Wann immer wir für Leute beten, deren Leben zerstört wurde, stehen wir vor derselben Frage. Warum?

Es gibt da einen Vers im ersten Johannesbrief. Da heißt es, dass wir Kinder Gottes sind und dass die ganze Welt unter der Herrschaft des Bösen steht.

Das ist ein Paradox, das eines Chesterton würdig wäre, finden Sie nicht? Ich glaube daran. Ich glaube an diesen ganzen Vers. Sie wollen, dass ich offen und ehrlich bin? Das hier ist offen und ehrlich. Ich nehme dankbar an, dass ich ein Kind Gottes bin, das ewig leben wird. Zugleich sehe ich ohne große Mühe, dass diese Welt über und über die Spuren dessen trägt, der seinen Platz im Himmel verloren hat und entschlossen ist, so viele von uns wie möglich an seinem Schicksal teilhaben zu lassen. Verlangen Sie nicht von mir, dass ich den albtraumhaften logischen Knoten auflöse, der dieser Aussage anhaftet. Ich bin nicht dazu in der Lage, Jack. Ich kann nur meine tiefe Überzeugung zum Ausdruck bringen, dass hinter den Kulissen eine gewaltige Schlacht abläuft und dass wir nur dann irgendjemandem eine Hilfe sein können, wenn wir im Blick auf die Wahrheit dieser beiden Aussagen realistisch sind.

Mein Traum.

Er zog sich über Stunden hin. Wachen und Schlafen, Wachen und Schlafen, eine schiere Ewigkeit lang. Der Teufel war mit aller Macht hinter der Seele eines Mannes her, für den ich seit ein paar Jahren bete. Es ist ein außerordentlich beliebter, äußerst kluger Mann mit einem sehr guten Herzen. Zugleich hat er für den christlichen Glauben nur herbe Kritik übrig. Ich sah meine Aufgabe darin, immer wieder seinen Namen vor Gott zu bringen, ohne wirklich zu wissen, wo das alles hinführen sollte.

In meinem Traum lachte und klammerte und behauptete und sabberte dieser so furchtbar gewöhnliche Böse über den aus seiner Sicht unvermeidlichen Sieg. Jedes Mal, wenn ich aufwachte, betete ich unbeholfen und fieberhaft für diesen Menschen, den Gott so sehr zu wollen scheint. Und immer, wenn ich wieder einschlief, kehrte ich zurück in eine Welt, in der gewissermaßen eine gewaltige Frage gestellt und nun vielleicht bald beantwortet wird.

Was kam bei alledem heraus? Ich habe keine Ahnung. Wenn es nötig ist, würde ich es noch einmal über mich ergehen lassen, aber mein ängstliches Flehen zu Gott ist dasselbe, das auch Jesus vorgebracht hat: Wenn möglich, nimm das bitte von mir. Sag mir, dass ich nicht durchs Feuer muss. Aber trotzdem, wenn du sagst, ich muss – dann werde ich es tun.«

Er blieb ein paar Sekunden lang reglos sitzen und drehte sich dann auf seinem Stuhl zur Seite.

»Ich muss jetzt wirklich ins Bett.«

20. Die Geisel

»Darf ich Ihnen noch eine letzte Frage stellen?«

»An Ihnen ist ein Columbo verlorengegangen, Jack. Ja, natürlich dürfen Sie.«

»Warum haben Sie Vanessa Redgrave ins Gästezimmer verbannt?«

Docs übermüdetes Gesicht legte sich in Falten und nahm einen so traurigen Ausdruck an, dass Jack sogleich wünschte, er hätte die Frage nicht gestellt. Es hatte ein kleiner Scherz sein sollen, ein Versuch, etwas von der Dunkelheit zu verscheuchen, die sich in der Küche breitgemacht hatte, als der andere Mann von seiner hautnahen, persönlichen Begegnung mit dem Teufel berichtet hatte.

Der Schattendoktor ließ sich wieder auf den Stuhl fallen und richtete seinen Blick auf irgendeinen unsichtbaren Fleck an der Wand über dem Herd. Seine Antwort kam beinahe gehaucht.

»Wir haben uns entzweit, sie und ich. Einer von uns beiden musste gehen.«

Jack musterte die Steinfliesen auf dem Boden. Noch eine Portion Elend. Wenn diese seltsame Beziehung wirklich Bestand haben sollte, würde er einen Weg finden müssen, sich innerlich fit zu machen und ein paar ordentliche Überlebensmuskeln anzusetzen. Als er den Kopf hob, sah er Doc ganz vorsichtig mit der Whiskyflasche winken.

»Gönnen wir uns noch den zweiten winzigen Schluck, bevor wir den hölzernen Hügel erklimmen, Jack. Wenn ich nicht bald schlafen gehe, falle ich noch von diesem Stuhl. Ihnen geht es

doch bestimmt genauso. Schieben Sie mir Ihr Glas her. So? Gut, das hätten wir. Übrigens, willkommen im Fluss. Ich werde Ihnen jetzt eine Geisel geben, und dann werde ich Ihnen eine letzte Frage stellen, bevor wir zu Bett gehen. Okay?«
»Okay. Eine Geisel?«
Das Licht, das sich in den Augen des Schattendoktors spiegelte, schien ein wenig zu verschwimmen, als er sich mühsam anschickte, zu sagen, was immer er zu sagen beschlossen hatte. Zurückgehaltene Tränen? Hör einfach zu, ermahnte sich Jack. Es geht nicht um dich. Hör einfach zu.

»Eines Abends beschloss ich, dieses wunderbare Foto von Vanessa Redgrave mit dem Auto durch den Wald hinunter zum Reservoir zu bringen, es irgendwie zu beschweren und dafür zu sorgen, dass ich es nie wiedersah. Am Ende brachte ich es nicht über mich. Ich kam bis zum Treppenabsatz und stand vor meiner Zimmertür wie ein Kind, das mitten in der Nacht irgendwo gestrandet ist, und klemmte mir dieses riesige Bild mit einer Hand gegen den Leib und ... und weinte wie ein Baby. Ich behaupte immer, ich würde nicht weinen. Tue ich aber. In dem Moment habe ich es getan.

Die Sache ist die, dass die junge Vanessa die Zwillingsschwester des Menschen sein könnte, den ich auf der Welt am meisten geliebt habe: meine Frau. Meine beste Freundin. Sie hat mir das Bild geschenkt. Jeden Morgen, nachdem der Hirntumor sie umgebracht hatte und ich allein zurückgeblieben war, erwartete mich da oben an meiner Schlafzimmerwand dieses Gesicht mit seinem neckischen, herausfordernden Lächeln, um mich zu begrüßen. Es war zu viel und gleichzeitig viel zu wenig. Am Ende konnte ich den Gedanken nicht ertragen, die arme süße Vanessa zu ertränken. Also habe ich sie in Ihr Zimmer gehängt.«

»Mein Zimmer?«

»Na ja, damals war es natürlich noch nicht Ihr Zimmer, aber damit komme ich sozusagen zu meiner Frage. Sie ist nicht neu, aber ich glaube, ich brauche jetzt eine Antwort darauf. Möchten Sie auf Dauer hier einziehen und mit mir zusammenarbeiten, Jack? Ich fürchte, es wäre eine sehr unberechenbare und merkwürdige Angelegenheit und hin und wieder auch ziemlich ermüdend, aber wie ich Ihnen schon am Abend Ihrer Ankunft sagte – Sie und ich, wir haben bisher auf sehr einsamen kleinen Inseln gelebt. Vielleicht würden wir es schaffen, uns aufeinander zu zu bewegen, bis wir uns an einem Ort treffen können, wo wir beide mehr oder weniger authentisch und sicher sein könnten. Sicher nicht in einem Sinn, den der Rest der Welt vermutlich verstehen würde, und bestimmt nicht authentisch in dem Sinn, dass wir genau wüssten, was wir sagen oder tun sollen. Das möge Gott verhüten. Wird er sicherlich auch.

Das ist es also. Ich brauche einen Reisegefährten und, auch wenn es mir lächerlich schwerfällt, das zuzugeben, einen Freund. Da, ich habe es ausgesprochen. Ich brauche einen Freund, Jack, aber nur, wenn er meine Gesellschaft braucht und mich auch ertragen kann. Was meinen Sie? Eine Herausforderung für zwei Leute, die so verschieden sind wie Sie und ich. Wir haben ja schon entdeckt, dass wir uns gegenseitig bisweilen ungeheuer auf die Nerven gehen. Aber wir sind beide auf der Suche nach festem Boden unter den Füßen, und diese Suche dürfte zumindest interessant werden. Jede Menge Abenteuer kann ich Ihnen jedenfalls versprechen. Ich brauche Sie, Jack, und ich habe den Verdacht, dass es Ihnen auch guttun würde, bei mir zu sein.« Er lächelte. »Entschuldigung, ich neige dazu, mich fünfundfünfzig Mal zu wiederholen.«

Jack schob sein leeres Glas über den Tisch von sich und verbannte unwillkürlich jedes Element der Scherzhaftigkeit aus dem Gespräch.

»Danke für die Geisel.«
Doc neigte gönnerhaft den Kopf.
»Sie muss wunderschön gewesen sein.«
»Innen und außen.«
»Sie beide hatten eine Katze und einen Hund.«
»So ist es.«
»Die Bantams gehörten ihr.«
»Richtig.«
»Haben Sie Gott gebeten, sie gesund zu machen?«
»Meine E-Mails müssen im Spam gelandet sein.«
»Es tut mir sehr leid.«
»Etwas Gutes kann ich Ihnen sagen, Jack.«
»Ja?«
»Sie hätte meinen neuen, leuchtend orangen Schal geliebt.«
Bitte ihn, ihren Namen zu sagen.
Jack war allmählich auf ein sanftes Vibrieren in der Luft des Raumes aufmerksam geworden. Es erinnerte ihn an einen anderen Moment. Zuerst entging ihm dieses Detail, doch dann fiel es ihm wieder ein. Es war der Moment, als Doc Paul Kunningdee – oder Christopher Marsh, wie sich dann herausstellte – seine Kreuzworträtselfrage gestellt hatte. Die Frage hatte irgendetwas mit Barmherzigkeit zu tun gehabt. Das Lösungswort war »Gnade« gewesen. Er räusperte sich.

»Wie hieß sie – Ihre Frau, meine ich?«

Der Kopf des Schattendoktors zuckte zur Seite, als hätte er einen leichten Klaps ins Gesicht bekommen. Er ballte seine Faust fest zusammen, lockerte sie dann langsam wieder und legte seine Hand flach auf den Tisch, als wollte er sich ergeben.

»Ihr Name war ... Miriam. Meine Frau hieß Miriam, Jack. Ich habe ihren Namen seit ... oh, wohl seit fünfzehn Jahren nicht mehr laut ausgesprochen.«

»Ich wünschte ...«

»Oh ja, ich auch. Sagen Sie, Jack, haben Sie schon einmal jemanden geliebt?«

In Jack verkrampfte sich alles. Verschwommene Bilder purzelten durch seinen Kopf. »Nicht so ... nein, eigentlich nicht. Ich glaube nicht.«

»Eine riskante Sache, in vielfacher Hinsicht. Ich meine, wenn man nicht irgendetwas unglaublich Kostbares besitzt, ist die Möglichkeit, es zu verlieren, keine große Gefahr. Was meinen Sie, wofür ich beten soll? Dass Sie mit diesem wunderbaren, schrecklichen Risiko konfrontiert werden oder lieber nicht?«

»Das macht keinen Unterschied«, erwiderte Jack. »Sie haben wohl vergessen, dass Beten nicht funktioniert.«

Schmunzelnd griff der Schattendoktor nach seinem Mantel und stand auf.

»Da haben Sie recht. Mit meinen eigenen Waffen geschlagen. Haben Sie eine Antwort auf meine andere Frage, Jack? Denken Sie nur, was Sie sonst verpassen würden. Das erste Treffen des Marschwiggel-Klubs. Dabei zu sein, wenn ich bei Victor vorbeischaue. Und in nicht allzu ferner Zukunft muss ich einem sehr bekannten führenden Christen einen Besuch abstatten. Ich fürchte, ich werde ihm wahrscheinlich gründlich den Tag verderben. Ach ja, und noch etwas. Ich weiß nicht, ob Ihre Oma es in dem Brief erwähnt hat, den sie Ihnen hinterlassen hat, aber kurz vor ihrem Tod ist ihr etwas sehr Bedeutungsvolles widerfahren. Ich glaube, es könnte Sie sehr glücklich machen. Wenn Sie bleiben, erzähle ich Ihnen vielleicht, was es war. Vielleicht ist das unfair. Jetzt haben Sie keine Wahl mehr. Bitte sagen Sie, dass Sie bleiben, Jack. Ich brauche Sie.«

»Ist George damit einverstanden?«

Die Frage schien den älteren Mann zu verblüffen.

»Ah, das ist eine sehr gute Frage. Ja, ich glaube schon.«

»Wenn ich bleibe, werden Sie mir sagen, wer George ist, was die Anrufe zu bedeuten haben, welche Rolle Martha bei alledem spielt, wie alles angefangen hat – und all diese Sachen?«

Ein ernster Moment. Doc legte seinen Mantel noch einmal vom einen Arm auf den anderen, blies die Wangen auf und ließ die Luft ausströmen.

»Im Moment ist das zu kompliziert. Und ein bisschen zu seltsam. Es ist auch nicht ganz einfach zu glauben. Aber irgendwann schon. Ich werde es Ihnen sagen müssen.«

»Ich würde gerne bleiben – ich meine, ich glaube, ich werde bleiben. Ich meine, ich werde bleiben.«

»Das freut mich sehr. Danke, Jack. Stellen Sie morgen früh Ihre Netze bei eBay ein. Ich gehe jetzt hinauf. Grüßen Sie Vanessa von mir, wenn Sie sie sehen. Gute Nacht.«

»Gute Nacht, Doc.«

Jack blieb noch eine halbe Stunde in der warmen Küche sitzen und wartete, bis sich der Aufruhr in seiner Brust gelegt hatte. Es kam ihm vor, als hätte er einen tollkühnen Schritt getan, so etwa in der Art, als hätte er sich freiwillig zum Dienst an Bord eines außerirdischen Raumschiffs gemeldet. Wohin würde ihn die Reise bringen? Wer saß am Steuer? Wie würde das alles ausgehen? Warum hatte er überhaupt nicht nach der Bezahlung gefragt? Wovon würde er leben? Da er keine dieser Fragen beantworten konnte, gab er es schließlich auf, verschloss sorgfältig die Tür, um den Teufel auszusperren und den Schattendoktor bei Laune zu halten, machte den Ofen und die Lichter aus, streifte am Fuß der Treppe die Schuhe ab und schleppte sich die steilen Stufen hinauf in Richtung Bett. Einer seiner letzten Gedanken, bevor er in die Bewusstlosigkeit abdriftete, war eine weitere Frage. Was hatte der Schattendoktor damit gemeint, er solle seine Netze bei eBay

einstellen? Er durfte nicht vergessen, ihn am Morgen danach zu fragen. Während ein ausgesprochen behaglicher Schlaf ihn sanft davontrug, hatte er das seltsame Gefühl, seine Oma in der Ferne lachen zu hören. Es war schön. Es brachte ihn zum Lächeln.
»Oh! Netze. Natürlich ...«

Auf der anderen Seite des Treppenabsatzes hatte der Schattendoktor seine Bettdecke zurückgeschlagen. Bevor er sich auf seine Bettseite legte, wie er es in Gedanken immer noch nannte, ging er verlegen hinüber zur anderen Seite und nahm einen Roman von dem kleinen Tisch unter dem Fenster. Nachdem er vorsichtig das Lesezeichen herausgenommen und dabei seine Augen abgewendet hatte, um nicht versehentlich die Seitenzahl zu erkennen, küsste er ganz behutsam den Deckel des staubigen Buches, während er zurück durch das Zimmer ging und es wieder in seine Lücke in dem Bücherregal neben seiner Schlafzimmertür stellte. Dann kroch er endlich ins Bett, schaute sich ein letztes Mal im Zimmer um und streckte müde die Hand über den Kopf, um das Licht auszuschalten.

Bibliografische Informationen der Deutschen Nationalbibliothek
Die Deutsche Nationalbibliothek verzeichnet diese Publikation in der
Deutschen Nationalbibliografie; detaillierte bibliografische Daten
sind im Internet über http://dnb.d-nb.de abrufbar.

© 2017 der deutschsprachigen Ausgabe by
Joh. Brendow Verlag & Sohn GmbH, Moers
© 2017 by Adrian Plass
Die englische Originalausgabe erschien unter dem Titel
„The Shadowdoctor" bei Hoddder & Stoughton, London.
Das Werk wurde vermittelt durch: Darley Anderson Literary, TV and Film Agency,
Estelle House, 11 Eustace Road, London, SW 6 1JB, United Kingdom.

1. Auflage 2019
ISBN 978-3-96140-122-2

Covermotiv: Hodder & Stoughton
Umschlaggestaltung: Silja Dreyer
Satz: Brendow Web & Print, Moers
Druck und Verarbeitung: GGP Media GmbH, Pößneck
Printed in Germany

www.brendow-verlag.de